甘 伯 记

宋爱与布恩

张广天 著

ZHEJIANG UNIVERSITY PRESS
浙江大学出版社

图书在版编目（CIP）数据

甘伯记 / 张广天著. —杭州：浙江大学出版社，
2021.8
ISBN 978-7-308-21552-7

Ⅰ．①甘… Ⅱ．①张… Ⅲ．①长篇小说－中国－当代
Ⅳ．①I247.5

中国版本图书馆CIP数据核字(2021)第130157号

甘 伯 记

张广天 著

策划编辑 张　婷
责任编辑 顾　翔
责任校对 张一弛
封面设计 张泽峰
出版发行 浙江大学出版社
（杭州市天目山路148号 邮政编码310007）
（网址：http://www.zjupress.com）
排　　版 杭州林智广告有限公司
印　　刷 杭州钱江彩色印务有限公司
开　　本 880mm×1230mm　1/32
印　　张 11.25
字　　数 265千
版 印 次 2021年8月第1版　2021年8月第1次印刷
书　　号 ISBN 978-7-308-21552-7
定　　价 52.00元

得不着爱情的痛苦已经写得太多，
如今，我要写一个因得着爱情而痛苦的事。（张广天）

投我以木瓜，报之以琼琚。
匪报也，永以为好也！（《诗经·卫风》）

你若将宝贵的和下贱的分别出来，你就可以当作我的口。
他们必归向你，你却不可归向他们。（《耶利米书》）

目
录
Contents

入话

提灯人的风琴与帆布包

那些年做电影音乐的时候，稍有闲暇，我总是到北京站买一张站台票进站，在站台上看往来的火车。因着时间的限制，身子总无法随着列车远行，心思却由着车厢载到很远的地方。譬如想登上国际列车经由莫斯科去华沙、柏林、巴黎，或者再渡海到英吉利，又想往东往北，看看有没有火车可以通到堪察加半岛，那古时候被称作流鬼和夜叉的地方，据说那些楚科奇人，就是先前的北山野人女真。

好像最北的火车是到加格达奇的，就是大鲜卑山北缘那里。从北地下来的使鹿部就住在那里。使鹿部之所在原先与流鬼、夜叉之地并不远，地理不远，声言亦不远。"加格达奇"就是使鹿部人的话，意思是"有樟子松的地方"。

我看了一下列车时刻表，黄昏时候出发，次日夜间可以到达。我想，买一张票，去了，逗留一夜，第二天再返回，并不太费时。那么，择一个周一出行，趁人少的时候坐车，周三就可以回来。而且，去那地方的人肯定不多，车厢里空敞透气，想坐哪个位置都行。

终于等到一个周一可以出行，我上了火车。可是，车上的情形，与我想的截然不同，人挤人，简直可以说是摩肩接踵，小孩子甚至被举起来，年壮的居然有蜷缩在座位底下的，车上那些流动贩货的小车根本推不动，被卡在人群中。只见那些货品被隔空抛掷，有飞过来的面包，有飞过去的啤酒瓶。那些售货员身手不凡，然而需要买货的，接递也无误，真是令我匪夷所思。

我问左边一个老人："你去哪里？"

他答："加格达奇。"

我问右边一个女人："你去哪里？"

她说："加格达奇。"

我又转身问，隔着座位问，他们都说去加格达奇。

我问："这些人都去加格达奇吗？"

差不多所有人都对我露出讪笑，或者说，他们的意思是说，还用问吗？我们都去加格达奇！

他们都去加格达奇，整整一车的人都去加格达奇。就这么挤着，肉贴肉，脸贴脸，眼神贴眼神，睡中甚至梦贴梦。都去加格达奇？天哪，这是什么事啊！你们都住在加格达奇吗？有那么多事要去加格达奇做吗？加格达奇很好玩吗？加格达奇难道黄金遍地等着你们去捡吗？

但我问不出第二句话，你们去加格达奇做什么。我只好沉默，沉默在此生从未遇到过的拥挤中，想象自己被挤成了一片纸，一条线。可是，他们连一片纸和一条线都不让我做，有人伸手从我的邻座接过茶杯时甚至是强硬地从我的胳肢窝下穿过的，前面后面的人对话时竟把飞沫溅到我头顶，相互握手的时候还将我的耳朵握在了手中，就差踩着我肩膀把我当垫脚一步跨越过去了。

我的心凉透了，决意要下车，要回转去。

　　幸好我的钱包和重要东西都在贴身的兜里，这样我连行李和挎包都可以弃了，索性翻窗下去直接到站台上，免得还要穿行拥挤的过道去到车门口。

　　好不容易钻到车窗边，正要压紧手阀抬窗时，窗子忽然开了，像是自动升上去的，只见一个高大身形的人翻越进来，将我撞倒在一个大叔怀里。那人先是空手上来，随后车外站台上有人将行李递给他，一盏马灯，一个帆布包，还有一架硕大的手风琴。琴被窗框卡住，费了好大劲才挪进来。有人在一旁帮忙，不慎将琴上的搭扣松开了，贝司纽那头重重地垂下去，拉动了风箱，一阵猛兽的低吼，郁怒咆哮，将人们镇住了。这似乎是一种不满的态度，又带着训诫的样子，喧闹的声音于是收敛起来。所有人的眼睛都寻过来，惊恐地看着这边。当他们看清那人和手风琴，又一下子欢腾起来，许多人跟那人打招呼，像是见着熟客一般。那人只敷衍地点点头，环转半个身子意思一下，便一屁股坐下。座位上的人像是训练有素一般弹跳让开，将位置腾空出来给他坐。窗前桌板上的杂物也顿时消失了，只让那手风琴放在上面。那人将马灯悬在行李架的钢管上，又将随身的帆布包放在靠窗一侧的腿边。他坐定了，就开始瞌睡，一会儿便打起呼噜。我已然被阻隔在几个人以外，离车窗远远的，这时候的情势根本就容不得我再试图翻窗下去。

　　车开了，令人觉不出，只是平稳滑行间因窗外的柱子向后缓缓位移，才知道启动了。

　　我被夹在过道的人群间，半个身子斜着悬在半空，有一只脚根本无法着地。我想，那人应是一个音乐家，或者也去加格达奇。在这车上，没有人是不去加格达奇的！

　　满车的人似乎都是熟人，相互间心照不宣，只多出我这个陌生人。我看起来猥琐、尴尬、一脸遭受屈辱的样子。于是，我边上有人猜出我的心思，说："大叔也是去加格达奇的，我们都是来看他的。一会儿他醒了就要拉琴，那琴声，比半斤老酒还醉人！"

敢情这些人都是将列车当作音乐厅，来车上听手风琴独奏的？

"他每月来一次，我们都是踩着点儿买票坐车的。"与我说话的是一个干瘦的老头，笑嘻嘻的，没一点正经样子，柴火棍一样的胳膊顶着我的胃脘。但我相信他说的话，因为他还没听手风琴就已经醉倒的眼神贱得令人发慌。他又道："他人挺随和的，只要我们欢喜，他就拉琴，一路拉到加格达奇。这事儿已经五六年了，准时准点，没跑的！你瞅见那个帆布包了吗？那里头有名堂，他不叫我们看，他自己看得老紧了。人家说里头有宝贝，金银珠玉的，可我有一回蹭过去摸着了，隔着帆布就轻轻摸了一下，大叔一把抓住我，差点没把我胳膊扭折了。"

"你摸到什么了？"我问他。

"软软的，有弹性的，肉乎乎的，又骨棱棱的，不知是啥，鼓囊囊，满满一包，估摸着稀奇土特产什么的。"老头神情得意，说话时嘴里冒着热气，"他那盏灯，是用来助兴的。只要拉琴，就点上，不论白天黑夜，都点亮。到晚上，拉上窗帘熄了灯，那才叫好！有时他拉慢的曲子就调暗一点，拉雄烈的曲子就拨亮一点。又有些时候，他不去动，那灯自己就会闪。难过了，光线就弱一些；高兴了，就满车厢都亮堂起来。你说怪不怪，它像是有灵性一般的。"

"你岁数看着比他长，为什么叫他大叔？"我疑惑。

"都管他叫大叔。我们做长辈的跟着小伙子姑娘叫。没啥不妥的。"他眯着眼，崇羡地望着那人。

　　火车是一路往东走的，直到大海边上，然后折向北，往山海关去。出了山海关，就到了鲜卑地，俄国人叫它鲜卑利亚，又译作西伯利亚。按地理的划分，东北实际上是南西伯利亚。从地图上看，铁路是贴着海边一直北上的，可是，这时间已入夜，外面浑黑苍茫，一侧路边有灯火接续，一侧路边灯火阑珊。我想，那照明不足的一侧，应该就是大海。

　　大叔醒来时，人们却入睡了。我终于借着他们松懈下来的肉体，左右挪移，为自己赢得一块坐得下来的巴掌地。

　　那灯果然就亮了，我并没有看见大叔去点它，或者我不注意的时候，他撩拨过灯捻，也或者这灯一直就亮着，只是此刻车厢熄了灯才透出亮来。有个列车员朝这边走来，就像足尖点步一样，寻着人群间看不见的间隙一蹦一跳地，就这么施展着轻功跃然行进。她给大叔端来一个盘子，里面有半只烤鸡，一点勾芡的菜花，另外还拿来一个大玻璃杯和一瓶开了盖的啤酒。这些食物有浓烈的餐车里的味道，勾起我的食欲。我显然是饿了。我目不转睛地盯着大叔饕餮，看他仰着脖子一口就喝掉半瓶啤酒。真的，我也渴了。渴了的人从来不将酒看作酒，只当一泓甘冽之泉，恨不得饮掉半口井的水。我这样的饥渴，在静默中燃起，定是成了一团火焰，照到了大叔那边，也压倒了马灯的火光。不然，他不会注意到我，还将吃剩的半条鸡腿朝我扔过来。我是最不善接掷东西的，从来就害怕有人空中抛物，可是这会儿却接住了。他见我接住了鸡腿，又将半瓶酒扔过来。我明明看见酒瓶在空中翻了个个儿，却滴酒未洒落，到我手里时还是完整的半瓶。大叔的眼神告诉我，他不是善心，不是接济我，而是他烦了，嫌那些饮食碍手。

　　是的，这些东西妨碍他做事了。他要拉手风琴。他真的开始拉手风琴。

他并不是将琴背在身上拉，而是令其置身原处，只摁一下纽，又摸一下键，顺势推拉一下风箱。

他的音像泛音一般，躲在车轮撞击铁轨的噪音中。他似乎用一个高频的长音探察火车的金属质感，又换了一群低音往轮子滚动的空隙里填塞。总之，这是融洽的，浑然一体的。所以，那些兴致冲冲挤上来听琴的人此刻并未醒来，似乎什么也没听见，琴声在列车行进的节律中反倒成了更加慰人的催眠曲。

我用耳朵寻音辨音，气若游丝的音，比叹息和呼吸还轻微的音，混杂于轰鸣中的音群。如果你这么竭力想听清楚，其实你听到的比扩音器传出的声音更响，比精微的麦克风辨析的动静更细致。所以，音乐不是靠分贝，也不是靠龙飞凤舞的张扬，音乐靠的是愿望，奏者与听者的愿望。但当愿望靠近了，也就入心了。我突然想到自己是音乐家，是从事这行的职业创作者，可是我居然从来没有想过音乐是用来做什么的。人啊，人心啊，说什么话不是为了心里的事？怎么说不是为了说明白一些？你跳舞的身形，你演奏的音符，你写作的文辞，你都是谈心啊！嘴只不过是用来交代的，而肉身的每一处都是更伶俐的口，令万事万物出入，进去的都是洁净的，出来的都是脏秽的。唯出入皆洁净的，才可以歌唱、抒发。

我听他的琴，已然与音乐无关，却触到了音乐的目的。还有什么好过这样的琴声？难怪众人要去加格达奇，在这车上，没有人不是去加格达奇的！

半夜，有人起来解手，互相推搡拥挤的情形又开始了，此起彼伏，一个从厕所回来了，一个又去。大叔的琴声变了，他终于将手风琴背起，站在座位上，借着椅背半坐着，风箱被他摆弄得开合幅度很大，音滚滚而泻，将车厢淹了。人群开始流动，过道像一条河，载着这个车厢的乘客漂到那个车厢，又载着那个车厢的乘客漂到这个车厢。许多人从远处的车厢漂来了，我就是一方礁石，岿然不动，任他们流过来流过去。音乐像油一样，润滑了紧涩的人们，眼下阻塞的通道一点也不挤，人们鱼贯往来，秩序井然。

我不知道自己为什么立得住，不被带跑。也许我是多余的，是局外人。可是，我分明也被音乐笼罩着，也在这不间断的乐曲中陶然。

就这样，列车从山海关往北，过了绥中、葫芦岛、锦州、新立屯、彰武、甘旗卡、通辽……每一站都停，每一站都无人上下，停一停就走。然而，音乐并不停歇，大叔一直拉着，拉着，这由音乐拉动的人流似是另一趟列车，只要有琴声，就一直奔赴。我在流动中睡了。睡着的感觉不是礁石，而是一个包袱，高高漂浮在人流上面。他们只是浮力，将我漂起，并带不走我。我在一个漩涡一个漩涡中旋转，依然在贴近大叔的位置上。我突然感觉自己就是大叔的帆布包，那里面装着什么呀？莫非就是装着我？我怎么变得那么小，那么可笑了？一团肉？一团混沌、怡然而无知的肉？

迨至醒来时，火车停住了，车厢空空荡荡，过道、行李架都很洁净，地上和座位上连一片纸都没留下。我躺在座位上，大叔坐在我对面。马灯还悬挂在头顶，手风琴放在大叔身边，他正靠着桌板写写画画。

"啊，你醒了。你真会睡！"大叔居然跟我说话了。

"这是哪里？火车怎么停了？那些人呢？"我问。

"这是加格达奇。人都下去了。"

"你怎么不下去？"

"我在想事儿，把它记下来。看你睡得香，就没有叫醒你。这车过几个小时就又要回转去。"

"你再乘这车回去吗？"

"不了。我要留下来住几天。如果你想坐这车回去，该先出站去买回程票。哦，对了，你与他们不一样，你不是来寻我的，你到加格达奇做什么？"

"我只是随便坐车，随处看看，没有事要做。"

"那好，我们各走各路吧！"

大叔起身去摘马灯。这时候，惊人的事情发生了。他起得急，将身侧的帆布包也带起，包重重地落在地上，一个搭扣松了，包里滚落出亮闪闪的圆珠，蓝宝石的光泽，在暗中熠熠荧亮。我定睛细看，见连着圆珠的还有一段玉体，亦有柔润辉芒，看着令人酥麻。这是我熟悉的辉芒，我似曾常常看见。啊，我想起了女人，女人的背脊，女人的胫腿，女人的酥胸……这分明是女人的脚趾，那蓝宝石的圆珠正是趾甲，涂着蔻丹的趾甲！

大叔发觉了我的惊讶，拾起那枚脚趾放进包里，又将搭扣扣好，说："是脚趾，女人的脚趾。"

"这包里……"

"这包里装的都是脚趾，都是女人的脚趾。"大叔说话很平静，像在说这包里装的都是电子零件似的，"想知道为什么吗？以后告诉你。"

还有以后？看来大叔是想与我交往的。我于是问："下个星期还是周一上车，是吗？"

"不，我们换个时间。我也可以周末上车，他们不知道那时我也会乘车。"

我们就这样约定了。可是我并不知道大叔为什么愿意让我了解他的秘密。我心中有些忐忑。

　　下一个星期的周末，我如约买了票上车。果然车厢里没有几个人。我在原先那节车厢里没有遇见大叔。车开了，也没见人影。于是，我就顺次一节一节地去找。在软卧车厢与餐车接缝的地方，我看见悬钩上有马灯，铁板上放着手风琴，我这才知道大叔上车了。可是，这会儿他在哪里呢？我寻不见，就索性站在手风琴边上吸烟，等他。

　　大约一个半小时光景，火车出了唐山站，大叔过来了。他从餐车出来，与一个女子说笑着从我身旁掠过。我向他打招呼，他并没有应我，好像都没有看见我似的，直与那个女人胶黏着，就往软卧车厢走去。

　　我看见他们进了一个包厢，大叔随手就将门锁上。

　　这是一个令人心动的女子，那种有典型的情人气息的女子。你远远就可以闻到她身上散发的骨香，不是香水的气味，而是骨头被炖酥的甘馨。古书上说，那些姣好洁净的女子，与她拥吻，先是有兰花的香气，等她动情了，就会从体内升起骨头香。啊，那是要等到动情时！而这个女人身上，随时都有骨香飘来。那些天生做情人的，或者无须动情就会这样，也或者说，她们时时刻刻都在动情。

　　她显然不是大叔原先认识的，也不是约好了一起出来的。我可以肯定，他们是在餐车里邂逅的。他们相拥在一起、耳鬓厮磨、旁若无人地从人前走过的样子，就像是彼此捡到了宝贝。那女人穿着一件极薄的短袖羊绒衫，衫上带着松松的排扣，下身围着一截亮皮，非裙非裤的那种，晃晃荡荡的，既有臀形，也方便男人顺势非礼。她脚上穿淡蓝色的高跟凉鞋，露出玉趾，趾甲油的颜色与鞋色一致，足肤的光泽是从内里透出来的，很鲜很娇。她的秀发没有过肩，有几处大卷，盛满风情、笑靥和召唤。

之所以说她令人心动，是因为如果几年前我遇见了，也会不放过她。然而如今，我只剩下心动的记忆了，记忆那种令我心动的体验。酒精和女色重重地将我毁了！那些年，我从太多的女人和酒杯中穿行，我把我的精髓都提前去酿造梦想了，如今骨管空空的，面容枯槁，浑身疲乏。但我是懂得酒精的魔力的，它钻入你血管，一扫阴霾，让愁苦和阴沉顿消，令快感腾飞，积郁一吐为快；我也是懂得女色的魅力的，有什么好过与一个善解风情的女子厮混一宿呢？那样的女子并不是油井，而是湖池，底下深深地沉淀着情尘，湖面却静美而波澜不起，你游动于其中，扬起涟漪，划出水痕，渐渐地，风雨变天，巨浪一个翻身将你席卷，接下来依然静美，又波澜复起，她是以无限的静美和媚妩牵出你的勇力，愈媚愈勇，一追到底，直至蛮悍，身心俱投地被吸入湖底——我就是这样被媚娇女子掏空的，起初是好媚而渴，结果是虚劳而渴，想一想那番历程就渴，从唇舌一直渴到咽喉、食道、肝肠、髋底。所以，钟情的男子啊，不要去撩拨那一湖静水，让情尘深陷湖底吧！她深拥情尘，就并不会老去。她可以一直娇媚，一直似有若无，一直引而不发，一直弹力不弱，一直青春苍翠。

那天我接过他的啤酒瓶是因为肚腹的饥渴，不是买醉求欢的饥渴；这会儿我想到美人投怀，是衰废的躁渴。我多么渴望爱，而不是情尘的翻覆，不是品质的较量。

我不知道大叔的年纪，但我肯定他岁数比我大许多。他看上去精力充沛，而我虚不经风，早生华发。

那个女人出来了。

她面色潮红，脸颊光滑鲜润，胸乳挺胀，那件薄羊绒衫的上面几个扣子已扣不牢。大凡那些胸乳紧致的女人，在经历一番快活后，胸部总会鼓出许多。并不是所有平胸的女人都会在那时隆起，只有硕大坚挺的，可以顶起外衣的女人，才会随着波澜起伏。起时若峰岫，伏时似丘皋。她们的肉体是可以收放的，张弛有道，或文或武。或谓"妇人帐中神武"。

她简直可以说是光彩照人，抖擞尽浑身的尘灰，新鲜得带着露珠，就这样从过道上走来。她路过接缝处，与我照面时竟含笑招呼致意。她兴奋得不能自已，看谁都是好人，世界一瞬间就澈亮起来。所以，这样的女人，一生都是客旅，寄居和漂流中总在寻机弄武，故而前人将床帏间的事叫作大战。

我如今是避战派，求和在先，免得败下阵来。以前我或许会迎上去，接着她的兴致再掀巨澜，而这会儿我只抽搐一下笑肌，无趣地拒却。

大叔是另一番情形，宽心而松弛，步履蹒跚地靠到我身边。他一副排了毒发过汗的样子，筋骨松懈，目空一切。他鼻子流血，鼻孔里塞着一样东西，像是纸团，也像是棉球，露出的部分圆滚滚的，看着富有弹性。一会儿，他取出那样东西，对着车窗外的垂暮之晖反复端详。我看清楚了，那是一枚脚趾。天哪！这就是刚才那个动人女子的脚趾吗？

"她将脚趾伸进我鼻孔，来回抠，抠着抠着就断了，就留在里面了。我鼻子出血了。"大叔说。

他这是向我解惑吗？

"你包里装的都是脚趾吗？每次都是这么断了留下来的吗？"我忽然特别后悔刚才没看一下那个女人的脚，那淡蓝色凉鞋与淡蓝色的蔻丹，一致的颜色十分好看。她真的舍了一枚脚趾吗？她不痛吗？忍痛走过去的吗？

"她不痛吗？"我问。

"痛与快是连在一起的，是硬币的两面。"大叔道，"实际上，并不是每次都是这么得来的。有的是我讨来的，有的是自然脱落的，也有的是临终前作为遗物寄给我的。那些讨来的，也许是她们自己去麻醉后手术截下来的。反正各有门道，得来都是很稀奇的。"

"你这是恶癖。"

"你不觉得这些脚趾很美吗？"他将帆布包展开，露出一堆给我看。

他拿起一枚，放到鼻子底下嗅，很冷静地辨味。我也闻到了，远远地有阴湿的味道传来，就是马上要变臭的味道。其实并不臭，却带着令人遐想的空间。这个空间很大，可以经历静享、呻吟、口眼都歪了那些过程。

"那些先前的都钙化、石化了，最好的已经玉化。"大叔翻弄着，还递到我手上让我看，"银的，金的，水晶的，琥珀的。这是翡翠，你看得见里面的绿丝，秋波一样的。还有这枚，黑黑的，有迦楠香。你闻一下。"

女人脚趾真的很美好，真的！可是我不想闻。我早早都闻过了，也没力气，一点想象的力气都没有。

我说："这些不是我想要的。我听你的琴，听到你在寻找一些东西，我也在寻找，恐怕不是寻这些脚趾。这些美物已经不能满足你了吧？你的包袱已经装得太满，也已经很沉重。那是品质的沉淀，越来越沉，最后你会背不动的。既然你的琴艺那么高超，你不想在品质之外有所升华吗？"

"我看出来了，周一我就知道了，你是个音乐家。只有音乐家才会像你那样听我拉琴。"

"你是因为音乐才与我交往的吗？"

"也是，也不是。我需要一个谈话的人。"

"也许我可以与你谈话，但真的我已经厌烦关于品质的讨论了。就像这些脚趾，其实，除了我并没有谁会与你一起欣赏她们。这种癖好已经很高寒了，但你究竟可以拿她们去换什么呢？我曾经相信真理，那是很寒酸的。只有匮乏的人才相信真理。于是，我从匮乏中走出来，去追逐游戏。游戏的人生是真实的，真到你会将游戏当作真理吗？你的马灯是一个神灵，我看见灯神在它里面。那架风琴是你自己，你的魂魄藏在其中。这些脚趾呢？金玉还是败絮？她们如此美妙，究竟有什么意义？他们说，一切幻相中，女幻最殊胜。反正，我与你都是喜欢女人的。我们为什么喜欢女人？喜欢女人到底有什么好？"

"以前是面貌，后来是胸腰，再后来是臀腿，一路跌下来，直到足尖脚趾。这是堕落，也可以理解为升华。肉体的堕落，品质的升华。"

"升华？开出什么花朵了？到头了吗？这还不到头吗？"

"升华是一种追问。有的人从一种真理走向另一种真理，在主义的替换中追问。也有的人就像你我这样，从一个问题到另一个问题，在探究疑惑中追问。追问的动力是性情，是欲望。好吃与好睡都是欲望。可怜的是吃不饱睡不香的，用功名的虚饰来掩盖。因为人太多了，欲望便拥挤不堪，就像周一车上的人一样，多得他们都忘记来寻我的目的。这叫迷失。从迷失中走出来的人少得可怜，有幸出来的，都是人中精怪。但是，我们不能断绝欲望，即便成了人精，欲望也是根底。只是迷失的正在死去，活下来的却依着罪过。愚昧人的可笑在于相信道德的力量，以为道德是通向真理的捷径。"

"道德看起来便宜一些，它们只是一点辞令，关于真理的描述。所以我说相信真理是穷酸的。穷酸人也想得真理，是穷途末路。"

"交换就可以得来吗？有一种力量预设我们从欲望出发，一路交换，直至分出贵贱吗？从无能到大能，仰望至能吗？"

"在道德之外的交易中，你一路走来，换到了这些脚趾，你分辨出贵贱了吗？"

"外衣和真身是两回事。然而真身也不是真理，它指向真理。"

"我们究竟也在追问真理，我们始终穷酸不堪。"

"贵到底了，或者就是穷到底了。只是我们不再相信道德描述的真理，我们至少可以接近真理本身。"

"我想问你，你的风流和才情，于你是有益还是无益，你以此遇见过爱情吗？我也曾撩拨她们的芳心，她们涌动我的激流。我似乎马上要抓到了，又抓不住滑脱了，总是空空如也。我羡慕你的手风琴和马灯，为你的帆布包而感到震惊，可是如此丰大而隆盛，我都觉得没有意思了。"

"什么是有意思的呢？"

"我想知道爱情的秘密。我写了那么多，用尽气力写争斗、曲折、文化、智慧、高尚和丑陋，直到一路上的风景，却无情可寄。有一天我发现，我写尽了女人，但我始终没有写过爱情。我忽然觉得自己是不懂爱情的。我现在无比渴望爱情。我想知道爱情是什么。"

"如果我告诉你说我遇到过爱情，遇到了又丢失了，丢失了又舍命去追，我将可以付出的都去换爱情，却被藐视，你还会想听吗？"

"被谁藐视？被所爱之人吗？"

"相爱之人都被藐视，被命运藐视。"

"怎么可能是这样呢？"

"'爱情如死之坚强，嫉恨如阴间之残忍。'听过这话吗？"

我停了一下，想什么是"死之坚强"，那意思就是死是不可抗拒的，谁都要死的。这显然是一件大事，爱情既大到这般地步，岂有不闻不问之理？

"正应了我的猜测，只有你能告诉我。"我说，"死是最贵的，也是最可怕的。爱情既与它同价，得之便可视死如归。"

"论到贵贱，则有偿付。我与你说，你能给我什么呢？"

"你什么都看不上了，什么也不缺。我除了给你当下手，拿不出别的什么令你满意。"

"好吧，既然这样，我就来告诉你一个爱情的故事。得不着爱情的痛苦已经很多，因得着爱情而痛苦却没有人讲。"

大叔拉开了话匣子，就好比他琴上的风箱，拉开很长，又收拢到很紧凑。

这是一个很周折的故事，时间在这故事里再一次退场了。我记得上一次我写出离时间的事，是《既生魄》，在那本书里没有公元纪年，没有国朝纪年，只有涂家纪年。所谓出离，不过是不按强势的年份叙述。每一个人都有自己的时间，每一种时间的节奏、速度和计量法不尽相同，所以，这样看来，真的可以出离时间。

我们意识到时间，仅仅是因为萌生衰亡，倘若又复活再生，永恒即降临不逝。然而除了肉身成道，人孰可复活再生？事物有起始和终结，事物是不一样的，不一样的起始和终结。而时代却想要统领万事万物的起始与终结，给出一个共同的时间，你赶不上就被抛甩出社会的轨道，你赶上了就成为庸众的一员，只有那制定时间的可以驾驭人生，驾驭他人。如果谈到个性，首先就要脱离时代。你有多大的能量可以挣脱时代？君不见造反的，若成就了，必先设一个新的年号？或有人与世隔绝，守着自己的时间，在山林，在朝市，做一个隐士。文学也是一桩隐修，写的与读的相互约定好一种时间，脱离在日常之外。所以，好的书并不是时代的强音，而往往是时代的弱音，如同大叔的手风琴，掩隐在车轮与铁轨的撞击声中，虚位以待，泛音大过基音，噪音大过乐音。哪有什么乐音啊！对于不是朝着永恒的乐音，另一种乐音就是噪音。如果相信唯一和绝对的存在，相信先于我们到来之前有更强的力量，那么我们的来去就都是虚弱，都是以隐修才可以保守的性命。

文学如此，那么，那如同死之坚强的爱情，就更是莫大的隐修，更有莫测的保守了。

第一章

死囚甘伯

　　天色太暗了，诗梳风的灯支撑不起夜幕。火车站门口只有一部卖红咖喱饭的推车，塑料夹子夹着一盏五瓦的灯，过路行人甚至看不清炒饭人的脸，灯只照着铝锅里的米粒。还有一处亮的地方，就是候车室旁边站长办公处的窗口，有一个摊主借着窗内透出的灯光卖一些旅行手册。

　　吹哨的声音此起彼伏，间或传来口令声，一辆一辆卡车开过来，有重兵下来，将车站围得水泄不通。旅客被集中赶到广场一侧的仓库前，等士兵警戒完毕，才陆续放一些人进站。

　　站内更加漆黑，月台上没有光，有客运领班和装卸工打亮几支手电筒引导客人寻路上车。一共有三个月台，六条铁轨，轨道旁有几杆路灯，将铁轨照出些许寒光。

　　站内停着两列车，一列是客车，一列是货车。客车很拥挤，也无光，黑黑的，只一节头等车厢有照明。有一个老妇人和一个女孩上了头等车厢。

　　货车很长，车头顶着靠站的铁轨尽头，后面挂着一节一节黑乎乎的篷车，有一节敞开着，轮子上只有车板，上面罩着一个大铁笼，苫布盖了一半，路灯正好照着露出的另一半。

　　他就躺在板上，周身被粗链捆着，又有铁箍将他双腿、腰和颈项锁住。他本名叫辉恩，是姓辉人家的长子，如今人称甘伯，是官军的死囚，正要被押往东北部的上丁，在那里他要被处决。那些重兵都是来押送他看守他的，他们在站外站内布得密密麻麻，三步一岗五步一哨，从客车到货车之间空出的铁轨上也安置了两列，以防客车那边有人过来。

他感到非常干渴，因为他的血还在流，从背上、腿上、胸腹各处的伤口往外流。他是黎明时分在靠近波贝那边的土岗上被俘的，他的部下和随从趁他睡中将他缚住，大概是五个一百瑞尔的朗诺金币就将他出卖了。这些跟从他的，都是曾经出生入死的好兄弟，他们都是目不识丁的做工人，由他这个唯一的读书人带领，组成了义军。他得到过崇敬、拥戴和顺服，然而没有人爱他。他现在更清楚了，没有人对他好，他是唯一的，孤独的。他的血正在渗出，渗到板上，从板缝间滴到车轮、铁轨上，有些已经凝结，有些还是浓稠的浆液。他自己都闻得到血腥，他望着路灯笑了笑，只是向上挑了一下嘴角，但已足够轻蔑。他想，他也曾经让许多敌人流血，血的腥味是相同的，不分彼此的。他动弹不得，实际上也一点不想动，他虚弱而疲乏，他困倦了。他想喝一口水，喝一口就睡去，睡去再醒来。然而，没有人靠近他，即便押送看守他的士兵也不靠近他，他们似乎很放心他，也很忌惮他，反正他被钉牢了，死死地钉牢在车板上！没有人要他，他知道这甚至称不上是被囚禁，而是被遗弃，彻底的遗弃。近午时分，他被带到公路旁的矮棚里，官兵领来他妻子、母亲和兄弟，让他们见最后一面，这些家人在脱离关系的声明上签了字，保证与义军摆脱干系，并保证不施报复。他们连最后道别的话都没说就走了，他透过贴着塑料纸的窄窗看见他们离去的背影。他知道，这意味着将不会有人为他收尸。他有一个女儿，与他同在军营，他被捕的前一天女儿因发热被送去山里治病了，还好，女儿没有被抓获。他这会儿还想喝水，喝水再歇息，然后醒来，支撑着再活一阵，直到处决毙命，这么想全然是放心不下女儿。倘若之后还有机会托付一句，他会重谢受托之人的。他有机密在口中，他不想全部吞下去带到阴府去。如果连女儿都不想，那么他只剩下想自己了，这般境地中的他已然是一个小孩，一个失败而懊恼的小孩子，眼泪顺着眼角滚下来，渗进了面庞上的皱纹，淌过脖颈上的裂口，直痛到心底。

他像一方巨大的血块被凝结在车板上。哨兵拉开两旁的车门，都进了这节敞车前后的篷车，路轨上空无一人。军队在等待发车，夜更深了，露水和雾气将他认作是同类，搏噬无忌。铁，铁轨，铁轮，铁链，铁箍，铁笼，唯独没有铁了心。此刻，心已成铁多好啊！不然这柔心还要将整车的铁都当作身子撑着！苦痛，对于常人来说，都是深的、宽的、细的各种量，即便难以承受，都是可以度衡的，即便喟叹无边无际，也是可以形容的，而对于此间的甘伯，却是大到必须放弃不计了，因为，他就是苦痛本身，全部身心都被夜的铁的苦痛侵吞了，人们看见他、靠近他，就是遇见不幸了。

有温热的东西落在他身上，他感觉有点烫。这时是盛夏，夜凉是鬼府的手，在任何季节都播散阴冷，如果有温热进来，那一定是来自人间的，人间是阳极的。

谁会靠近苦痛的不幸呢？他不想理睬，也不想将厄运传递给他人。然而，那温热的东西不断袭来，朝着他的胸膛，脖颈。那温热似是在寻找，直到找见他的面庞。鼻子被堵住了，可是嘴为什么张开了？嘴将温热饮下去，不停地饮，大口地饮。原来是水，是生水，有阳间的生水在酷暑中的温度，他由此回到了人间。他分明看见水瓶向他倾斜，伸过铁栏，直对着他的脸。那瓶身由雪白的月光托着，哪里来的月光，在这漆黑沉夜！灯光也是势利眼，他每一睁眼，光柱就避开，电光是不愿意照他的！此间的月光像是别的时间中的柔荑，一个被忘却的春风里的叶芽。人真是可憎的，到了这般地步都难抵虚梦的侵扰吗？甘伯一边渴饮着，一边憎恶自己的妄谬。

"布恩，是我。"他听见有人轻呼他。布是叔叔的意思，布恩就是恩叔叔。那是一个女孩儿的声音，诗梳风的口音，一种久违的语气。自从落草作战以来，已经没人叫他这个名字了，他也很少听见这样文雅软弱的语气了，在义军中，这样说话会被认作是敌人。敌人的女孩儿对他说话，叫着他从前的名字，与月光一起来临。这不符合梦的逻辑。甘伯这才知道是现实，现实中一个女孩儿递水给他喝，那月光是她的手，白如柔荑的手。

"是我，我是宋爰。你忘记我了吗？"女孩儿说。

甘伯的脖颈在铁箍下转动，好尽量使他的脸朝向笼子外面。他依稀看见一个身影，在夜幕里发光。女孩儿穿着露臂的裙裳，肩臂连着托瓶的手，手指好比将光柱分开的辉芒。她那么白，白得令注视的目光深陷，令心神不安。甘伯想起来了，他一生只遭遇过一次这样白的女孩儿，哪怕战争的血腥和错综的阴谋都无法抹去她的形象。可是，这是难得的经历，是人生原初而底层的铺垫，这样深藏不露的记忆怎会在此刻浮现？那时他们还年轻，他不到三十，宋爰才十六。这么些年过去了，他年近不惑，女孩儿不长的吗？还会是十六岁的样子吗？这无疑是梦境了！他又开始怀疑起来。他想，他注定是要死了。快死的光景，可怜的人正向死神求饶。

"你快去吧，不要做引我归尘的死神！"甘伯又转过头去，不看宋爰。

"我在客车的窗前看见你了。我不会忘记你的样子，哪怕他们将你折磨成这样！你好可怜的。他们要杀你吗？"

这话叫末路的英雄顿时恼怒起来，甘伯又竭力转过头来，直视宋爰，说："我怎是可怜？可怜的人会让一国的武装出动吗？会要这样沉重的牢狱来禁锢吗？你没有看见他们怕得要死，连饮弹将死的人都害怕吗？"他早晨被缚交出去的时候，因抵抗不服，被官兵射了一枪，正中在胫腿上，之后又受了大刑，唯余奄奄一息。

"可怜的布恩，你要死了，你真的要死了。"宋爱说着，眼中充满了泪水。

甘伯因生气，头脑渐渐清醒。

这时，车站打铃了，客车缓缓启动了。

宋爱回头看着客车说："啊，我的祖母，原谅我不能陪你，你一个人去吧，我就留在这里了。"

她的祖母寻不见她，又不敢下车，只好一人乘车去了。

"你们要去哪里？"甘伯问。

"我们本是打算去遢罗，逃开战争。"

"呵，不会有战争了。他们抓住了我，战争就结束了。"

"那很好，让我随你去吧。"

"我这是要去死，他们不会让你与我一起赴死的。"

"他们会让我替你收尸的。"

说到这里，甘伯才又相信这是真的，宋爱来看他了，给他水喝，为他送死。这下他安然了，他确证了他并不是因为可怜在向死神求饶。于是他开始担心，怕牵连到宋爱。

他叫宋爱离开："你快走吧，别让士兵看见你。我是死罪，要株连九族的。"

"我家里没人了，祖母也走了，我不怕，我情愿让他们把我抓起来，好与你一起去死。"

"想死也不容易的，你还是快走吧！"

这时，又打铃了，货车启动了。宋爱忽然抓牢铁栏，跃身就上了车，藏到半块苫布下面。她是为了火车出站时不叫月台上列队的士兵看见。

宋爱的诗·隆裕花园

所有肥的花瘦的花此刻都落下来了，

那青草深深，一日较一日湛蓝，

这下被花的雨雪覆盖了。

你的身形那么无际吗？

你的胸怀急迫地倾倒下来，

好像要赶在暮春之前。

我的年岁，我的日子，

每一天都是一株草，

暮春时分密集在隆裕花园的墙内。

如果你再不来，

它们就要挤疼了，

边缘和边缘相互割害，

会有碧血流淌。

我的童年都已凝结为碧血，

欢歌笑语日益稀疏，

我如今已然缄默寡言。

那些嬉戏的秋千、桂冠、针线都散落四处，

节日与歌声远逝，

友谊也隐藏起来，

礼物和玩伴褪去檀香，

除了发呆，我还能做什么？

那个迎风旋转的女孩儿停歇了，

她挺立在水池边惆怅，

水影儿削瘦，

水波儿一遍一遍改写她的心思。

那绒毛的棕熊和陪伴她的天鹅呢？

是它们先散去的，

它们早就猜出结局，

它们躲着青春，躲得远远的。

那个午后，

肥的瘦的花瓣不停落下来，

只是因为你踏上青草。

你的眼神峻利，

分明是专注于别处；

你的容貌是王的一面旗，

猎猎风中向远方召唤；

我是爹爹的宝物，

我的光明亮在堂上；

一个果儿，不忍离枝，

也不晓得汁液胀满将要溢出。

我的爱情是满而溢出的，

不是由你召唤醒来的。

你召唤的样子肃然不疑，

那情形令我忍俊不禁。

那是戏中的人儿啊，

怎就成了不速之客！

谁也不能将戏辞来叫我开心了，

我要真切的事情即刻发生！

只是因为更强的好奇，

我不情愿只做看客，

而要做成事实。

童年的朦胧如今真切了，

就这样与自己面对面了，

生疼也好，甘熟也好，

总要有一回直截了当。

奋不顾身的人儿，

就这样痴迷进去。

痴痴的，哪是风情啊！

你召唤的风并未吹开我的情窦，

你在召唤远境，

你不懂召唤爱人。

然而花的雨雪是丰盛的，

草的颜色是隆裕的，

在这隆裕花园的深处，

堂上的宝物与王的旗徽相遇。

它们放在一处就是好看的，

瑰珍的事物只因匹配而相惜。

那是园中之园，

那是室中之室。

人要离开父母、

与爱人成为一体。

人若不离开父母,

父母必要离开他。

啊,我可怜的父亲,

你是因这缘故而离开我的吗?

不如像那些日子一样,

园中有园,室中有室,

这一家中又多出一家!

痴与肃的瑰珍,

一个在近处,一个在远处,

究竟是什么将彼此唤醒?

终究不是情欲的滚烫,

一定有比情欲先到的力量,

是品秩的相称将我们交织在一起。

花的雨雪覆盖青草湛蓝,

堂上的宝物与王的旗徽相映,

痴肃与远近迎面而来,

这时,情欲的匣子才突然打开。

情欲啊,

我想到过惬意,

真没想到有这么惬意!

辉恩的诗·纯净的人是坚定的

总是像告别一样,

却每一次都是相逢。

我真想执剑骑马,

从你的家门口经过。

我晓得你在注视,

顺着花园的长廊奔跑,

尾随着我远去,

尾随着这队列,

直到廊的尽头。

那廊是穿不过墙的,

古垣横在它前面,

伸进腾芝荜湖里。

越过这湖，我就出城了。

我没有王的旗徽，

我有上古英雄的盾牌，

那上面刻着红鸟的形象，

这不是梵天和萨拉悉婆谛的座驾，

不是哈姆萨神鸟，

这是杜恩，造物主杜恩，

他万有万能，

没有人知道他的真名，

只是有时他做一会儿飞鸟，

从我们的万年历史中飞过。

我要走了，

你出来送我好吗？

向我高举双手，

恳请我带你一同去。

我抱你上马，

我们相拥一骑，

与旧生活决裂。

我要走了，

你不要出来送我，

只铭记我的话就好，

我会回来的，

那是凯旋，

在不久的将来迎你做新娘。

这是出征，战斗！

爱情难道不是一场战斗吗？

杜恩保佑仁智神武的人，

所以，我的爱憎都是神圣的，

神圣的人期待不朽的婚礼！

我知道，你不是阻拦我的人，

你是期待我的人，

我是投怀送抱的人。

今夜我要窥你纯净，

让你教我柔情蜜意。

纯净的人是坚定的，

为着纯净而战斗，

这是我出征的理由。

甘　伯　记

隆裕花园的青草太深了，

它们没我双膝，没我灵魂。

我知道你将我当作戏里的人，

这样很好。

有几人相信神话不是虚构的呢？

你我正是重书神话的人，

那众神逝去的生活残破而平庸。

我无惧你的肉身，

如果你真的是女神，

就没有什么可以玷污亵渎你。

你的乌眸有电光火焰，

它遮盖了你的白雪躯体。

你原本白似妖孽，

令正人君子心摇。

然而我连目光都不移动，

然而突然有猛兽从我身体里蹿出。

为什么你的电光要盖住白色？

为什么唯独我觑见白茫茫一片？

白的手指，白的脚趾，

白的腰身，白的颈项，

越往里越白，

越走深越白，

这是白的深井，

却不是冰雪的峨峰。

这么白的坦然，

为罪的墨迹铺开了稿纸。

我之前为什么就没有看见呢？

之前我从台上走下来，

我只沉醉于你做最好的看客。

这时分明我成了看客，

那保守着你肉体秘密不动声色的看客！

如果我们不交织在一起，

不搏击，

不缱绻，

我们就失去平等了。

我要征服白的诱惑，

我要令你全身的白成为我剑斧的辉芒，

可是，爱情突至，

爱情降临了！

它只借助了我的盾、你的肉，

这围护你的盾寻见了战胜的力量。

原来战胜出乎爱的柔软，

原来血腥出乎白的洁净。

纯净的人是坚定的。

肥的花瘦的花落在苍郁青草上，

那黄昏的初灯照见了，

龙血树的叶子摇摆着，

将灯光锤成金片，

点缀，祝福，

并深深纪念。

火车开出站后，沿腾芝荦湖岸从西北绕城半圈，然后再往荒野去。

绕城经过的地方，有星火灯具厂和睿源寺。那星火灯具厂是新政权办的，义军一度占领诗梳风，造了不少工厂，按西洋的路子，想建成工业化大城市。

有一截铁路从厂房边侧的居民区穿过，那里房屋都很矮小，与轨道贴得很近，仿佛伸手就能掠到屋顶。这时，那些昏暗的灯叠加在一起，拥挤成一片明光，大人和小孩子都站到屋外，紧贴着墙，他们并不是特别地为要看死囚被绑缚在车板上才出来，而是凡车经过，都像过节一般寻热闹。

或者这天也有人传言死囚要经过了，出来看的人安静许多，有人数着车列，也有人注目搜寻。

"看见了，看见了，他在那里！"有一个小孩站在屋顶，啸叫着指着铁笼子。

"哦，真的是一个人呢！"又有人有所发现，"他是活着呢，还是已经死了？他一动不动的，看似断气了。"

车速很慢，开车的司机甚至也怕撞倒铁路旁的矮屋，像是故意谨慎行驶。为此，列车与建筑对冲发出的噪音并不大，人们的闲言碎语反而成为声浪。

有一个大胆一点的孩子，伸手一把抓牢铁笼子的栏杆跃上火车。就这样，他得胜般地呼啸着，搭了一段，直到前面拐弯的地方才下来。

有人朝笼子里扔报纸、赃物，倒下水，抛菜叶子，也有人将鲜花和莲雾掷过去。

"他是谢木枝中学的语言教师，他本名叫辉恩，我姨娘的女儿听过他的课。"

"一个读书人做强盗真可怕，说是他杀人如麻。"

"听说他是留学生，在巴黎大学毕业回来的。"

"他姐姐是宫里的舞娘，哲塔王很宠爱他姐姐，在大城释迦寺有一个月坛，是专为舞娘造的，说是为了接月亮下来，也说是为了弄月。"

"那他后来怎么就造反了呢？"

"说是舞娘叫王后给杀了，想是为了报仇吧！"

"他是大将军啊，你们别忘了，那时义军建立新政府，他是我们的领袖，他造的工厂给了我们许多人饭吃。你们都拥戴过他，怎么现在就把他看作强盗了呢？"

　　……

　　人们道听途说，将实际的和不实的消息拿来佐餐，拿来在盛夏的夜空下纳凉。

　　王师的官兵将他捆缚着从全境穿过，是为了暴露反贼的下场以示众警告吗？可是，民不知有国，国不知有民。他们只是将王室当作大户而已，看看大户人家的热闹，也看看劫掠的强人怎么私闯深府，叹羡一下他的身手，也幸灾乐祸一番。

　　火车将要路过睿源寺了，甘伯侧过身子，对苫布下的宋爱说："看哪，你还记得寺里的春花会吗？"说罢，又回转他的头，像是要把刚说的收回去。

　　然而，宋爱听见了，她屈着膝探出头来，从苫布下露出半个身子，朝寺庙的女墙那里望去。她依稀看到石柱栉比的长廊，那里是他们曾经幽会的去处。

　　甘伯，就是先前的辉恩，他小的时候，寺庙还是男童的学校，一切人家的男童都要送到寺庙里修行，等长成了再还俗。到了宋爱出生时，国王施新政，学习西方的规矩，办了许多新学。辉恩就是新学的老师，从巴黎的师范大学毕业，到谢木枝中学教语言课。那时，国王设立奖学金，专给王室贵戚的孩子，舞娘恳求哲塔王拿一份给她弟弟，国王允准了。所以，辉恩是用着王室的钱去外国上学的，王室对他是有恩在先的。

　　刚从巴黎回来的辉恩老师是非常吸引那些富家子弟的，他的举手投足都那么风雅，那么得体，又含蓄地流露出时尚的信息。他朗读波德莱尔的诗，借着春日午后的暖阳，语气沉缓而有序，那是一种裸露的声音，少女少男们都听得懂，正是他们熟悉的、将要摆脱的、童稚中的忘情，想吃什

么就说想吃什么，讨厌什么就说讨厌什么，脱干净文辞的表象，用儿歌的
方式自娱自醉。

Dont le regard m'a fait soudainement renaître,

Ne te verrai-je plus que dans l'éternité?

Ailleurs, bien loin d'ici! trop tard! jamais peut-être!

Car j'ignore où tu fuis, tu ne sais où je vais,

Ô toi que j'eusse aimée, ô toi qui le savais!

（你的一瞥顿时令我复活，

莫非只好等到来世才相会？

远去了！晚了！或者这是断然永别！

我不知你已去向何方，你不知我将走到哪里，

哦我可能爱上你，啊你应该知道的！）

二月里，兰花海棠花盛开的时节，城里人都三三两两结伴到睿源寺开
春花会，提着食盒和酒壶，携着筝篥或者单弦，有说有笑，有饮有歌，就
这样直到日暮黄昏才散去。

宋爱应了辉恩的邀约，还领着几个同学一起来，好借着她们做扶辇，
将自己的爱意兜在欢笑里。其实，她也不知道是爱还是单纯的欢喜，总是
看着辉恩就想笑，就痴傻傻地看进去。她哪是一瞥啊！她是盯着不放，目
不转睛，路也走不动了。

他们席地而坐，雨幕将他们挡在寺院的石廊里，辉恩又诵读那几句："我不知你已去向何方，你不知我将走到哪里，哦我可能爱上你，啊你应该知道的！"

宋爱说："布恩，我该叫你布恩。"

有同学说："我们底下都叫布恩呢！"

辉恩其实不喜欢她们这么叫，这似乎将他推远了，将他直推到雨中去了。

"我都淋湿了。"辉恩说。

"雨在外头呢，一点也飘不进来，怎就淋湿了呢？"宋爱问。

他沉默不语。可是，他哪里晓得，哪一个漂亮小妹妹不渴慕让他亲一下呢？他是儒雅而认真的，她们是汁液胀满正慢慢渗出的果儿。这跟巴黎的街道实在太不一样了，那里过路的女子只消一回眸就点燃了，这里却有很长的路要走。摘果儿的人不知果儿在等，果儿苦于自己无法涌浆，青春在这里消耗的时间比之后任何岁月都要漫长。

过了很久，话题已经扯到别的事情上去了，他忽然插进来说："ô toi qui le savais!"（啊你应该知道的！）

谁知道呢？天晓得啊！

火车出了城，驶入荒野，没入更沉的黑夜。轮击轨道的声响，因为空旷，而无处反射，车板上倒是显得安静一些。

宋爱从苫布底下爬出来，双手抓牢铁栏，这下她离她的布恩近了，她还是像从前一样，目不转睛地盯着布恩看，看着就笑起来，心里开了花。

"我真的不知道你要去哪里，这话就像谶语似的。"她说。

"这是要去死。我将要死了。"她的布恩直挺挺地躺在板上，好睡牢他的死地，他紧紧追着死神不放，"我不会向他求饶的！"

"向谁？"

"死神。你没有看见他正牵着火车走吗？"

"我来送你，你不高兴吗？你开心一会儿也好，你开心时很疯狂。"宋爱说着，转念又低落地叹道，"你都记不起来了！"

"到前面停车的时候，你赶紧下去！你这么长久地在车上很危险，哪怕士兵不发觉你，车速一快起来，风都要将你甩出去的。"

"我要是比你先死也好，总算没有活着再分离一次。只是没有人来替你收尸，我想一想这，就难过了。"

"不要难过，这是叫敌人高兴的。"

"我要是能见着陛下，就求他宽恕你。"

"他会听你的吗？他那么仁慈，就不会叫那么多百姓饿肚子了。"

"他曾经不是赞助你上学吗？他愿意让他赞助的人就这么死去吗？这么被绑在铁甲上死去是他的耻辱。"

甘伯露出了一丝笑容，他是在笑宋爱天真，这令他想起了隆裕花园和谢木枝中学的往事。他真的记起来了！还是那个宋爱，是他的爱人，那爱他的人真的来了，此刻与他在一起。这又叫他异常难过，这么深远、这么根底中的往事，难道都要与他一起遭受失败和被出卖的耻辱吗？斗争失败了，众叛亲离了，无数人性命丢了，难道生命中最美好的事情都要来陪葬吗？命运太残忍了！这是将肉体和灵魂一并杀死的灭绝。

他之所以想不起来，也不愿意想起来，想一想又收回去，都是出于守护之心，哪怕垂死都不能牺牲纯净。这纯净是他的意义，如果他死了，想着那些纯净的人事而死去，就好比那些人和那些事都被敌人杀死了。

宋爱上车时随身有一个包袱，这会儿她将包袱里的东西倒进铁笼子里，为的是借铁栏遮一遮，不让风将它们吹走。

"你在做什么？把什么放进来？"甘伯问道。

"我在数钱，我看看我带来多少钱。我要到前面的车站去买水和食物。你要吃饱了才好。"

"你到前面下去了，就不要再上来了。我见着你就很高兴了。现在我安宁了，你不用为我担心。他们杀我以前，会给我吃饱的。"

宋爱并未搭理他的话，只一心数钱。她数着数着，有点兴奋，说："呀，我们有许多钱呢！我和祖母出门前把家里的钱都拿出来了。一些放在箱子里，跟着祖母去暹罗了，还有不少在我的包袱里。看，有两庄金块呢！这足够支撑到上丁省了。"

甘伯不看她，说："路上情形复杂，他们总要过来检查的。如果下雨，他们或者会将苫布拉起来，那时你藏到哪里呢？"

"天不绝人，我总有办法的。"

宋爱的包袱里藏着一把小刀，大马士革钢的，很锋利坚硬。她数点好钱后，用这把刀在铁笼子边缘探测。她撬到一块松的木板，这板像是补上去的，不是车上原配的。板的一头是嵌在车身的钢架里的，顶在靠近前一节车厢的那侧，另一头完全是脱离车板的，其余两边有铁皮包裹着。铁皮已经生锈，有些地方出现了蚀洞。宋爱就顺着这些蚀洞将铁皮割开。等全部割裂后，她很小心地将这块板翻起来，看见下面是空的，正对着路基和枕木，车轮恰巧不在这里，在这块板之后的两边。她抓牢车身下面的一根弯杠，试着下到车身底下去。车速这时候很快，她下不去。她想，如果火车停下来时，应该可以下去，如果弯杠边上还有别的支撑物，也许就能用脚抵住，这边手抓牢弯杠，脸朝上，将身子贴紧车身，就可以隐蔽。

她将这块板复位合上，并清理了那些割碎的铁屑，用刀柄砸实了割开后翘起的铁皮。这样，如果不仔细看，就没有人能发现这里是被翻开过的。

她又回到甘伯、她的布恩跟前，手伸进笼子，摸到他的腿、手臂，又摸到他的脸。

这是甘伯熟悉的触摸，已经七年了，他离了她七年，却还是原先的触觉。她的面貌和神情总是闪亮的，有着堂上瑰宝的明光，孩童般专注而轻灵，一丝不令人有邪想，然而她的身子是滚烫的，有如深藏的冰下的热流，她的指尖不能触碰，一触便有无数蠕虫生出来，若即若离，人无法抵挡就融化了。

"不要，不要走！"当宋爱抽回她的手时，甘伯突然喊出声来，"不要拿走你的手，放在我头顶，伸进头发里。"

啊，她原先总是在午后的阳光底下，在花园深处的长椅上，她的布恩躺下来靠在她的腿上，她就这样将手伸进他的黑发，柔顺地盘摩。那样的时刻，布恩的脑洞像是被她打开了，整个人的神经被她牵引，思想和欲望同时被悬起，灵魂出窍，百骸悸动。"啊，你是用什么伸进来的？你的脚吗？还是吻，还是刀尖？为什么我不行了？我不是我自己了！我的脑袋不是我自己的了，让你随便搬来搬去。"接着，他们屏神凝息，一言不发，都像傻子一样呆住了。布恩觉得这是一场舞蹈，他就是舞台，令女孩儿恣意揉捏、纵性踢蹬；而宋爱觉得是一次航海，她紧握船舵，不能偏离，锁定航线一意进深、坚定加速。他们不是那种袒露胸臆、撩拨风情的轻浮男女，他们失控地坠入深渊，又极害羞地升腾上来，忽就推开对方，与其说是彼此躲避，不如说是躲避自己。多么尴尬呀！我怎么能做出这样的事？我究竟掉进哪个陷坑了？他们再次坐好，保持一点距离，言不由衷地说东道西。然而绯霞留在了脸上，魂魄掉在了地上。

　　"就一下，反正我快死了。"甘伯叹道，他虚闭着双眼，将视线返到内里，"其实我死过好多回了，还怕这一次死吗？"

　　七年算什么呢？整个时代顿时被清空了。

第二章

剑盾和铠甲

　　内阁教育委员会给境内各个大城市的中学派新教师，这一批都是从英国、德国和法国留学回来的。辉恩被派到马德望省的诗梳风。市里的中小学联盟又将他派到谢木枝中学。他是从巴黎学成归来的，本来是安排他教法语的，但他自己执意要教民族语言，上头这便遂顺了他的意愿。

　　他是北边的大城人，在大城是贫寒人家出身，靠着姐姐在哲塔王身边做舞娘才有了深造的机会。姐姐原本在选美的节目上得了第三名，国王从电视上看到她的表演，心生欢喜，就将她选进宫里。大城是王国的首都，即便最穷的孩子都要比边省富家的孩子时髦，尤其是哲塔王施新政以来，城里充斥着酒吧、摇滚乐和一夜暴富的神话，外国商人也纷纷来投资，一派繁荣喧嚣的气象。女孩儿们喜欢嫁给有钱人，也希望通过参加各种比赛来获得露脸的机会。辉恩的姐姐就是走这条路成功的典范，虽说没有嫁给有钱人，却得到了王国至尊者的青睐。

　　辉恩的姐姐在宫里很得宠，哲塔王在首都释迦寺里专为她修了月坛，以整片整片大水晶铺地面，为清朗之夜邀月光与她同舞。国王想封她为贵妃，这激怒了王后，挑起了宫斗。在宫斗中，舞娘失势，国王最后不得不赐下鸩毒。舞娘饮下毒酒前曾说："善待我的兄弟，陛下记住他的名字，他叫辉恩。"

这是八年前，辉恩认识宋爱前一年，也是他在巴黎读书的最后一年。也许是因为姐姐可怜地死去，也许是因为他目睹了大城太多的贫困和黑暗，辉恩在巴黎热衷于结识各类激进组织成员，与他们在一起讨论改造世界的计划。当他回国的时候，他已经是人民阵线的一名坚定的党员。

诗梳风不同于大城，这里是南方，十一月到四月是旱季，五月到十月是雨季。一二月份已经很热了，春花遍放，草木深深。辉恩是二月到学校任教的，他教的是三年级的那一班，男孩都已经长出个头，女孩个个出落得亭亭玉立。南国学校里的女孩似乎多些，到了三年级这个年岁，一夜知羞，紧裹着情欲，连那些原本性情粗放的，举手投足都慢了半拍。然而，辉恩的到来，令她们不安。他款款的语速如弦乐牵肠，他每日都换的丝巾暗香袭人。他若讲课，女孩们便沉静景慕，目不转睛；他若下课离了课堂，她们顿时就心绪躁乱，不知所措，接下来的课几乎无法专心。

他的形貌是温润斯文的，他的目光和精神却是峻拔坚韧的。清癯玉立，虽悲喜阴晴而不能移；谈吐间天马行空，妙语连珠，风趣而不失肃括。他时髦却并不轻浮，没有大城男子的张扬和噱头，而是一种会心、暗示和启领。他和姐姐都是俊美的种子，阴阳的两面，一枝开花，一枝葳蕤。

那年他二十八岁，宋爱十六岁。在堂上，他是优伶，她是看客；在堂下，在屋外的碎花下，他们看着是兄妹。辉恩老师教学很有一套呢，他诵读伏尔加河的长诗，说是上段、中段和下段出的诗都不一样，那下段之下呢？说河都流到海里去了，伏尔加河去了哪片海呢？他故意这么铺排来逗大家玩，谜底是这河忽然就没了，断流了，沉入地下去了，这叫作内流河。于是，读诗又晓得了地理，多识草木鸟兽。他自然不会照本宣科，他固然也不给学生那些画地为牢的命题，他总是先纵情演绎，将诗章描述得浪漫不可及，又忽然挑破梦境，摔倒巨人，给你看诗意的低俗依据。他说到波德莱尔。啊，还是波德莱尔："你的脚在我友爱的手中入梦"，这是恋足癖；"丰腴的腰间一片神奇的光芒，金子的碎片，还有细细的沙粒又使神秘的眸闪出朦胧星光"，这是下坠，春心坠入肉体。然而，诗是升华呀！那恶中开出的花儿也是花呀！辉恩老师这么说着，慢慢地，那些男孩儿女孩儿就喜爱起自己的生活了。龙血树是美的，但树旁有包藏过腐肉的化工塑料布，这就是生活呀。我们居住的大地，既出五谷，亦纳污垢。诗梳风，Sisophon，又称作 Serei-sophon，它原本的意思是"美少女"，可是，车站布满了流浪汉和乞丐，没有穷人和肮脏的诗梳风还是诗梳风吗？那些无视腌臜脓毒的抒发都是空洞的假美好，是死的套话，是客厅里的塑料花，唯独发乎残忍的起点而升华的氤氲才是动人之悲。如果起点不够低，何必升华，哪来的升华？靠着远方的寄托来隔绝眼前的现实，那不是浪漫，浪漫是苦中的甘味，虽死犹荣，是千百个农夫抬起的一顶花轿。每一个在座的少女都是一个 Serei-sophon，Serei-sophon 有的你们都有，人是遮着羞处才体面的，人不能只剩下体面而割舍掉羞处。

　　他似乎什么都懂了，也道出了生命的秘密。可是，突然有一天他走进隆裕花园，却全然迷失了。

　　三月的开端，他去做家访。别的学生都是就近上学的，在市政中心附近，离学校不远，唯独宋爱家里在城的西头，腾芝荜湖畔。那里是诗梳风有钱人住的区域，古老的房子，一代一代接承下来，一代一代加固修缮，房子被刷了一遍又一遍，远远看着，有崭新的色泽，却也掩不住被风雨蚀钝的棱角。宋家在一个斜坡上，高处是主宅，坡上散落着几处矮房，那是管家和佣人住的。围墙或高或低，都是石砌的，一面嵌着石廊，直伸到湖边，有古垣将它拦断，古垣的基座已经没入湖底，显然旧时湖面没有这么宽，这里从前是城的边缘。

尽管诗梳风不算大，但从城中步行到这里，也要走上大半天。辉恩到门口时，太阳快要落山了。他踌躇了一会儿，怕接近晚餐时间上门太唐突，又回望了一下来路，盘算着夜里还要去另外一家，于是便拉铃。这里的人与大城不同，他们还是过着先王时代的生活，对于新政和改革，只是有所闻而未见其实，就连这门铃都是苏耶跋摩时期的，要靠客人手拉牵绳来晃荡铜铎。铃声很浑厚，接近钟的音质，声波滚滚散开，空气与湖水都受到了振荡，气与水都漾起了涟漪。大概五六分钟的样子，有人来开门，那是穿着白衣、束着五彩腰带的仆人，他低欠着身子询问访客，确定了是主人吩咐过的先约，然后便领着辉恩朝主宅走去。

通向主宅的路，穿过一重一重花园，辉恩闻到了芬馥交织的气味，这是层层叠加的花的气味，草木的气味，熏香的气味和人的气味。住在这里的人是香的，不是香物染的，而是本来就香的。因为在课堂上，他闻到过这种味道，只要宋爱从他身边走过，就有这番香韵，起初似有若无，她远走了，反而泛浮起来，并长久不散。那是少女的体香吗？然而并不是所有女孩儿都有。他的关于富人和穷人的激进思想，在隆裕花园里消遁得无影无踪。这里出离了社会的阶层，这里就是一个花园，故国千年不朽的花园，花儿们不吝所出，哪怕极短的花期，也纵情盛放，并不为骚客与画工，只为追逐花的主人，与她逶迤呼应。

昙花一现啊，这一刻胜过了长久！原来长久并不是年月的计量，长久有更精妙的深度和广度。

他甚至觉得，他不需要仆人引领，他追着芬馥就能寻达闺房。他又提醒自己，这样很不好，他好像觉得自己这个想法已经被人窥见了。他是来家访的，是来了解学生的情况的，不是为了女孩儿登门的。

他走进堂屋，落座，有人为他沏好了茶。他晓得宋爱不在堂屋，因为刚才路过一片豆蔻树林时，他闻到了女孩儿的味道，他知道她在林子里。果然，宋先生嘱人去寻女儿过来。一会儿宋爱就来了。她着一身浅蓝的袍子，乌发密密熠熠地垂垂两肩，笑盈盈地向老师问安。脱去校服的宋爱，辉恩这是第一回见到。从腾芝荜湖青蓝的湖水，到苏耶跋摩敦厚的铜铎，还有满园子芬馥交织的奇香，眼下又来了书里的美人儿，这么多美好的事物一时向他涌来，他真的恍若隔世，他不知道觅哪一处位置坐稳，好让自己坦泰。原来美好是令人不安的，那是曾经尝过太多的苦楚的缘故吗？苦楚才叫人安心吗？辉恩不喜欢自己这么想，也不愿意换一种想法去对待，他只好放弃自己，但他已经很久没有放弃自己了，固然也已经忘记那放弃自己的时候对美好其实并不感到惊慌。他本是一枝葳蕤，此刻因放下了自己，又生出了别样的光芒。他们两个是不明就里的，两个魂魄相遇是无须褪去肉体的衣衫的。

宋先生看辉恩一表人才，心中甚是喜欢，说："有这样的老师教导，孩儿们真是好福气！"

"先生谬奖，后生浅薄，直是上门到各家请教，期望得着一些育人的指点，好在课堂上因人而异。"辉恩说道。

"布恩的法语可好呢！爹爹不如让他吟诗，你不听醉了才怪。"宋爱还是笑盈盈地说话。

宋先生嗔怪她，道："没大没小的，老师风华正茂，怎称呼叔辈呢？

还没坐热，怎叫人吟诗呢？”又转脸对辉恩说，“小女昏痴，不谙人事，还须老师费心调教。”

“天然玉成的，教学并无多少可为，总是经常围护，多做一些看顾清理，不要叫落了俗世的尘埃便好。”辉恩不知道说什么好，总是找了一些好意的话语来应付。

宋先生寒暄几句后，就留客人吃饭，辉恩坚却不肯，说夜间还要再访一家，趁天色未暗，好早些去赶路。这便嘱人去取一个餐笼，装一些菜肴主食好让客人携着路上吃。

宋先生下去后，堂上只留宋爱和她的布恩。

“你来我家里真好！日后要是你只跟我一个讲，就美了。”宋爱说。

“你离了同学，还有啥意思？学校学校，就是大家一起玩着，学着，才有广阔的趣味。”布恩说起自己的学生时光，“那时我上学的时候，就怕星期天和假期，那就没有人玩了，一个人在家里闷死了。”

“是呀，一个人太闷，有两个人不就好了吗！”

“我有许多事要做呢，总不只是做老师那么简单的。”布恩的目光犀利起来，这叫宋爱看着更好玩了。她把他看作是一个锡兵，执着王的旗，戴着王的徽。

“你看着像一个武士呢！你的眼睛总是看着老远的地方，那里有你的玩伴等着你吗？”宋爱痴痴地盯着他看，可是不知为什么，布恩那么爱听宋爱的话，他真的想做一名武士。

“那不叫玩伴，那是我的战士。”布恩纠正道，“打仗不是玩的，是要舍命的。”

“哪里有什么仗打？都是戏台上的故事。不过，你不要信了我的话，你还是望着远处更好，我恨不得下次你来，带着剑和盾，你披戴铠甲的样子一定比你穿便装要神气！"

"我有一天真的穿上，怕是你认不出我了。"

"我只认得出你，你是最特别的。"宋爱说着，就过来拉布恩，"你跟我走，去看我的园子，那里有很多我要告诉你的事。"

唯独她跟学校里别的女孩儿不同，她忽而沉静羞涩，忽而全然不把男女的接触当一件事。她的羞涩也不是存心的，她就是难为情了才羞涩。她与你亲密，就做到无间的地步，你拒绝不得，也生不出邪念，只好由着她摆布。

只是布恩觑见了一道光，她那么白，她的短衫肩袖处亮出的，她的足趾和指尖亮出的，都是叫人惊慌的白。这次，布恩真的惊慌了。这样的白，不是肌肤表面闪跃的。那种表面的光白，是它看你，而有一种内里的光白，是要叫你看它。只有玉英才有这样的光白，叫作精光内蕴，在内里互射互映，被紧密的细粒挤出来，那些细芒还想再挤回去，可是没有足够的缝隙来接纳它们了。它们只好等在外面，一有机会就想再回进去。这样的光白，因内力的吸引，显得深不可测，人因临渊未知前景而惊恐。

他就是被这样一种光拖拽着进入花园的。这是什么事呀？这好像就是一切都已经完成了，已经水乳交融，已经幸福无限。人生还需要什么呢？那么大方，宁谧，自由，处之泰然，心情酣畅！这就是忘境啊，他不知道是怎么进去的。而对于女孩儿来说，这也是稠密的甘霖，只是她想要，就来了，好像本来就是这样的，还会是别样的吗？

她领他进豆蔻林，回转几重，见一片草坪，别有洞天。几张石凳，一条木椅，一张秋千，还有一袭吊床悬在两株古树间。

她叫他睡到吊床上，还帮他脱掉鞋。他本不想露出脚，不知为什么在她怂恿下居然无所顾忌。她在一旁推那吊床，先是轻轻的，接着就猛烈起来，晃得老高。布恩来回看吊床的悬钩，心里有些紧张。

"你看那钩子生锈了，怕断了吧。"宋爱不停推晃，"那是很粗的钢筋，外表生锈了，里面硬着呢。"

"啊，这样很好，好舒服惬意的，人真的要飞上天了。"布恩落下心来，闭上眼睛，开始享受，"你独自一人在这里，谁推你玩呢？"

"我的姐妹们啊，她们先前常来找我玩的，现在人大心也大了，她们不相信以前说好的事了。"

"以前说好什么事了？"

"你见过豹子吗？"

"没有。"

"这个林子里住着豹子。如果我们做了好事，它们就会来。"

"你们不怕吗？"

"野兽不饿的时候是不吃人的。我们常常给它们食物。"

"它们？你说'它们'，有许多豹子吗？"

"只有两条。一条母的，带着一条公的来，公的比母的小些。"宋爱忽然停手，道，"你想看我骑豹的样子吗？"

"那是驯服的豹子吗？是你们家养的？"

"也不是呢。我生下来那年，园子里才有的，是从后面森林里过来的。父亲说，这是瑞兽呈祥，来庆贺贵子降生的，是好的兆头，于是就不赶它们走，叫仆人每天割一些生肉喂它们。我长大一些了，它们就时常跟着我，还进到我屋里。"

"你爹爹心真是够大的，不怕它们把你叼走。"

"豹子是很尊贵的，它们还看不上一般人呢！家里不顺的时候，或者小孩子昏昧的时候，它们就不出来，躲在哪个隐秘的地方，你要寻都寻不着。那时，仆人就将生肉抛在空旷的地方，它们饿了闻到了，就会来叼走。如果它们生气了，几天都不出来吃东西，那些肉就腐烂发臭了，仆人又来拿走，收拾干净。大概我九岁的时候，公的那只豹子走了，寻不见。那时我懂一些事了，母豹子就只与我亲些，将我当作它的小孩看护，我放学回家，到这里来玩，它就跟着我。渐渐地，它认我，也认我的姐妹。"

"你有许多姐妹吗？"

"都是表亲和堂亲的姐妹，我是爹爹的独生女儿。"

"她们不怕吗？"

"你为什么老说怕呢？豹子是很灵的，如果你心思诡诈，它就不出来。我的姐妹们如果有欺骗我的，它就会对着她吼叫。这个很灵，每次都应验。"

"看来我不是什么好人，我来了，没见着它们出来。"

"你知道我们说好了什么事吗？就是将来有一个王子，会骑着那只离去的豹子回来接我们中间最美的一位。起先我们都争着做最美的那个人，后来她们长大了，都不信了。"

"你还信吗？"

"我当然信的。"

"那豹子是你的，应该是来接你骑着去嫁王子才对。"

"不，是豹子将王子引来的。"

布恩听着这些，忽然有些神伤。

"你不高兴了吗？"宋爱问。

"你的玩具真是奇绝，我小时候想要玩一只塑料的老虎都买不起。"

"你们家穷吗？"

"我们家也不算穷。我爸爸在大城开汽车修理铺，可是他很早就染病死了，妈妈给人做裁缝，收入太少，只好靠姐姐去歌厅唱歌赚钱。姐姐后来参加选美得了大奖，这以后我们的家境又好了。"布恩将家里的事以及自己后来怎么去巴黎上学的、姐姐又是怎么死的，都告诉了宋爱。

"啊，你太可怜了！可怜的布恩！"宋爱听着，眼圈红了，她要为布恩落泪了。

"不！我不是一个可怜的人，你还太小，许多事你不懂的。"布恩从吊床上下来，他生气了，他撇下宋爱，径自朝林子外面走去。

宋爱在后面追不上他，喊他，他也好像没有听见。

他就这样走了，仆人为他准备的餐笼他也没有带走。

他回到玛丽图真大街附近的小屋时，已经过了子夜十二点。所谓大街，其实是连接王国国道的一条公路，两边都是森严的乔木，一堵围墙连着一堵围墙，总不晓得那墙内是什么人家，没有商店，没有公共设施，偶尔有个车站，只是一个站牌和一条破旧的石凳。白天行人不多，夜间可说是空旷无人，路灯稀落，一片漆黑。沿路一直往西，摸到一座石桥的桥头，然后右拐，就进了巷子。这里是莫尼河的右岸，有窄小的路径随着逶迤的岸滩伸向城北。路径旁密密麻麻搭建着矮房，都是东亚宋人的后裔聚集在这里，所以这条河边的窄路叫作寒云巷，据说以前附近有一个寒云寺，现在也寻不见踪影了。

这会儿夜深人静，一丝灯亮都没有。他借着月光，小心择步，为了不

撞到居民门口的花盆、摩托车或者鸡笼。尽管这里住的都是穷人，但小巷
的地面和屋檐下伸出的平台都异常干净，星月下竟闪着柔光。有一家门口
的水池子旁开着一截龙船花，茎株插在一个汽水瓶里，辉恩知道，这是这
家九岁的小女孩儿养的，她叫米尧，每天他下课回来，米尧都会隔窗招呼
他。久了，他们就成为朋友，辉恩回家时常会惦记给她捎一个米饼，夹一
点蘸着辣酱的烤肉末，撒一些葱花和碎胡椒，那种热带的香喷喷的点心。
这样的环境，辉恩太熟悉了，他父亲死后，一家就搬到大城的贫民窟居住，
也是这么窄的巷子，住家特别多，彼此似乎只隔着一层纸，人影、人声、
呼吸、哀怨和欢喜都缠织在一起，连命运都是绞成一股的。然而，这也是
人家呀！人生长衰败的所有阶段，他们都要经历；父母子女亲眷的人伦，
一点不可或缺。

　　他想，米尧看见他落魄伤心会可怜他，他看见米尧难过受苦也会可怜
她。但这是同病相怜啊，并不是宋爱说的可怜。宋爱这么说，伤到他的心
底了。你能说斯巴达的少年在谷底忍受饥困、训练筋骨叫作穷塞吗？你能
把彼得大帝微服私访欧陆叫作乞讨吗？谁人能晓得一个勇士要经历什么？
一群决心反抗的人，他们也许被放逐荒郊，吃野菜虫豸，披风霜雨露，可
是他们日后将得到政权，将决定一国人的生死贵贱！而他，辉恩，正是走
在这样一条路上的人。

　　他进到屋里，打开灯，坐在床沿。他走了一天的路，累到已经忘记饥
饿了，可是他居然忘记不掉那只苏耶跋摩的门铃，那些芬馥交织，还有宋
爱密密熠熠又垂垂双肩的乌发，尤其是那随处难掩的光白，那么白，那么
白，一定是别人看不见只有他看见的白。他撩不去这些，一想这些就欣喜
起来，所有关于可怜的羞恼都荡然无影了。为什么今天这么开心呢？这是

一种他从来也没有遭遇过的开心。他并不是一个小男孩儿，他二十八岁了，他是懂得男女之事的成年人。在巴黎，在阵线组织举办的布隆迪尚沙龙里，他遇见了姬姗，这是一个当时不到二十三岁年纪的女子，在国立勒芒高等美术学院学习雕塑，她每个星期五下午三点会准时参加沙龙活动，她从卢瓦尔河大区萨尔特省乘火车来，那里离巴黎并不远，大概二百公里左右，两个小时的车程。姬姗个头并不高，瘦小标致，皮肤有些深，但眼神很迷人，许多组织中的干部都喜欢她，她是每一次聚会的明丽色彩。她像是一个野心勃勃的女子，又常常独来独往、神秘莫测。谁也猜不透她的心思，谁也不晓得她最后会跟辉恩好上。其实，辉恩与她相处也不得要领，尚未步入佳境，就忽然掉落冰窟。恋爱的体验是朦胧的，失恋的感受却是真切的。姬姗是那种与她单独约会都要付出代价的女人，然而与辉恩认识不到一周就有了肌肤之亲，只是接下来却没有下文了，她过夜便凉，拉开窗帘就冷若冰霜，还没等辉恩醒来，就又归赴勒芒的独居之地。辉恩听见一记拉链声，他清晰地记得这冷酷的隔绝，这个女人拉上了裤子。她走了。

准确地说，他现在是失恋了。他抹不去姬姗，没有姬姗他空落落的，他是不完整的，死掉一半的，甚至简直就是瘪掉的气囊。只是这会儿不同了，一旦坐稳静息，他不知怎的就升腾起来，疲累如细屑纷纷坠地，他获得了一种前所未有的喜乐。已经半年了，从姬姗离开的那个早晨，从做毕业论文到归国，到被派到诗疏风，他一直没有开心过。

门框上邮箱里有一封信，下午他外出的时候到的，是弟弟的来信。他进屋时拿出来，这会儿打开看了一眼。他还有个弟弟，已经二十四岁了，中学读到一半就辍学了，姐姐进宫那几年，他借着显贵的背景开了一家赌场，如今没有靠山了，也不善经营，生意就都转给了别人，几近没有收入。

母亲是一个很庸俗的女人，只晓得要钱，要钱，曾经就是她逼着姐姐去那些风月场所的，姐姐香殒后，她拿着从女儿那里搜刮来的钱财嫁了一个小白脸，从此，她就不再是辉家的人，辉家的事悉数不管了。辉恩晓得，每次弟弟来信，就是讨钱。这令他非常苦恼，接济贫困是应该的，然而弟弟染上了吸毒的毛病，那个坑是填不满的。

他要一百瑞尔。瑞尔在新政后还是比较值钱的，国王推行金本位，差不多一个瑞尔值 0.31 克黄金，一百瑞尔就是一盎司黄金。他每月的收入是一百三十瑞尔，前两天刚拿的薪水，正好是一个金圆和三十个白银的辅币。一般情况，他会按半数汇出，然后再写一封信，说些劝慰和引导的话。这次他决定多半都寄出，就寄给他一个一百瑞尔面值的金币。这似乎是让弟弟分享他此时的快乐。他什么都不计较了，他觉得他从隆裕花园赚到了一生的财富。他也稀奇他这种感觉，人何以什么都不在乎了呢？这种喜乐，并不是兴奋，而是畅然，松快。于是，他将金圆包装好塞进小邮包后就舒心地睡下了。

睡中，他做了一个梦，梦见蓝茵姐姐。蓝茵是辉恩姐姐的同学，歌喉很甜，在大城的歌厅里唱歌。她待辉恩很好，每次到辉家总会带一点烤猪颈肉和一壶甜酒。她知道辉恩喜欢喝一点酒。

"恩，禄拜有东西要给你。"蓝茵说道。

禄拜是暹罗语"珠子"的意思，辉恩的姐姐叫辉吉安，因为漂亮，同学都将她比作一颗美珠。

辉恩在梦里想说话，但张不开嘴。

蓝茵继续说道："禄拜临走前嘱咐我，你回国后，一定要我找见你。我在三隆，我嫁人了，是市里水利署的督察官。我们住在望雉坡的鹊立巷，巷尾有家沉香店，是我开的。你别忘记来找我。"

蓝茵是站在一个暗红的木制大柜台后面跟他说话的。他走过去靠近她，她便掀开柜台一边的挡板，放他进去。随后，蓝茵就转身往里面一条甬道走，他尾随着，不想里面连着一个天井，有光从头顶泻下来，非常刺眼。他睁不开眼睛，又躲不掉光，怕看不清蓝茵姐姐追不上她。正情急中，忽然就醒了。屋子里洒满了阳光，原来夜里睡下时未合上窗帘，这时已是大白昼，太阳烫烫的，直直地晒着他。

他觉得很稀奇，为什么做这个梦？莫非姐姐冤魂托梦，借着蓝茵姐姐来说话？难道姐姐真的有东西留给他？很少有人在梦里将一个地点和住处说得那么明白的，况且他从来没有去过三隆，也没有关于三隆的任何记忆。三隆的望雉坡，望雉坡的鹊立巷，鹊立巷的沉香店，历历分明，言之凿凿！于是，他打开王国的省区地图，寻到三隆市区图，逐街逐巷地找。啊，他居然找到了一个叫望雉坡的地方，还果然有一条巷子叫鹊立巷。他坐不住了，心绪再不能平静，他一定要去三隆探明究竟。

他择了一个周末，星期五中午一散课，就赶往火车站，买了直达三隆的三等座，匆匆就去了。

那个望雉坡，原先是一座石垒的要塞，后来废弃了，埋没在树丛中，只是比城区任何地点都要高，仍然保留着地理上的气势。如今，一些官宦人家在坡上买地建宅，也有一些商人间杂其间。他找到望雉坡地面上的鹊立巷，顺着巷子往里走，直走到巷尾。他看见一块匾，上书四字"蓝茵香庄"。他的心都快要跳出来了，他有一种将要跨入冥界的恐惧。他只是稍稍往店里张望了一下，梦里的场景便全部呈现了——蓝茵立在暗红的木制大柜台后面，招呼他："恩，你真的来了，我等了你好久。说你上年年末就回国了，你怎么现在才来？"

辉恩晓得逃不过了，他原本只是来看看，为印证梦境的真伪，不想真的一步跨入梦境，这便只好与蓝茵对话："听说姐姐有东西托你转给我。"

"进来吧，"她掀开柜台一边的挡板，跟梦里一模一样，"跟我来。"

辉恩值此，已然不再害怕，反正跟进去看看，看个究竟。他将自己交托给了命运。

命运领他穿过天井，是的，有强光射来，他睁不开眼。然而，他并未将姐姐跟丢，直与她进了内室。

蓝茵从木箱子里拿出一个气派的大盒子，打开盒子，里面有金光银光涌出，这下辉恩真的什么也看不见了，他被这光芒刺得失明了。

辉恩定了定神，大概有三分钟的样子，他才复明。这是一件用金线和银线精织的铠甲，金线银线布满全装，内里是铁丝和铜丝，外面的金银是为了彰显尊贵，里面的铜铁是为了抵挡刀剑。还有镀银的帽子，帽顶有红毡绒的飘带。

蓝茵又拿出一个更大的木盒子，有硬皮镶嵌在外面，盒子里藏着一把钢剑和一张盾牌。盾心刻着神鸟的图案，就是造物主在人的历史中偶然飞过的化身。

此外，还有一双薄薄的红铜皮围膝的高靴。

辉恩问："这是什么？这是姐姐给我的吗？"

"禄拜要我交给你。"蓝茵说，"这是陛下赐给你的铠甲，是御林军右卫的戎装。对了，你翻开盾牌，下面还有一册金页，里面刻着你的名字、军中阶位、出生年月日和所有身份明细。你拿着它去面见圣上，他会留你在身边做贴身侍卫。陛下允诺禄拜，会好好照顾你，令你前程无量。"

　　辉恩本想推开这一切，他不想要国王的馈赠，他憎恶国王和这个王国。然而，他的眼睛再次被金光刺瞎。他知道，真金的光芒是神的光芒，你看不清它，它看得清你。他无法拒绝神的光芒，也无法拒绝姐姐的心意。这心意是越过了千山万水，越过了阴阳两界，不惜借着蓝茵的生路潜入他梦中的。他忽然又想到，宋爱跟他说，"我恨不得下次你来，带着剑和盾，你披戴铠甲的样子一定比你穿便装要神气"。他一想这话，心就软化了，那对国土和王国的憎恶遁得无影无踪。

　　他收拾好铠甲和武器，留下金册给蓝茵，道："这个我不要，你化了去给沉香做配珠吧！"

　　"你不去上任，这是辜负了禄拜的苦心啊！"蓝茵扼腕，为他极大地可惜。

　　"你听说过有谁去保卫仇人的吗？"

　　"陛下是珍爱禄拜的。是……"

　　"啊，你不要再说了。"辉恩打断她，"我喜欢盾上的那只神鸟。在梵天和佛陀没有诞生之先，他已经来过了。我是属于那个时间的人。"

　　蓝茵不知说什么好，停了一下，问："那么，留下来吃烤猪颈肉和甜酒吗？我的先生是个好人呢，他很好客的。"

　　"好吧，我真的有点馋酒了。"

　　辉恩留下来，与他们一起住了两天半，星期五半天，星期六与星期日两个整天，直到星期一上午才回转。

　　蓝茵的丈夫叫思潘，尽管在朝中做一个小吏，却也不是王国纪年中的人。他与辉恩成了好朋友。

第三章

王子真的骑着豹子来了

二月里，他已经邀请过宋爱去睿源寺，那是借着春游的兴致，当时宋爱还约了好几个女伴一起去的。现在已经是三月了，他已经去过宋家家访。他的日子变得充实起来，原先他也不是空虚的人，原先他的充实来自学业和斗争。只是近日里的充实不可捉摸，他觉得这样的日子似曾相识，就像更早在大城与姐姐们在一起的时光，小妇人们在一起说话，他在一旁做功课，心里有一种宁谧的恬然，再难的题目做起来都顺手，或者斜靠在竹椅上很快就入睡了。如果她们忽然停止说话了，走到外面去了，蓝茵姐姐告辞走了，他便醒来。这是一种安全温暖的氛围，令孩童和少年舒心地成长。

现在每天到学校也是这样一种感觉，他想，他是否离不开女眷和女伴，有她们在他就快乐。他可以肯定这不是男女之事的吸引，因为他很熟悉与姬姗相处的感觉。既不是情爱，那到底又是什么？每天与那些女孩子都有说不完的话，他极乐意回答学生的问题，课后的，课上的，他都非常耐心地回答。他甚至不知道自己在说什么，有不绝的精力和热情，有自己都惊讶的口才和风范。他发现自己越来越英俊，无意中，他已然成为谢木枝中学的灵魂。

校长说："啊，辉恩，你真的不赖，师生们都喜欢你。我想，你应该满足了，不要生出调动的念头，一直与我们在一起吧！"

人生中有这样的得到所有人迎纳的快乐是难以言表的。

那些时日，哪怕下午没课的时候，辉恩都不想离开学校早早回家，在厕所马桶上坐一会儿，到木槿花开的园圃碎石路上吸一支烟，都是畅快陶然的。

直到有一天，宋爱感冒请假没有来，他觉出了异样，他在课堂上有点站不住了，任何一个人从门外走过他都会不自觉地去张望一下。他想，一切都来自宋爱吗？可是，倘只宋爱一人与他独处，似乎也缺少点什么。没有宋爱是万万不行的，有了宋爱而没有别人也是不完整的。这就像当初，没有姐姐是万万不行的，有了姐姐而没有蓝茵和其他姐姐也是不好玩的。至少，他发现，宋爱与他成长的背景是有某种联系的。

"布恩，你每日回家都步行，也不叫洋车载你，今天坐我的车吧！我送你回去。"宋爱坐在洋车上，挡住正走出校门的布恩。所谓洋车，就跟旧时上海的黄包车一样，是一种人力车，黑黑的光脚的车夫奋力拖拽着在大街上跑。

布恩回顾了一下周围，许多学生都乘洋车，个别不乘洋车的下学后只管匆匆走自己的路，似乎没有人关心他怎么回去。于是，他就上了宋爱的车。

之后，每天宋爱都会早早在校门口叫好洋车等他，载他去玛丽图真大街的寒云巷。学校里并没有闲言碎语，大家都认为辉老师喜欢宋爱，师生间谈得来。如果有一天宋爱没有送老师，大家反倒要生出疑问，要议论一番。

起先，他是觉得有宋爱的人群是美的，有宋爱的学校是美的。这样一来，他又觉得有宋爱的沿路风景是美的，有宋爱的诗梳风是美的。他不得不这么痴痴地联想，如果他是谢木枝中学的灵魂，那么，宋爱就是诗梳风的灵魂。难怪这个城市被叫作"美少女"呢！竟然这么美！心绪随诗梳风的风扶摇直上，何不相爱呢？既然这么美好，除了相爱还能有别的什么吗？正是因为这么美，才不能相爱啊！他在《恶之花》里穿行，总以为爱情是带着一点点罪过的。这么美，怎么会属于他？这么美，怎好以情欲的邪念去玷污呢？这么美，断然不是爱情了！

宋爱也是这么想的。并不是出于害羞而不说出，而是默然让汁液缓缓渗出就好了。

"布恩，恋爱是什么样子的？你爱上过一个人吗？"他们坐在洋车上，路经玛丽图真大街，绿树森森，树干和枝叶压到头顶，像是在吃力地穿越一条深邃的草木长廊。

"我爱上过一个女人，她叫姬姗，但好像我被抛弃了。"布恩说道，"什么是恋爱我说不清楚，但我能告诉你什么是失恋。"

"那多没意思，我还没恋爱呢，就谈失恋，我不要听。"

"人就像丢魂一样的，饭也吃不香了，花木也不好看了，就连比赛胜出都失去了光华。"布恩不理她，继续说着关于失恋的事，"人这时候是瘫软的，谁抢了你的东西，打你骂你都无所谓，因为你觉不出痛，失恋已经超过了所有的痛。"

"噢，那不如死掉算了。"

"问题是你死不掉。当然，那些因失恋而自杀的还算好些。"

"原来恋爱就是生死。我有点明白了，爱就是生，失去爱就会死，生不如死。"宋爱若有所思，又忽然转过脸对布恩说，"我看你每天很开心，一点都没有要死要活的样子，怎么会是失恋了呢？你看上去倒像是热恋中的人。"

布恩脸向别处，刻意躲开宋爱的眼睛，道："那是因为你们，和你们在一起我又重生了。"

"莫非你爱上我们所有人了？一个人爱许多人，也叫恋爱吗？"宋爱真的有疑惑，"萨木家的公子尹新年的时候来我家，他父母送来定亲礼，尹说他喜欢我。父亲收了他们的礼，我们就到花园里一起说话。这不算恋爱吧？但为什么我越来越愿意跟男孩玩，跟男孩说话呢？我可以爱上他，又爱上别人吗？"

布恩知道，宋爱这样大户人家的女孩儿不是不懂守妇道，而是拿心里的秘密来告诉他，请教他。

"爱，不是什么神秘的东西。它发乎欲望。有的人一见钟情，有的人在一起过，日久生情。你既喜欢与他说话，与他玩，那便是有情欲的。慢慢处着，会热烈起来。再说，他喜欢你在先，应是能对你好的，会百般依顺你的。当然，漂亮也是很重要的。你若看他顺眼，越看就越欢喜；你若看他不惯，越看就越心烦，久了还会生出怨忿。所以，君子要相貌堂堂。所以……"布恩打开了话匣子，从一见钟情一直说到背叛、嫉恨、偷情、杀夫，喋喋不休。

宋爱看他认真的样子，又顿觉他是一个孩子，好像还没有她懂，却要学着长辈的样子诲人不倦。

这时候有鸟扑翅，将宽叶树上的鸢都花抖落下来。一阵花雨突至，花瓣厚厚的，重重地打在布恩头上，他也不在意，继续滔滔不绝。宋爱一阵心疼，不觉眼泪涌上来。

"你哭了？我说了什么叫你难过了？"

"我没有难过，是鸢都花的香气刺到我的眼膜了。"宋爱抹去眼泪，又说，"你说了那么多，那么久，竟不知道自己说了什么吗？你真是一个天生的好师父，我要做一个你的好学生。"

　　宋爱认识了布恩的住处，有一回布恩还带她穿过窄窄的寒云巷，进去他的屋里坐了一会儿。她说紧窄的屋子好些，就像一张大床，被搬到水边，直接能看到莫尼河，不像隆裕花园，要走出堂屋，绕过树林和山坡，走大半天长廊，才靠近腾芝荜湖。

　　星期六下午，宋爱与几个堂表姐妹约好去市场买几两真珠，归程时她们在国王十字路口告别，她就让车夫载她走玛丽图真大街那个豁口，自己独自来到了寒云巷。她在布恩门前站了一会儿，踌躇进退中，门忽然开了，一个小女孩探出头来问她："你是布恩的朋友吗？你来找他吗？他出去了，去邮局寄一封很重要的信。"

　　"哦，是这样。那我告辞了。"宋爱说。

　　"他一会儿就回来的，邮局并不远。"小女孩看出宋爱的尴尬，说，"我叫米尧，是他的邻居。我也是来找他玩的。"

　　这便打消了宋爱的疑云。她落下心来，进到屋里。

　　屋子很小，也很矮，木头的地板，顶棚木梁交叉，只一扇窗户颇大，朝向着河。有一张硬木床，一个柜子，柜子旁放着一个大箱子，靠窗摆着书桌；床对面有一个水泥台，上面有一个煤油炉，还有一个小碗柜；屋里顶头有一扇小门，里面是厕所，只容得下一个人；巷子里的居民是没有厕所的，他们使用各类便器，夜间积满，天明时拿出去倒掉，布恩不习惯这样，便出钱让人给他装了一个抽水马桶。这个马桶是巷子里最豪华的设施了，米尧喜欢这个马桶，常常会过来用一下。

"姐姐你想上厕所吗？这里有抽水马桶。"米尧盛情地邀请姐姐用厕所，她以为城里别处也与寒云巷一样，没有马桶。

宋爱不解她什么意思，为什么要让她上厕所。

"厕所里有好多小人书呢，那些彩色画片真好看。你去看一下吧。"

"是吗？"宋爱不置可否，心生一丝好奇，脚步不由自主地迈向那里。

她进到厕所，拉亮了一盏暖黄的灯。那灯罩是搪瓷的，比草帽还大些，罩在头顶，给人一种安全而慵懒的舒适感。她坐在马桶上，仅仅是坐着而已，顺手翻看马桶边一个小架子上的书，有神话的，调皮男孩冒险的，也有西洋的时装杂志，譬如 *Elle* 和 *Vogue*。她打开一期 *Vogue*，看见里面夹着一大张照片，是黑白的，一个穿皮衣的女人站着，皮衣很长，遮住了下身，可是下身似乎光着，什么也没有穿，皮衣敞开着，看得见肚脐，也看得见一边露出半个乳房，那架势特有一些诗梳风街头袒胸露乳的野汉的样子。然而，这个女人很漂亮，她这副打扮看上去也很有派头。这显然不是杂志的广告插页，因为这是一张照相纸印刷的硬硬的相片，是布恩私人的东西。她想，这会不会就是那个抛弃布恩的女人。她无意间又翻到照片的背面，看见几行字，是法语的。她才刚刚跟布恩学了一点法语，看不懂这些复杂的单词，也辨识不清手写的潦草字迹。但她认得出两个词，一个是 amour，一个是 lèvre，尽管这两个词间隔很远，她还是将它们联系到一起，那意思就是布恩喜欢她的唇。这叫她有些兴奋，那种撞见大人亲吻的感觉。她还没有亲吻过，但是看见比她大的年轻人无所顾忌地拥吻时，她浑身潮热，抑制不住地要朝某个地方去，身子未动，但拦不住由里往外的冲动。她本来只是来坐一下，并没有想用厕所，这时忽然下腹沉坠，她晓得自己身体有异样的变化了。还好，这时褪下裤子坐在马桶上，曾经这种下坠感来的时候弄脏过内裤，为了不让佣人知道，她将内裤扔进了火炉。她去了三次厨房，才找到一个厨房里没有人的机会。啊，她要快快让这个下坠的过程结束，尽管这令她恐慌、害羞，又令她难以割舍。她找到了卫生纸，她不想用过后将纸扔在纸篓里，她扔进了马桶，并用力摁了一下水阀。水的冲力不足，没有将卫生纸全部冲下去。幸好边上有一个洗手池，她用池边的大杯子盛水倒进马桶，这样反复几次，终于将纸冲下去了。

她很迷恋那张照片，想象自己也可以这样坦然地站在男人面前，只站在她爱的人面前，私密而尽兴地站着。这样她才有一种彻底长大的放心。那个年纪，对长大和成熟的盼望，已经很色情了，一想到成熟这个词，就兴奋得不能自己。她多想偷看布恩和这个女人抱在一起，这样的时刻，偷看的人本身就受到了抚慰。

她认为她不虚此行，她窥见了成人的秘密，那个众人的老师，众人的叔叔，他在课后是要抱女人的。如果她快快成熟，她也可以让布恩抱抱。原来他那么招人喜欢，不只是因为谈吐高雅、风度翩翩那么简单，而是谈吐高雅、风度翩翩的叔叔要抱抱女人的，而这一切必须长大了才可以。那么，长大实在是太好了，太迷人了，太令人沉醉了！

她走出厕所的时候，看见米尧正伏案认真画画。阳光下这个女孩那么秀气，那么娇美。可是，这又有什么用呢？还好她已经早早过了米尧的年纪。米尧太小了，连偷看还不会呢！她不会嫉妒照片上的女人，她会嫉妒再长大一点的米尧，如果一切秘密都让米尧偷看去了，她会恨死的。

布恩回来了，脚还没跨进门，米尧就迎上去，说：“有个姐姐来看你，她好漂亮的。”

宋爱起身，站在矮房里，布恩瞥见一道光。

布恩进屋，想让宋爱坐，可是只有一张凳子，米尧要坐着画画。他便让宋爱靠着床沿坐，自己也只好坐在她身边。

"我去邮局寄一封信。让你久等了。"

"米尧说了，那是重要的信。"

"姬姗给我来信了，我要答复她。她说她想来诗梳风看看。"

"她回心转意了？"

"我不晓得，心里很忐忑。"布恩说着，掏出一枚银币给米尧，说，"你去巷子口买一些米饼和三绮露来，还要买点汽水和扒虾丸。我要请姐姐和你吃点心。"

三绮露是用糯米、大豆和猪肉蒸出来的，厚厚的滋味，香气被包得很深，吃一口，还想吃一口，就这样深入进去。布恩最喜欢吃三绮露。

布恩请她们吃点心，是为了支开米尧，也为了以己之好来讨女孩儿们开心。

米尧拿了钱走了，屋里只剩下布恩和宋爱。

"你来过一次就能找见，你的记忆真好。这里曲里拐弯的，很不好找的。"布恩说。

"我喜欢你这个地方，开窗看得见水，还有渔船在河上来往。"宋爱说着就倚躺在床上，"真惬意啊！"

她穿着一双镶银边的香木屐，这时顺势将脚抽出来，放到床上。布恩不小心就看见她的脚，趾甲和脚背上泛浮一层真珠的光泽。这光令他不镇定了，他在别处是没有见过的。他不由又去搜寻她身子上别处的光，颈项、肩背、胸臂间、指腕间，随处都有这光流泄出来，就像一切宝物的表面蒙罩的，有一种难以抵挡的光气，将人的心陷落进去，无法躲避。他不断告诉自己，青春的女孩儿应该都是这样子的，就连嫩芽的米尧也是这样的，难道九岁的米尧不比她嫩一些吗？是不是以前没有特别注意过，下次一定留心一下，或者就能有答案。然而，他的眼睛躲开去又转回来，总是不听他意志的支配。怎么能那么白呢？这时候，白，似乎成为一种罪的颜色，看一眼就犯一次罪，看一眼就看到了人家的私密。是谁在提醒他这是罪过呢？又是谁不停地扭转他别过去的脸要他注视呢？他感觉身体里有一只猛兽要蹿出来，他觉得自己快变丑了，这是他不能接受的。于是，他起身，离开床沿，走到窗前，故意只往外看。

"你不要离我那么远，你过来，跟我讲讲姬姗的事。"宋爱坐起来，将脚伸进香木屐，走到布恩身边，拉布恩到床上。

布恩只好回到床边，侧着身子，与又躺下来的宋爱说话："既然她说要来，我就写信专门邀请她。我告诉她我一直没有忘记她。"

"我看见她的照片了，你在她的照片后面写了诗。"

"你去翻我厕所里的东西了？"

"是米尧请我上厕所，她像是请客一样地，非要我用用你的厕所。"宋爱笑起来，觉得这事很好玩。

"那些都是头脑发昏的言语，不算什么诗。"布恩有些羞怯，他以为他所写的都被宋爱看到了，其实他忘记了宋爱还不能连贯地读懂法语，"你不要去看那些东西，那都是成年人龌龊的心思。咳，人长大了可不好了，不如小孩子那么干净了。"

"我很高兴看那些东西，我就是怕我长得慢了。英色丽和曼雅都谈恋爱了，她们才十五岁，我都十六岁了。"英色丽是她的表妹，曼雅是她班上的同学。

"你不是有那个萨木尹吗？你们应该约会才是，不能老等着节日在各自家里见面。"

"怎么约呢？他也不来找我，我去约他吗？"

"他那么喜欢你，按说他应该来约你。"

"我们诗梳风不比你们大城，尤其大户人家的规矩可多了。"

"你下次见到他，应该暗示他。你可以说，家里他们买来的香水都不好，你不喜欢那些老熟的气味，你问他有新鲜气味的吗，他若说有，并拿来给你挑，你就故意说都不喜欢，说哪里哪里有你要的，说不如哪天让他领着去市场看看。"

"哎呀，说到香水，我其实挺喜欢你用的那种。你身上总是有好闻的味道。你让我闻闻好吗？"宋爱抬起下巴，闭上双眼，鼻翼即刻微微扇动起来。

不知怎的，这成为难以推却的请求，布恩便将头伸过去，探到她鼻子底下。她不由抬起双臂，将布恩的头轻轻拢在怀中。这一次布恩竟然没有看见任何白的东西，他觉得顺从女孩儿的请求是尊贵的行为。

其实米尧早就回转来了，此刻她正躲在门边看这一幕。她一手提着点心，一手紧紧抓牢门框，当看见布恩俯身凑近姐姐，姐姐陶醉地合上眼睛的时候，她有些站不住了。她不晓得自己为什么那么舒服，为什么浑身暖洋洋的，像饮了酒一般，昏昏的，酥软的，那正是一块糖在杯中烊开了。

辉恩并没有等到姬姗的回信。多少夜晚，他设想她会不期而至，提着箱子，像闪电一样闪进木屋。然而，她并没有出现，复信石沉大海，复复一封，又杳无音信。每到夜晚，都是煎熬；每到白天，万事又都明媚起来，不论是米尧、课上的学生，还是诗梳风的大街小巷，都因着宋爱的朗澈而入诗入画。一天从温煦开始，到响午暖畅融融，随着午后日斜西下而又渐渐冰凉。每日都似有宴会，每日聚了又散了，散时怅惘落寞，空虚凄淡。他多么希望玛丽图真大街长一点，再长一点，好让车夫拉着他们一直前去，不到寒云巷，也不到隆裕花园。夜里不是好时光，夜里从焦灼到失望到坠入冰窟。他想他是完了，他难道是没有宋爱就不能过了吗？这是一件什么事呀？等不来情人，却迷陷在另一个女孩儿的罗网中！这会不会是另一场爱情？他，辉恩，谢木枝中学的语言课老师，致命地爱上了自己的学生？

过了四月，进入五月，又到家访的日子。他不去想这些纠缠思绪的问题，反正见不到宋爱就苦恼，见着了就高兴。那就去见她吧，只要在一起感到快乐就好。这是欲罢不能的，这是不由自主的。万事都想讨好她，万事为她寻开心，更致命的是，万事都能讨得好，万事都开了心扉从无闭拒。

这回他想起了那身铠甲，还有剑盾，她不是说"我恨不得下次你来，带着剑和盾，你披戴铠甲的样子一定比你穿便装要神气"？啊，那就带着铠甲和剑盾去吧！这下定叫她欢喜得心都跳出来不可。这是真正的铠甲和剑盾啊！是千年武士传统延续下来的形制啊！戏台上和电影里的戏装只是做做样子，而这是真金实银有神力的武装啊！

辉恩叫上人力车，载上两个盒子和赤铜靴，直往隆裕花园去。到了门口，将东西交付来开门的佣人，嘱咐先放到豆蔻林子里的草坪上去，一会儿要给小姐看的。

他照常先去堂上见过宋先生，这回又见到宋夫人，他们都喜欢他，都愿意将女儿托付给他管带，这便唤出宋爱，任他们两个到园中说话。

他们两个来到林子里的空地上，各自拣了石凳坐下。宋爱一眼就看见那两个盒子和赤铜靴，道："我猜你定会带来什么稀奇东西！刚才在堂上你对我鬼鬼地笑，我想你今天会令我吃惊的。你不会是带了铠甲来吧？"

"正是铠甲，还有剑和盾。是真正的武装，御林军将军的装扮呢！你不是喜欢我披戴铠甲吗？说恨不得下次来带着剑和盾？你既说了，我就带来了。"布恩得意得说话时脑袋都晃起来。

宋爱可是一点都坐不住了，立刻起身去揭开盒子。她被金光和银光炫住了，不禁尖叫起来，抑不住回头抱住布恩，还亲了他的耳朵和脖颈。

她因跳跃，露出了无袖薄袄下的肩臂，布恩被击了一下，一道白光胜过金光和银光。一个被白光击中脑门心子，一个被金光银光充盈了目眶。金银之光是神发出的，难道这白光不是吗？

布恩定住了，无法移动了，竟然脱口而出："你再抱一会儿，再像刚才那样亲一下。"

她就再抱，再亲。就这样，时间停了一下，他们消散在光里。

布恩穿好戎装，一手执剑，一手举盾。正此时，忽然有雷声隐隐而来，乌云霎时密布，从他们头顶直压下来。

"要下雨了，我们进去玩吧。"宋爱拉着布恩进到楼阁里。

这里有一座漂亮的楼阁，是用乌木建造的，佛塔一样的顶，有四个覆瓦的三角棚盖架在朝向四面的四扇木门上，底层是一圈加护围栏的条凳，中间有宽敞的红砂岩地面，一侧有木梯可上去，上面是四间小暖阁。宋爱带布恩登楼，择了一间朝南的暖阁进去。那里面三面木板墙上挂着宋人的字画，几案上放着从不毛买来的翡翠摆设，南向的一面是窗子，挂着西洋的百叶帘子。宋爱去拉起帘子，好看见外面的景象。这时雨水倾盆而下，这是这地方雨季的第一场雨。

　　一个戎装的武士和一个娟装的少女，靠着木窗听风看雨。他们并不晓得，这诗梳风雨季的第一场雨，雷声、风声和暴雨声，原是来唤醒他们的。《雅歌》中唱道："耶路撒冷的众女子啊，我指着羚羊或田野的母鹿嘱咐你们：不要惊动、不要叫醒我所亲爱的，等他自己情愿。"又有人说，"不要叫醒"那句实是"不要激动爱情，等他自发"。

　　宋爱将布恩拉过来拽过去，反复遇迩观赏；又让他立到一张桌子上，令他如戏中角色一般显示威武。

　　布恩说："我是甘伯，从古战场上来，杀灭了我们的仇敌，建了这一国，此后你们才繁衍如天上的星辰。"

　　"甘伯原是你这样的形象吗？"宋爱问。

　　"我正是甘伯再世，我的国名叫甘伯地。"

　　"只有我是你的臣民呢。"

　　一声雷响，有闪电划过，射到阁中，将布恩从桌上击倒。

　　宋爱笑得合不拢嘴："像你这般胆怯，雷声都击得倒，如何征战？"

　　"快来扶我，我不行了……"布恩从桌上跌落，头盔卡住了他的咽喉。

　　宋爱过去将头盔帮他摘下，他才透出气来，稍稍定神，道："我说的都是真的，我是将秘密告诉你了。"

　　"那怎会跌倒呢？"

　　"那是红鸟启示我要贴近大地。"布恩指着盾牌上的神鸟徽说。

　　"这是阁上，离地还远着呢。只有我是你可靠的地土。"这时，布恩正靠在宋爱的胸前。

　　又有一记雷声响起，布恩惊起坐直，借着电光，他窥见宋爱的腰。那电光闪亮的腰一直亮着，光色并不随雷声远去而褪，他觉得四肢有异样的疼痛，仿佛有利甲要伸出来。

宋爱扶他靠近一张汉榻，他几乎不能走了，被僵直地拖到榻沿。然而正坐定时，他瞥见自己的手成了利爪。那猛兽这次莫非真的从体内蹿出来了吗？他怕见到这变化，将头埋进宋爱怀里，不想竟触到她的胸。那里硬硬的，又软软的，有弓的弹力。此刻，雷声一阵接一阵，不停袭来，最后的雷发出炸裂的一声，将楼阁和肉体都炸得粉碎，那猛兽得以全力蹿越而出。

"啊，公豹子回来了！"宋爱娇呼。

而那公豹看见的是母豹，那母豹年岁还比公豹大些。

这一天，在热带雨季第一场雨中，爱情被雷声激动，由内而外地自发来到。

白是一种颜色，也是一种光色。白是人所向往的，又因过于明亮而令人失明。失明如坠沉黑，再不见白光。

白从指尖、趾尖、跗面、腰臀、腋下、颈脖、锁骨、耳后散开去，先是光色，又成为利器，复化为蠕虫，叫人膝软，身子僵硬，焦躁，滚烫，不管不顾，丢弃自己。

所以，这样的白，是颜色，是光色，是声响，是静默，是活体，是固体。

命运铺开了雪茫茫的地土，令甘伯王驰骋、征服。

而甘伯王是英雄，也是戏子，在少女眼前成为明星，令她痴迷、目呆，不能自拔，不知生还是死，不知醒还是梦，果浆满溢，直至四泄。

这并不是欲望，这是借着欲望的唤醒。

Dont le regard m'a fait soudainement renaître.（你的一瞥

顿时令我复活。）那是丑恶之花的一瞥。最美的一定是最丑的，这是世界。要看那欢娱极处的恶相，追那不能自持的失控和偏离，仿佛抓住了这个短，就拥有了长久的美。人们追慕性爱的极限，或者出于捏人软处而不战屈人的龌龊心理。这就是欲望，欲望和爱情不同。欲望是人的罪，罪中的努力，是出乎人的。而爱情是来自神的，是被覆盖又笼罩的，弥漫你，渗透你，洁净你，降伏那情欲。所以，恩好不能令你心软，是心软令你想起恩好。

他曾经说，"唯独发乎残忍的起点而升华的氤氲才是动人之悲"。那是一条从地底向上的路，他一直这么走着，或者将来还要延续下去。然而，他并不知道还有从上而降的路径，唯独那动人之悲宽赦了残忍而成为无边的氤氲。这年他二十八岁，爱情在这年先降临一次，将他覆盖，无论他知，抑或不知，这由不得他，重重地，全然地，将他密密覆盖。

他们再醒来的时候已是黄昏。楼阁还是那座楼阁，汉榻还是那张汉榻。他们没有因为欲望的释放而彼此心生厌弃。他们光赤着身子，相拥在一道。那少女看男子依然美好，依然痴迷得眼睛半点都挪不开；那男子看少女，依然白净生光，惊慌忐忑，心中坦泰喜乐。爱中的欲望，虽强烈如猛兽，每一次终究都是赦免。由爱赦免的情欲是洁净的，没有一丝罪的味道。他们的爱液，鼻息，腑中热流，都如园中奇香一般芬馥交织。这是奇妙的经历，幸运的拣选，虽极品的红男绿女都没有过的。没有胜利，没有失败，起于征服和顺服的念头都无影无踪，原来你们的不同，竟是阴阳两极，币的两面。

"你说对了，我是骑着豹子去嫁王子的。"宋爱说。

"你也说对了，是豹子将王子引来的。"

"不，你说错了，并没有谁骑着豹子去嫁人，我就是那母豹。"

"不，你也说错了，豹子并没有将王子引来，我就是那公豹。"

"明明我比你小那么多，为什么母豹会年长些？"

"难道你生下来时就注定了我们的姻缘？原先的我竟不是我，在你九岁的时候公豹才出走的。它去寻见我，我才成为现在的我。"

"你是个可怜的小子，我必要看护你一辈子。"

"好像我真的变小了。我们这样子抱在一起，为什么我觉得回到了起初的时候？我本来是这样的吗？我那么需要疼爱吗？"

"你就是我，布恩。不管你走到哪里，都是我。"

这一次，布恩没有因为宋爰说他可怜而生气。

第四章

途经磅湛到上丁

　　甘伯这会儿松软了一些，他已不再是与车身凝结在一起的血块。他的脚朝着车头，头朝着车尾，身子被锁定在笼子里，稍往左靠近铁栏，这是为了途中看守可以隔着笼子凑近他给他喂食。宋爰就跪在左侧这个位置上，一直陪着他，用沾湿的布巾给他擦身子。

　　夜里将近十二点，火车到达磅同站。这车是要从磅同到磅湛，然后向东北拐一下，路过桔井，然后北上，方可抵达上丁。因为从诗梳风出来，东边有几座大山，铁路修不过去，所以绕道南下再北上。

　　军警们专意要押送他往上丁去，是因为雨季仲夏时有一个雨师节，国王和王储都要去上丁的雨师庙祭拜。这个王国头号的叛逆者落网，哲塔王要亲见一下囚徒，想看看这个一意与他作对的人究竟是不是传说中的三头六臂。王室祭拜团三天前已抵达上丁，此刻国王正心心念念等着要见他。所以，火车的速度是按照朝廷的日程表调整的。上边忽而说国王下旨了，那么车速就会快起来；忽而又说要成立审判委员会，等待大法官和境内知名律师聚齐，那么车速又慢下来。这些变动都由于上丁兵力薄弱，没有像样的大牢配得上这位举国畏惧的钦犯。为了按时按程序送达，也为了万无一失，不得已从马德望省调集原先就为了剿匪而布置好的重兵，将沿线一路都防守成一个移动监狱。押运的火车上配备了一个师，铁路周围的公路上发出三个师跟进，外加各站和沿途各省紧急调来的五个师警戒。这般严防密控，可谓水泄不通，然而谁料得到天意呢？谁料得到一位诗画中出来的女子竟逾越铁旅重兵的把守，与钉死钉牢的亡命徒一路相伴呢？

他的处境太绝了！这个原本是大地的世界其实是通衢无限的，一切的路都是人自己走出来并限定好的，而倘若人自己想出离，那么上天是不会绝人出路的。宋爱是他的愿念，当他被手下出卖，又亲睹母亲、妻子和兄弟拒绝他时，他生出了一点可怜，怜己归无葬处、无人送死。正是因为这点可怜，强硬的身体和灵魂给上天空出了一个位置。一切的怜爱，都是神临，神只在你虚空的地方驻足，赠予怜悯。谁能够怜悯这个穷途末路将要赴死的人呢？所有怜悯都有人的姿态，却断然不出乎人。那是上天驻足在他身中怜悯他，又让另一个圣灵充满的女子来接迎他。这是同一个灵，只为善败者预备，叫人所以为的彻底失败的人得胜。人之执强，一山更比一山高，哪一座山高得过上天呢？而天之决然高胜，是择选最低处拔起的。这是要做给专信己力强盛和专拜世间势力的人看！所以，宋爱是他的愿念，甘愿露出一点衰弱而进驻虚位的恩允。你愿意，就让她来了！而且是莫大的最起初的爱，死一般坚强的爱。

火车停下后，有探照灯扫射过来，宋爱藏到苫布底下。忽而灯柱离开后，她又钻出来，并用她的小刀撬开那块车板，下到车底下，再合上那块板，双手抓牢弯杠，双脚抵住一个支点，艰难地向上贴紧车身。有士兵从前面的车厢下来抽烟，她听到他们说话的声音。

"说是在等上丁方面的电报，接线员说上头的特派员还没下来送信，估计一时半会儿没消息，她先去睡了。"

"这得等到几时？天明了再出发？"

"也未知。"

"我们也趁机睡一会儿吧。"

"先弄点酒来喝，喝糊涂了才好睡。"

"你还有酒吗？"

"车站里有小铺子，我去弄一些来。你帮我看着点，别叫长官发现。"

于是，一个士兵跨过几条铁轨，往月台上去。

他们是在另一侧说话，那侧对着车站。

不多时，那个去买酒的士兵回转来。他果真弄到了酒，还有几盒香烟，一点熟食。等他们上车后，宋爱松开抓牢弯杠的手，试着用脚尖触到地面，那是路基的碎石，令她有些站不稳。她稍稍适应了一下，就立住了，然后极快地钻到另一边，躲开一切闪亮的区域，就攀上了月台。她寻见了那个小铺子，看有不少士兵进去了。她一边向铺子靠近，一边松开了头髻，又解下了腰带，好让人看着有些松懈慵懒，像是刚从被窝里钻出来。她大大方方走进铺子，与士兵一起排队。

有士兵还与她搭话："这么晚了，一个人过来买东西不安全。"

"有什么不安全？站上都叫你们这些大兵占满了，谁敢造次？"

"你是值夜班的，还是等着轮班？"

"我是给我扳道的兄弟带点心。"

"不是说戒严了吗？还能让家属随便走？"

"不让我们动，一会儿谁给你们发夜饭？"

"还有夜饭？"

这时正排到宋爱，她便顺势抓紧买东西，不应那个士兵的话了。

她买了一箱瓶装水，还有猪颈肉，一壶酒，一些三绮露，一些毛巾。

她将零碎的东西装进一个大袋子，将袋子放在装水的箱子上，然后捧着，大摇大摆地走出铺子。这时，来买食品的士兵越来越多，他们急着往铺子里挤，大多都没注意到她。有几个士兵看见她长得美，在一旁吹口哨。她故意回头轻蔑地瞥一眼，以此松懈他们的警惕。她往月台的远处走，很快就消失在黑幕中。她确定已经离开所有人的视线，便将东西放在月台上，人先下到路基上，然后再抱起她所买的，迅速跨越几条铁轨，寻回那节囚车。她将东西一样一样从松开板子的那个口递上去，然后自己再翻越到车上，将东西在苫布下藏好。她正准备再回到板下藏身，忽然哨子吹响了，火车急迫地鸣笛几下。看来上面下了指令，要求立即出发。她便封好木板，转身钻到苫布底下。她略略掀开一条缝，看见那些买到东西和没有买到东西的士兵呼啦啦仓皇地回转，不到两分钟光景就上了车。车门被迅速关闭，轮子开始滚动。

"我后悔了，当初应该领你参加游击队才是。"甘伯将刚才的事情全都看在眼里，他不想这个隆裕花园的富家女儿竟能旁若无人地深入虎穴。这般胆量和智慧，倘用以作战，岂不于百万军中取敌将首级，如探囊取物耳！

"全是因为他们太傻了，他们竟不在囚车上设哨，让我们可以随心所欲。如果没有这架牢笼，我们就是坐敞篷火车的游客呢！我和你结伴去上丁玩，一路上风景美不胜收。"

"你晓得他们为什么不在这节车厢上设哨吗？他们怕我有病传染人。朝廷宣传，说义军游击队那些人思想有毒，接触不得，与他们相隔近过一米即会染上。每战他们捉住我们的人都要隔离起来。他们怕我们与百姓接触，说接触一个就染上一个，本来是人的要变魔鬼，变成不认亲人的吃人的兽。"甘伯说着，忍俊不禁，笑出声来。

"那他们是怎么将你抓到又押来这里的？他们不碰你，怎么将你捆住呢？"

"他们都穿防疫服与我们作战呢！"

宋爱想起来，刚才临近车厢下来抽烟的那两个士兵，好像真的是穿着防疫服的，只是那些从别的车厢上下来去铺子买东西的没有穿。

"记得我告诉你说我是甘伯吗？"甘伯或者由敌人的防疫服想起了他自己的铠甲，"我当初就将秘密告诉你了。我没骗你吧，你现在都看见了。"

"我也没骗你呢，我说我是你的地土，让你靠。如今你征伐来的国土只剩我了。"宋爱说这话时，心中是高兴的，"好了，不要再想探囊取物了。我弄来了猪颈肉和酒，你最喜欢吃的。只是猪颈肉不是现烤的，是烤熟了凉的。"

"你真行，还弄得来猪颈肉。那你快快喂我吧，我馋得身上都不痛了。"甘伯急得想坐起来，可是一动弹，锁链和铁箍就挡住他了，他刚有些结痂的伤口又涌血了。

"你能不动吗？你这么动会要了你命的。"

"我听到了就想要吃到，吃不到，毋宁死啊！"

于是，宋爱也不顾他的伤口，用小刀一片一片割猪颈肉喂他吃。一口还没咽下去，就还要。两口刚塞满，就讨酒吃。

"你怎么就那么急呢？"

"吃东西时不要说话，我告诉过你多少次了？"

宋爱又见布恩那本初的样子，看啊看啊，欢喜到心里，一丝都拔不出来。

他们常在豆蔻林里的暖阁幽会，渐渐地，宋先生和宋夫人也有所察觉。其实，宋先生早就不看好那个萨木尹，呆呆的，只会瞪大眼睛盯着宋爱看。要不是给萨木家一点面子，他早就直接回绝了。尹的父亲是诗梳风当地的首富，商会的领袖。宋家是做金玉生意的世袭家族，不论威望，还是家业，都不在萨木家之下。故而宋先生也不惮得罪萨木家。他直想着女儿自己说出口，你情我愿的事，倘女孩儿自己不愿意，谁也强求不得，大家也只好顺其自然。他吃准了女儿与尹处不长，一往深水走必要翻船。不想，还没走远，就来了辉恩。这是神天有眼，缔结良缘。

宋先生和宋夫人都极喜欢辉恩，举止谈吐得体，加上风雅浪漫的气质，这都是他们心目中女婿的样子。相差十二岁，在诗梳风的有钱人家不算什么事，且女儿嫁一个老成些的夫君，得着照顾更为周详，乃是福上添福的好事。于是，夫妻两个便合计让辉恩搬到宋府来住。他们不舍得家中的宝儿跟着男人住到外面去，更不敢想将女儿嫁到千里之外的大城去。他们如此疼惜女儿，怕她吃不好睡不稳，将她捏在手里怕碎了，含在嘴里又怕化了。这便开始常常留辉恩吃饭，吃着吃着就留宿，时间长了，熟络了，就过来小住几天。这么从五月到七月，正好学校里放假了，辉恩顺水推舟，借着给宋爱补习功课，就真的搬来了隆裕花园。当然，父母面上只说将他安排在暖阁上睡，女儿夜里还是要回闺房的。实际上，宋爱日夜都离不开她的布恩，整个七月里，她都再没进过原先的卧室。这俨然就是家中之家了，正如宋爱的诗中写的，"那是园中之园，那是室中之室"。

啊，那些日子，在除了家访还没寻到新的借口的日子，布恩来一趟是多么不易！

　　那小径上有人过来了，渐渐走近了，看清原来是锄草的园丁来收工具了。他没有来！这日是风筝节，学校和很多机构都放假，布恩说好了中午过来吃饭，然后下午去国王十字路口那边的广场放风筝。临到厨娘将餐盒都送到暖阁的时分，布恩仍然没有影儿。她起先想他是不是起得晚，贪睡一会儿，或者出门不坐洋车，只步行溜达过来。她计算他九点起床，洗漱，用厕，去巷子口的小摊上吃早点，吃罢朝这里走过来，走玛丽图真大街西侧的最后一段，穿过密昔居公园的桉树林，到市政博物馆那里拐弯，沿着柳叶女王街蜿蜒而行，从李丘间的峪口下坡……如果他下坡了，从暖阁的西窗就可以看见的。这么算着，也不过十一点半就该到了。此刻已过正午，怎么还不见他出现呢？兴许刚才下雨，路上泥泞吧！每逢下雨，布恩都要披上他那件从巴黎带回来的橙色雨衣，那是很显眼的颜色，远远就看得见。宋爱甚至拿来望远镜，将峪口的过路人都看一遍。那日，峪口并不见多少人经过，一个穿格子服的老妇人，两三个挑着担子的贩夫，终于有一点黄色，哦，那是一个僧侣踽踽独行。他不会是有什么事吧？难不成姬姗从天而降来寻他？这样他便真的走不脱了，哪怕明日的明日也不会过来了！米尧会不会缠着他做风筝？他那么乐意助人，米尧的请求他是不会拒绝的。这日所有少男少女都恨不得有一张纸鸢，米尧家里那么穷，不会给她钱买材料的，她一早就等在布恩门口也未知。如果是米尧，他必是被缠牢了。上周二早晨她去接他，他竟不在巷子口等着，进去屋里也没人，最后在巷子中段的木埠头上看见他，米尧骑在他肩上，举着从花船上买来的花嬉戏。那女孩儿才九岁，就懂得少艾之慕，她双腿夹紧了布恩的颈项，在暖阳中醉醉的样子，那一刻，宋爱的心都碎了，她感到有硬物堵在咽喉间，泪水扑簌滚出眼眶，吃答地紧锁愁眉。她想着这一幕，就看见了这一幕。布恩定是将约会忘记了，这会儿与米尧玩得开心，一起到国王十字路口的广场狂奔。他们在那里欢笑，她在这里哭泣。她遭遗弃冷落，成为一件旧物。那白的光泽转暗，她觉得自己难看极了。她为了他来，穿了淡紫的绸衫，上面缀着米粒大小的粉珠，还插了玉簪，换了金边的香木屐。他不是说她的玉趾如十个月亮一般吗？她故意穿那种鞋口敞开的凉鞋式样的木屐，好叫他一眼看见趾面和趾甲。这一切的安排，如果没有他，如果遭了他嫌弃，反而更丑陋了，美饰的光焰只是将难看放得更大了，成了丑的凶狠。

她已无心抹泪，任泪水将自己浸泡。"我不是你的心肝吗？你的星辰？你的明珠？看它怎么暗淡，怎么被泪水泡坏！你最最心爱的人就这样损了，毁败了，拉不住地沉下去，让你心痛到死，让你急得瘫下来，与我一起堕入深渊！"

她正这么对自己说上面那些话，布恩便来了。他满头大汗，气喘吁吁。然而，他怎么求都没有用，好话说尽也挽不回。他说了，是警局的衙役来找他，要他证明与弟弟的关系。他那个弟弟欠债不还被抓起来了，要他保释。这么严重的事情都拉不回宋爱的良善，而平日里，哪怕一粒沙子进到布恩的眼里，她都会急得跳起来，哄啊劝啊，直希望沙子是进到她自己的眼里。这是怎么了？布恩不解，心中恨意陡升，跺脚说出许多愤恨的怨言。她纹丝不动，他怕她听不见那些狠话，动手去推搡。他触到她的肩，她正别转脸躺在汉榻上。

"你打我。辉恩，你竟敢打我？"

"我打你，就打你，怎么了？"

辉恩用双手压她的肩臂，她的美的赤脚蹬踢他一下。忽然他就怒火中烧，要让火焰蹿出来烧尽眼前的一切。不想，不是火焰蹿出来，而是猛兽拦不住蹿出来了。

吻啊，咬啊，厮打啊，两只豹子滚在一处，比往日还要紧密，还要难分难解。渐渐地，没了人形，也没了兽形，只剩下同一团肉的膨胀、抽缩和涌动。

"布恩，你撞死自己算了，葬在我里头，我做你的一具棺材！"宋爱浑身都白了，连眼珠子也白了，乌瞳寻不见了。白光，极白的光化为大雪，将整屋盈满。

爱中的人，恨极了也不分手，而是向肉身索债，索讨出更深的爱。

假日结束了，新学期开始没多久，就到了宋人的中秋节。按祖例，宋家要去星洲的宗庙过节，四方的亲胞汇聚一堂，祭月，迎寒，来回停留大概要十来天时间。布恩将宋爱一家送到诗梳风火车站，他们要从那里出发去亚兰，然后转车去梭桃邑，从梭桃邑的港口坐船去星洲。

宋家人祖上是宋国人，大概三四百年前迁到星洲，到宋爱曾祖父一代才移民到诗梳风，为了靠近不毛，方便做金玉的生意。宋国人喜爱不毛的翠玉，上好的种是白色的透明底子，浸透着艳绿。宋国人以玉作为君子和美人的范型，一切的品质和伦理都要向玉看齐。他们会将一生的财富去换一块翠玉，翠玉成了他们最终保守的财富。难怪宋家的女孩儿是一件宝物，有玉一样的精光内蕴的肤色，也有草木苍郁的深情藏在里面。只可惜不毛之地了，那里是用了多少公顷的古森林和多少代的鱼禽鸟兽去孕育这样的美玉，使得山冈寸草不生、田亩稼禾难长！一家闺阁中的宝儿也是这样的，底下有多少人辛苦才茂盛了隆裕花园的青草深深。布恩想，宋爱是多么美好啊，待有一日，普天之下所有的男孩儿都该寻到这样的佳人。辉吉安禄拜也有这般美好，她本该属于一个如意郎君，怎就做了国王的姬妾，国王一个人享用了多少美好，世道如此暗沉不公！姐姐遇害以来，他一直这么想，以至于坚定地加入到人民阵线中去。他想，他要建设的社会，是人人均等，人人都拥有美玉的世界。如今，天赐他得了宋爱，而谁能赐天下万民得到美玉？为了有情人终成眷属，为了穷苦人都住隆裕花园，他的斗争多么富有意义，多么崇高无上。有一首诗是这样的："生命诚可贵，爱情价更高，若为自由故，二者皆可抛！"而宋国人不是这样念的，他们反过来写道："自由诚可贵，爱情价更高，若为生命故，二者皆可抛！"他们宁愿苟且偷生，好死不如赖活，但守住一方翠玉，就心满意足了。所以，不论走到哪里，都有宋国人的苗裔，他们顽强地活着，比各族人都热爱生命。或者将来一切种族为着捍卫自由、爱情、真理、金钱、科学、法律、制度等都死光了，地球上还有宋人苟且活到世界末日。如果除掉惜命这一桩，那么他们可称得上是真正的佛陀弟子，他们看空性命之外的一切幻相，他们坚定地认为，如果死了，客观和主观的世界也就都无意义了。

宋家一行主仆三十多人，订了一节专列。布恩与宋爱坐在专列的客厅里，两人执手欢语，有说不尽的话。临到火车要开了，通房侍女过来提醒，宋爱便哭了，布恩拿出帕子为她抹泪，怎么抹也抹不净，一汪一汪的，汩汩而出。布恩索性对侍女说："你去告诉先生，我暂且不下去了，我坐到前头波贝再下去也不迟。"

波贝是王国与暹粒的边境，后来甘伯就是在那里附近的土岗上被俘的。这会儿，两个有情人哪里知道命运将来的铺排。

列车启动了，宋爱见布恩也跟着走了，顿时破涕为笑。

"布恩，我哭渴了，给我拿瓶水来喝。"

布恩于是起身，从行李架上寻出一瓶水，打开瓶盖。正此时，列车出站拐了一个弯，布恩没站稳，失手将瓶中的水洒到宋爱的头上。

"真凉快，我热坏了。"宋爱忘情地嚷道，"你再洒一些出来，倒在我头上。"

布恩便先倒出一点在自己另一只手上，然后小心地淋洒到宋爱头上。

"这样不如刚才舒服，你就直接倒下来，倒在我头上。倒呀，倒呀，快倒！"

布恩就直接倒在她头上。一瓶倒完了，她还要一瓶。水顺着她的头发下滴，滴进她的衣领里，顺着身子往下淌。她微微抬起下巴颏，面庞向上，迎着水，眼睛闭起来，痴痴地咯咯笑。

"不要停，不要停，一直倒着。"

水流到沙发上，地毯上，她整个人几乎都坐在水里，香木屐里也盛满了水。

她站起来，将水踢到四处，也溅到布恩身上。她觉得不尽兴，于是将水瓶抢过来，将水淋向布恩。两个人便追逐着嬉水，弄得车厢里一塌糊涂。

"我真想这里变成一个水池子，我们浸在里面一起游。"

水浸透了宋爱的薄纱，将女孩儿的身子显露出来。布恩觑见那些胸前和腿间花朵的秘处，一时定住了，不知如何是好。

"你别停，别停，再倒些水出来！"宋爱还是紧闭着眼睛，呆呆地沉醉在凉意中。忽然，有滚烫的热油灼到她的肩颈处，她睁眼回头，见布恩从后面拥搂她，亲她。她腿一软，就倒在地上。那香魂一升腾，就钻附到男人那儿去了，身体不是自己的了，整个都弃了不顾了。两人胶漆黏合，熬做一块饴糖。

宋先生宋夫人和一行仆人都在各自卧房里，此时也不出来。风吹进车厢，窗帘恣意飞扬，一阵雨又开始落下来。

车停靠在波贝车站时，两人相拥在一起睡着了。通房侍女又不得不出来催促，道："辉先生，车到波贝了。你该醒了。"说着，顺手将一袭薄毯将两人遮住。

还好波贝是边境站，列车停靠时间很长，因要做各样出境检查。

边防官开始带着人上车了，布恩不得不下到月台上。两人一个靠着窗，一个在窗下；一个恨不得越出来，一个恨不得飞上去。就这样上下缱绻着，吻合在一起。

终于打铃了，火车开始移动，从颈到臂到肘到腕到指尖，他们就这样分开了。宋爱在车上看布恩越来越小，从青年到少年到孩童，一直到受精卵一样小，一直到尘灰那样渺茫。他原本或者是她的孩子，她的肉，她的细胞，从她身体里出来的，牵着她的血脉，那么小那么小。

"他太可怜了。他从我身体里掉下来，一个人在外面。他将怎么活下去啊！"宋爱禁不住泪泄窗外，和着雨水，打到布恩身上。

他们约好了，每日发一封电报。宋爱将亚兰、梭桃邑和星洲一路上停宿的地址都告诉了布恩，要他记牢，不要发错。布恩一出站，就先发了一封电报到亚兰，估计夜里他们住下时就会收到。可是他没有收到回音。接着第二天，他又往亚兰发一封，还是没有等到回电。第三天他们在路上，第四天他们会到达梭桃邑，在梭桃邑计划住两天，为的是等船，那里两天才有一班船去星洲。他起初一日发一次，后来一日发两次三次，直到他确信他们抵达星洲后就一连发了十封过去。然而，一个星期里，他竟然一封回电都没有收到。大概到了第九天，他收到了一封电报，上面只有三个字：

"想布恩。"他倘一封也未收到倒无事，因为他想可能路上有意外打乱了原先的计划，而收到一封，且才三个字，便忐忑起来。爱中的人，念头多极了。他想，会不会有别的有趣的事情吸引了她，她稚气未脱，懵懂贪玩而淡忘了约定；他想，或者他平素只看见她的一面，还有另一面深藏不露；他甚至想，自己会不会太老了，但凡途中邂逅翩翩少年，夺了他的爱……他想他想他想，他就胡思乱想，直到恨起她来。

他发了一份长电报，足足花了他二十个银瑞尔：

"倘你淡忘我了，你就忘记好了，我不会因此消沉，我会依旧想你爱你如故。倘有别人占据你的芳心，只会叫我依旧幸福，我是由着你开心而极大开心的人。你终究不晓得爱的力量有多强大，一个人看着他所爱的人完满比他自己完满更重要。如果你按约定的时间回来，不要躲避我，来看我一眼，不是为了永诀，而是为了让我晓得去向，我至少需要一个方向为你祝福。你不要藏起来，你如何来就如何去，你的来去于我而言，都是美丽。我是甘伯，我是武士，我会凯旋的。"

然而，她如约回来了。她说她之所以只回一封电报，是因为路途塞塞，要么刚接到来电就出发了，要么到了新地方找不到电报局，预先想好的完全被不可预计的变化打乱了。而至于到了星洲，不想宗庙是在一个偏僻的郊区，那里并不通邮，一切的信件是要转到市政邮局专门信箱的。她说即使这样，她并没有在路上有过怀疑，她只丢魂似的，终日沉湎纵恣，不梳妆，不打扮，为此，团聚那日竟称病不起，也不与亲眷们见面。

她果然相思成疾，宋先生从星洲请来一名医生，一路上陪伴着回来。

布恩晓得原委后，追悔莫及。而宋爱见着情郎后，立刻就好了，脸色顿时红润转晴，又叫唤着要淋水。

这事只不过是一场煎熬，熬的糖儿更甜了。

他们晓得他们相爱了，却不觉这是爱情将他们覆盖。男子被美貌和真情打动，女子寻到了梦中的情郎。他们只是分不开，想紧紧地抱住，一直抱住，不放开彼此。分开了就是灰色的世界，抱紧了就色彩鲜明。与其说在一起好过头，不如说见不着时难过到底。为了不让自己难过，为了睁开眼还是光明的天地，他们必须形影相随。

青春的人是不懂命运的，不知道来了就是你的，躲也躲不掉，去了就不是你的，追也追不回。辉恩只是怕失去，想这么美好，如何就是他的呢？他不过是平凡人家的孩子，别的平凡人家的孩子没有，而独独他有，这事让他不放心，又联系到阵线的那些理论，不免由伤感而激发出争斗心。如果普天下都有了，他才好放心。他相信自己是甘伯再世，他如今遇上这美事，正好当作奋斗的理由，他要叫天下有情人皆成眷属，他为此战斗，哪怕牺牲也值得。而如果不去战斗，也许美好转瞬即逝。

相爱本是天赐，人却想靠己力抓牢它，甚或还想与众人分享，又将全身投入人自主的事业中去，爱就渐渐成了虚妄。

甘伯这时候躺在囚笼里，重重地，死死地感受到失败，而宋爱的再临，使这样的失败感无以复加。只是猪颈肉、三绮露好吃啊！隆裕花园的蜜糖和谢木枝中学的春光依然好过一切，哪怕失败也推不开这些。上帝以爱为旗，再次将他覆盖。

火车到了磅湛，已经天明，再像在磅同那样随着兵丁上下不太容易了，宋爱大部分时间都只好躲在苫布底下，哪怕列车行进中也有风险，铁道两旁的市镇中和经过不停的小站上总有人会发现的。

近午时分，火车抵达桔井，押送的狱卒过来送饭，宋爱只好躲到车身底下去。

那些狱卒握着长柄的饭勺，将粥汤喂给甘伯吃。甘伯为不令他们起疑，敷衍地吃着。狱卒们害怕传染到思想的疾病，隔得远远的，迨甘伯吃罢，又用一杆拖把一样的布团将他嘴角擦干净。来了一名军医，戴着手套，简单地翻看了一下他的伤口，给他用了一些抗生素类的药膏，还有一些止血的粉末，粗暴地包扎了一下。这令甘伯疼痛难忍。但是，他纹丝不动，喜怒不形于色。他是风雅的，也是绝顶坚强的，作为武士，即使手无寸铁，他都可以叫他的敌人胆寒。

吃过了，也检查治疗过了，确信他不会因饥渴和流干血液而死，兵丁们便离去了。因为国王下旨要见他，他们至少要保证在国王见到他时他是活着的，可以说话的。

火车再次启动，不久便进入一片荒野，宋爱于是钻出来，又到车板上。这时，甘伯睡着了，面带微笑，心里很宁静。宋爱想起在豆蔻林的长椅上，在午后的阳光下，布恩靠在她的膝上，任她的手指伸进他的头发。

"啊，你是用什么伸进来的？你的脚吗？还是吻，还是刀尖？为什么我不行了？我不是我自己了！我的脑袋不是我自己的了，让你随便搬来搬去的。"布恩说。

这样的话他不止说过一次，在豆蔻林，在广场边，在谢木枝中学午间休息的课桌旁——是啊，学校里的师生都已经知道他们是一对恋人，如果他们在一起，大家都会主动避开，他们都祝福他们，羡慕他们，将他们看作是姻缘的佳话，典范的爱情。

　　还有一处也是他们常去的地方，叫作 Verrerie，那是殖民主义时期法国人开的酒馆。矮小的覆着火红瓦片的小门，墙和房子都被刷成明黄色，进去则别有洞天。一座路易十六风格的砖房，一楼有伸展到大草坪上的木板平台，二楼有舞台场景式的阳台，钢窗玻璃门，还有大厅奢华的吊灯，加上为炎热南国而配备的铁叶风扇，这里与隆裕花园巴罗木时期传统的风格完全不同。相爱的人对异域有梦想，不是文化的原因，单单只是对陌生和离奇的追求。这就是所谓浪漫。他们总希望以浪漫来屏蔽庸常，就像长居巴黎的人们，他们的浪漫反倒是王国的小木屋，诗梳风街边布满蚊蝇的小吃摊。

　　Verrerie 园中有整片整片的玫瑰墙，花朵团团簇拥，那酒红色浓郁而迷离，让人看一眼就醉了。在玫瑰的深处有大理石的长椅、喷水池，以及赤裸身子的雕像。布恩总是与宋爱在下课后的时间来这里，太阳刚刚偏西，离下坠山川的傍晚还有两三小时。宋爱爱闻他身上的香水味，痴痴地，眼神定烊烊的，微微抬起下巴颏，就是米尧偷看到的样子，那让米尧站不住的样子，那正是一块糖在杯中烊开了。

　　"过来，让我闻一下你的头。"她的心愿急切，却有点带不动舌头，为伸卷翻滚出一个元音，竟全身都晃动了一下。她是一个想象力丰富的女孩儿，想说的话一层一层的，细密到不可思议的地步，总是因为带不动舌头而语焉不详。既说不好让人见笑，便渐渐沉默寡言，只对着亲爱的人忘乎所以。

　　布恩正好爱听她说话，爱她推不动舌头却全身发力的窘态。那样的白，那样的灵动难抑的眼神，加上呆呆的语音，别说有多么惹人欢喜了。于是，佯装听不见，又让她说一遍。

　　"过来，让我闻一下你的斗。"这次说得更不像样了，把"头"说成了"斗"。

　　"是头，不是斗。"

　　"你笑话我，我生气了。"

　　"我怎敢笑话你呢，是觉得你这么说话好玩，我到哪里去寻这样说话又这么精致的一件玩意儿。"

　　"你才是我的玩意儿。你执着剑，戴着头盔，那盔太重，将你的眼睛都遮了，别说有多可笑！"

　　"我是真的武士！你不信？将来你会知道的。"

　　"将来你就是我的夫君，我将你缩小放在口袋里，拿给姐妹们看——喏，瞧这样一个武士，他可不是玩具，是真正的武士！"

　　辉恩竟真的被她说小了，心里涌起一丝做小孩的暖意，原本挺直的身子瘫软下来，一头就躺到宋爱的腿上。他的头贴着她的肚子，想她做妈妈的样子。应该有这样年轻的妈妈吧！妈妈年轻时也应该是这样的，那时他还太小，没有记住妈妈青春的模样。青春的妈妈是怎样疼爱他的呢？就像宋爱现在这样？他觉得有点是，又有点不是。反正他就一味将脑袋贴紧宋爱的身子，尽力将自己的身体蜷缩起来，仿佛要钻到女孩儿的肚子里去。大部分时候他都是叔叔，是布恩，这会儿他要做一下小孩，他是辉恩，他喜欢蓝茵姐姐直呼他恩。

　　"叫我恩，我是你的宝宝。"

　　"恩。你真的很乖。不要动，我摸摸你的头发。"

　　他们两个融化在各自的气味里。女孩儿的母性流露出来时，嗅觉会异常灵敏。她闻到了他肝脏的味道、咽喉的味道、柔肠的味道，甚至他趾缝间和臀腿间的味道；她像辨识植物一样命名这些味道：木槿，茼蒿菊，鸢都花，龙血树，三角梅，虎杖，木荷，旅人蕉……她将所有这些味道归结为麝香。她脱掉恩的鞋，鼻尖贴上去闻他的脚。这叫辉恩有点紧张，虽然他们胶漆难解时，临到高处，女孩儿常常吸嗅那处，但此间有点突兀，辉恩想抽回他的脚。然而，他动弹不得，他浑身酥软，在他嗅到的气息中沉醉。

他嗅到了乳香。平时他会闻到骨香。女人被蒸腾起来时，会散发熬骨头汤的香味。

有乌云遮住了阳光，凉风起来了，硬插到他们中间。辉恩激灵了一下，被惊醒。两人互相推开，顿觉羞愧，旁顾四周，满处找寻丢落的魂魄。

雨又下起来了。他们问店家借了雨伞，布恩拥搂着女孩儿，两人收缩在伞下，顺着草坪间长长的道，缓缓地远去。

这雨季狂暴的雨，俨然形成一道雨幕沉沉落下来，将这一出收场。

十月里，姬姗突然来了。她是从巴黎到大城，然后在大城拍密电给辉恩，说她有重要指示要传达给他。她如今从国立勒芒高等美术学院毕业了，开始为阵线组织工作，主要从事文化和情报方面的事务。内阁教育委员会既派辉恩到马德望省，那么，阵线中央就委任他领导整个马德望省的地下工作。阵线在那几年中的路线，主要是争取议会中的席位，想通过选举来达成底层人民的诉求。经过一段时间的努力，阵线的几位领导已经在内阁中获得任命。辉恩是马德望省的阵线省委书记，他领导着政治、军事、宣传和工农委的所有部长，底下有将近三百名成员，涉及的外围组织多达六十多个，影响到的人群占整省人口的百分之三十左右，约莫有三万多人。他刚到诗梳风时，阵线还在起步阶段，主要任务是传播理论和政策，为将来扩充势力做准备。这次姬姗给他传达的指示，与近期阵线在选举中获得有限胜利有关。应着形势的变化，人民阵线准备浮出地面了。

她到达玛丽图真大街寒云巷的时间正值中午，辉恩便请她吃饭，带她去七号公路的纺织局大楼的餐厅。那天是星期六，学校里没有课。

纺织局大楼是诗梳风唯一的高楼，餐厅在十一层，坐在上面可以俯瞰大片街市，将城西一直到腾芝苹湖的景色一览无遗。

"你要做好准备，召集省委全体会议，将中央指示传达下去，我们要浮出水面了。"姬姗说。

"什么叫浮出水面？就是公开身份吗？我们如今合法了？与敌人成为一个阵线了？"辉恩问道。

"国王已经裁可议会的《王国境内多党参政法案》，这就意味着我们是合法政党。但这并不意味着我们获得政权了，而是获得局部胜利，可以通过议会斗争有限实现目的。"

"我看这样并没多大好处。如果公开身份，敌人将全面了解我们的底细，我们的结构、人数、资源将暴露无遗。"

"大爹让我转达你，让你做好出任省政府官员的准备。按照议席数量的比例，我们已经有三分之一入阁，顺延到地方，至少有几个职位要由阵线组织领导来担任。"

大爹是阵线总书记，第一把手，叫度思慕，因老成而德高望重，被安卡的人称作大爹。安卡即组织的意思，王国境内的俗语。

"让我当马德望省省长？"辉恩有点吃惊。

"这也不是没有可能，但至少教育委员会或者劳工委员会的部长你推脱不掉。"

"我还没开始战斗，就已经当官了？听起来像笑话！我不太适应，我还是当我那个中学老师比较好。"

"安卡的命令你能违背吗？同志，长久没有见到你，你看起来有点变了。"

姬姗不论说什么话，眼睛总是迷蒙的，好像体内永远含着个男人。是陷入那种状态里的女人，始终不能自拔的浑噩，那时辉恩还看不懂，以为这是一种风情。其实那不是裕足人家的女孩儿有的神情，那是从小缺失的表现。大凡小时候缺少关爱，也缺少基本满足的女孩儿，都会幻想，但幻想并不是痴迷，幻想就是没有却以为有，将愿望当作现实。而且，这样的女孩儿总是拒人于千里之外，她并不是出于高傲，而是实在不懂如何与人打交道，索性就自闭起来。她们心机绵密，却未必样样周详。

辉恩不敢看她的眼睛，躲开移向别处。这一移，正好就移到远处的腾芝荜湖。啊，说好了，下午应该去隆裕花园的！他不晓得为什么这时候焦躁起来，是焦躁，而不是心切，不是那种没有宋爱就灰暗的失魂落魄。他觉得自己有些异常，然而那个早晨姬姗拉起拉链就转身的情债他早就不想追讨了。那是她欠他的，他免了还不行吗？难道她反而要来追讨吗？如果她真的来追讨，他就会厌恶她。厌恶这时候是多么重要！可是，她并没有做任何令他厌恶的事情。

他再次感受到在布隆迪尚沙龙的魅力。这个女人，不能与她处久了。你会慢慢感受到被她吃进去，含住了，可一旦迎上去，她又将你吐出来了。她仿佛总是含住你，叼住你，却不吞咽。此间，他的视线在别处，他的脖颈、胸膛、肢体却被她含着。啊，她的眼睛，该杀的迷蒙不醒的，暗示欲望又不能彻底释放的眼睛！所有的话题都只是证明这眼睛是无辜的——我没有做什么，只是这么看你，天晓得它们为什么这么看你！这么看你有什么不妥吗？我冒犯你了吗？你是自己要追过来迎上来的。你为什么还哀求我呢？你不如照一下镜子，看看你自己的眼神，这分明就是哀求，愤怒，又不计后果的眼神！

"安卡让我关心你的生活。我能去看看你的住处吗？"迷蒙的眼睛与口里所出的不在一处。

"当然可以。那我们走吧。"辉恩依然没有回头。辉恩知道回头看她就会让她捕捉到他哀求的眼神。

辉恩付了十个瑞尔，转身就往电梯口走。

他们坐着洋车往寒云巷去。一路上辉恩什么话都不说，抬着头，只看那些乔木树枝勾连起来的绿色穹顶。姬姗也不说话。沉默是姬姗最拿手的好戏。打破沉默的永远不会是她。她穿着一条皮短裤，开口很大的那种，不仔细看以为是裙子。那种开口，是设计者故意埋好的陷阱，谁人看一眼都想伸手进去。不得不说，这裤子设计得很好，没有哪个男人强硬的脖子敌得过它的吸力。辉恩就是在与这种吸力抗衡，他用尽了甘伯再世的气力，也用尽了恋爱中男子的忠贞。

巷子口并没有小摊，一路往里走也不见米尧。他原本想提醒自己，说跟摊位的人寒暄一下多好啊，与米尧打声招呼也行，但这个提醒居然变成了"幸好他们今天都不在"。他顿时不希望任何人发现他，发现他与一个陌生女人并行。不，这不是什么陌生女人，这是他曾经的女人，彼此交付过私欲的女人。

进到屋里，门还没有合上，姬姗就解了腰带，那条大开口的短裤刷就落到地上。她内里什么都没有穿，就是光屁股的样子。她松掉两个扣子，皮衣搭在肩上，双乳的边缘露出来，就是夹在 *Vogue* 杂志中那张照片里的模样。她的眼睛盯住辉恩，那迷蒙的神气一直没有变过，直告诉你我就含住你了，这下含得更牢了，是你令我发出这样的眼光的。

辉恩倒下在床上，任她跨着身体。

"我去去就回来的。我爱你，我回来了。"

辉恩不想回顾那次不辞而别，辉恩这会儿很简单，他的忠贞还有最后一点力气。辉恩说："我恋爱了，不比从前了。"

"你这才知道？你个笨猪，不要说话，让我死掉！"

姬姗贪图他的英俊、帅气，他的每一寸皮肤都为她争得荣耀。她想，她受这样一个男人摆弄，是求之不得的。

辉恩闻到了骨香。

近傍晚的时分，火车快要到达上丁了。出了一条隧道，铁道边的居舍多了起来，有些高举着烟囱的车间也星罗在远处。

宋爱对甘伯说："布恩，我要走了，我要暂时离开你一会儿了。再往前去，看见我们的人就会多起来。我要躲到车身下面去，等到了上丁我就下去。我真的放不下你，你太可怜了！你要去死了，就一个人去……我会寻到你的，我不能让你一个人去死。我要活下来，好为你收尸。等埋好你了，我再去死。"

甘伯这时候也难过了，终于为自己难过，也为两个可怜的人儿难过："见到你还是好的，真的很好。我没有凯旋，但已经无所谓了。一个失败的人，在最后，原来也有福报。"

"你有什么话要对我说吗？你现在就说，我们的时间不多了。"

"我有一个女儿，与姬姗生的，他们没有捉到她。她藏在波贝附近的山里，在农民家里养病。她还小，她母亲丢弃她，她父亲将要死，你替我抚养她。"

甘伯这时候托付女儿，是为了让宋爱有理由活下去。他告诉她详细的地址和联络接头的暗号，又把腾芝荜湖中一个岛上的隐秘地方告诉她，那里在芦苇丛中有一块断石，是古代庙宇墙上掉下来的，石下有一条粗链，直通到湖底，连着一个铁匣子，匣子里装着游击队从诗梳风银行夺来的金条。

"带她到国外去，让她上学，学习法语。另外，记得给她买一部绿色的小汽车。她一直喜欢绿色的汽车。"甘伯说，"其余的都不重要了。如果他们真的同意你收去我的尸首，你就将它焚了，骨灰撒到隆裕花园的豆蔻林里，我的魂灵在那里是快乐的。"

"我都记住了。布恩，那么我就走了。"宋爱再不多说一句，转身就往那块松动的板子那里去。

正此时，火车速度慢下来了，临时停靠在一片桉树林附近。这里已是上丁郊外。宋爱抓住这个机会，借着桉树叶子的遮蔽，迅捷地下车，奔向林子里。她并没有回头多看她的布恩一眼。

在上丁车站，士兵们驱赶几个工人用电锯将车板锯下来，又装上杠子，一群人高举着囚笼，在重兵看守之下，把甘伯抬出了车站。

第五章

正门和窄门

甘 伯 记

　　姬姗于寒云巷住了一夜，第二天就回大城去了。辉恩不想欺骗爱人，于是便将自己在阵线的身份告诉了宋爱，说安卡派人来找他布置工作，这一夜他与中央派来的人会面，所以没到隆裕花园来。这样，他只是隐去了与姬姗的重逢，却没有说假话。

　　出了雨季，到十一月初的时候，辉恩召集省委主要负责人开会。会中，诗梳风的阵线领导人几乎一致同意他的看法，以为在这个时候全面暴露身份不利于长期斗争。于是，省委委托辉恩做一份详尽的长报告，阐述地方的意见并分析各方面原因。中央在接到报告后，迟迟没有答复。为此，诗梳风方面的工作仍然保持原状，未按照新的指示做改变。

　　在大城那边，阵线中央组织部的穆祝和宣传部的李英志已经入阁。穆祝担任副首相，李英志担任文教大臣。国王裁可了新的组阁名单，新时代开始了。由阵线和其他多党参政的新议会与新内阁一时融洽了全社会的各阶层情绪，无论是有产阶级、外国殖民主义势力的财阀以及中下等民众都为迎来一个新时代而振奋。然而，共和执政并不意味着价值观达成共识，尤其是人民阵线并不准备拿自己一贯的主张去换取个人利益，他们热情而纯洁，清廉而勤奋，这些既是优点，也成为王权政府的背芒。如果你与官

102

僚同朝，而又不想同流合污，那么你的清白就成为挑破脓包的钢针。谁会任卧榻之下遍布锥刺？

穆祝拒绝了给他的高俸禄，也拒绝了作为副首相的种种待遇。他不住官邸，不坐汽车，甚至不要警卫。他每日去首相府上班骑自行车，他靠为园林公司做兼职设计维生。这成为大城的一道风景，城中居民并不去打扰他，在街上遇见他也不聚众围观，而是远远地向他致敬，因为他们知道，他的生活方式本身就构成了对王国上层腐朽势力的挑战。将近年底时，阵线的议员们提出了《减少王室贵戚封地并试行全国土地改革案》，这法案居然得到哲塔王的支持，他首先就废除了他在王国北方的十六处封地，悉数按户头平分给世代为奴的佃农。这简直可以说是一个壮举，震骇了朝野。买办财阀控制的报纸甚至说国王本人就是革命党，还有造谣的说，哲塔王的父亲在立嗣时有难言隐情，说他其实是庶出的私生子。终于，内阁中和议会中的有产阶级与买办财阀们联合起来，要弹劾副首相和文教大臣，只是他们组成的调查委员会查了两个月，什么也查不到。首相说："生活没有问题，经济也没有问题，那问题就大了！"

到新年的第一个月时，穆祝在大城街头遭到歹徒殴打，他的自行车被砸了，他的外套被泼粪，这显然是权臣们雇用黑势力上演的丑剧。这事激起了民愤，大城的百姓蜂拥前往首相府门口集会抗议，警事总厅倾巢出动都难以平息事端。

二月，大爹度思慕失踪。之后，运河的清淤工在河道中打捞起一个麻袋，内有一具尸体，被切成一百八十多块。有人认出大爹的烟斗，阵线的人这才确信度思慕遇害。不得已，中央召开紧急会议，认为局势已急转直下，不利于继续与朝廷共和，必须立即展开武装斗争。这时候，辉恩的报告得到了重视，大家决定成立起义委员会，由辉恩担任义军首领，先从南方开始行动，以工农委的骨干为中心组建游击队。

这时候又发生了一件事。这是仲春时节，正是辉恩上年来到诗梳风的时节。鸢都花纷纷落下来，将玛丽图真大街的路铺满了；龙血树枝叶繁茂，树茎被割破处有血迹挂在上面；隆裕花园依然草木深深，远处腾芝荦湖上泛浮着鱼腥。星期四下午，布恩从农机厂工委的聚会处回到寒云巷，打算将微型发报机转移出去——原先这发报机藏在他房屋的墙壁夹层里，这会儿为了军事组建工作准备挪到农机厂去，因为在那里成立了游击纵队的指挥部，为了每日与中央保持会议沟通，省军委集中办公极其需要。他在洋车上还没下来，远远就看到巷子口桥头上站满了人，像是莫尼河两岸的居民们。他下车付过钱后，就凑过去看。

有人指着河中心说："她不会是失足掉下去的，她是自己跳河寻死的。"

又有人说："真是作孽啊，今年她还不满十岁呢！"

巷口卖米饼的摊贩瞧见辉恩，拉着他告诉说："辉先生，你终于回来了。米尧淹死了，尸首还没寻见呢。"

"你怎知是米尧呢？"辉恩问。

"你过来看呀，"摊贩拉着辉恩挤到桥前，指着河中心漂浮在水上的白裙子给他看，"这不是米尧的裙子吗？这是你上月给她买的，你送给她的。腰间还绣着两朵红花的那件。"

辉恩送过一条裙子给米尧，有两朵绣得很别致的花朵。米尧常常说宋爱漂亮，羡慕她的衣裳美丽。"哪天我也穿上姐姐的衣裳，我看起来就长高了。"米尧总是这么说，辉恩听出一番美好，就为她专门找到一件不大不小的白色裙裳。她穿起来真的好看，可是又不大舍得穿，只是来找辉恩玩的时候才穿一下。他已经很久不来寒云巷了，那么她也就很久没再穿那条裙子了。是的，就是那条裙子，辉恩认得的，远远就认得。

"可是她为什么就跳河呢？"辉恩问摊贩。

"你不晓得她娘有多狠毒！不过，这城里穷人家的娘没有不狠毒的。自打有外国游客来寻女童玩，那些娘就将孩子卖给拉皮条的，一夜才十美元，处子之身的卖五百美元。那些卖得钱的爹娘拿着钱就去赌博。这边寒云巷是出了名的雏妓窝。"

"警察不管吗？"

"警匪一家，他们巴不得这生意兴隆些！"

"那米尧是因为不肯才跳河的吧！"

"昨天我收摊的时候，瞥见有人带着个外国老头过来。兴许已经被人奸了。"

辉恩再问不出什么话，急急地就从人群中走开。

他回到住处，看见窗台上有一个汽水瓶，瓶中灌了半瓶水，一枝紫色的杜鹃花插在里面。那是米尧最喜欢的花，他曾带她到木埠头上去买花船的花，她就会挑那紫的杜鹃。他去拿那个瓶子，发现瓶底压着纸，叠成四四方方的，很稳妥的样子。辉恩打开它，是一张字条。他认出米尧的笔迹，每一道笔画都是他教她书写的。然而他教的字只用来做一次与他的道别：

"布恩，我坏掉了。我去洗干净再回来，洗得像姐姐那样白。如果你回来，花还没有死，就证明我会活的。今后你遇着我，不要认不出来。花呀花呀，你慢点死，活得久一些好吗？"

这字条，让辉恩想起辉吉安。那时，那些有恋童癖的外国老头已经先来到大城。那时，辉恩的父亲已经死了，母亲没多久就开始找男人。她与辉吉安睡一个屋，弟弟和辉恩睡另一个屋。母亲带一个高大的叔叔回家，也不避嫌，辉吉安跟他们睡在一张床上。辉恩听见妈妈呻吟着，最后甚至带着哭腔呼叫起来，他准备冲进屋里去教训那个高个子，弟弟拦住了他，说："不要去管他们的事！"弟弟比他先懂男女的事，他还懵懂，心理幼稚。他对弟弟说："姐姐在里面有危险吗？为什么她一点声音都没有？"

那时他真的不懂，如今从米尧的死才恍然大悟。姐姐在屋里是睡不着的，但她必须假装睡着。而母亲是知道她假装睡着的，你越睡得深，我动静就越大，慢慢女孩儿就习惯了，也懂了，风情就早早催熟了。大城不比诗梳风，不能硬来，直接逼迫女儿去接待那些外国老头是不体面的。是的，这样的事，他们还讲究体面，因为那边会给更多的钱。这钱不但包括戏弄小女孩儿的身体，还包括情趣和各类刺激的名堂。

姐姐是这样走上这条路的，她在妈妈的暗示下将自己分割成两半。一半是要为妈妈挣得面子的，这面子甚至比有权势的人家更加尊贵，而另一半是无羞的。无羞并不是不要脸，无羞是痊愈，三秒就将伤痛痊愈了。它有时更是一种生理机能。她常常去寺里，她是一个极虔诚的释门弟子。她从十三岁开始，就出入在各样的风月场所。夜间是一个世界，白日又是另一番天地。好在她喜爱歌舞，在赚得一点钱后去大城的一所艺文学校学习。那只是她的兴趣，她唯一的爱好。跟男孩儿需要玩具一样，可怜的小女孩儿需要歌唱和舞蹈。她在练功房的镜子里看见自己姣好的身形时，她是最快乐的。

原来，那些肮脏的外国老头，那些城市流氓，那些有权有势的部长们，还有这个国家的最高统帅，他们都从辉吉安身上爬过，而他辉恩，自小将自己比作甘伯再世的辉恩，是用了这些腌臜的钱长大的。辉吉安就是藏污纳垢的花盆，而他竟开出美丽的花。难怪他喜欢《恶之花》，难道他不是一朵罪恶之花吗？

他想到这些，更坚定了要铲除这个王国罪恶的念头。不能再让米尧的悲剧发生了，也不能再让王国的穷孩子们的姐姐去做辉吉安了！

就在辉恩收拾完所有东西，准备离开寒云巷，搬到农机厂去办公的时候，军警上门来捉他了。原来一个叫木疏的工人试制炸弹时不慎引爆，被警署的巡逻发现，下到狱里。在狱里，木疏供出纵队的内情，起义计划败露了。

来捉他的人在巷子口遇见卖米饼的摊贩，摊贩机智地将他们引开，说那个叫辉恩的老师住在莫尼河对岸。摊贩见军警往对岸去搜查了，就转身来报信给辉恩，让他快逃，从巷子的另一头出去。这一夜，诗梳风阵线的所有地下组织的领导人几乎都落网了，幸亏有摊贩搭救，辉恩才死里逃生。尽管寒云巷是一个雏妓窝，穷人都盼着当富人，为不能成为富人而憎恨世界，但辉恩是他们的一道光，他们不需要什么阵线的理论教育，天然就懂得这光的意义。在生死抉择的关头，这些穷人中的某些人宁愿自己去死，也希望这光能长久。因为这光能叫欺压他们的势力黯淡，哪怕只黯淡一分，他们在阴间也将含笑安宁。

辉恩一路向北，来到了三隆，躲进望雉坡鹊立巷蓝茵姐姐的沉香店。

他往暹粒省的一个边镇上去，在那里用"禄拜兄"的名字给宋爱拍去电报："已在亲戚家，人平安，待回转详述。"因为，诗梳风阵线组织筹划暴动失败的新闻在全国的报纸、电视和广播中被大肆报道，他甘伯的名字已经家喻户晓。在安卡中，除了姬姗与组织部掌握名单的头目，大部分人只晓得他叫甘伯。宋爱也一定看过新闻了，她的布恩，平素一直说甘伯再世的叔叔，这下成了王国全境通缉的钦犯。也就是说，宋爱从公开的渠道得知布恩出事了，而禄拜兄弟的电报可以令她安心，知道布恩已逃亡在外。

辉恩又借了水利署的电台，用密码向全国各地的联络人发报，终于联系上姬姗和几位核心的领导人，其中有穆祝和李英志。他们约好到三隆蓝茵的住处会面。

那个督察官思潘成了重组武装力量的重要人物，他同情贫民，思想上早就倾向阵线的主张。辉恩蛰居在蓝茵的沉香店期间，与他日日长谈深谈，最后他做了决定，准备加入游击队，一起落草举事。

姬姗告诉辉恩，她有身孕了，就是十月在寒云巷矮屋里那次，现在已经四个多月了。他脱去她的外衣，摸到她鼓起的小腹，他一下就感知到他的孩子要来了。这令他绝望，又令他看见希望。仿佛一个旧时代结束了，新时代已经来临。难道宋爱与他的爱情随着旧时代的葬送而葬送了吗？作为甘伯的使命要牺牲以往的一切吗？如果历史需要他来推进，那又有什么好说的呢？有多少将与他并肩的战士都要舍去旧时代的生活！今日妻离子散，明日万民团聚；今日别离割舍，明日有情人终成眷属。只是凯旋的日子，他能迎娶他的新娘吗？他如今倘与姬姗结为夫妇，将来何以面对宋爱呢？

那一夜，义军上山了，加上领导者，统共不过三十多人，只有六七支手枪，八九柄匕首。他们正从腾芝荜湖畔的芦苇丛中穿行，往王国西境的崇山峻岭中去。辉恩告诉队伍，让先行勿停留，他要独自到前面古垣边看一下。

他攀上古垣的顶端，与石廊只差一步，跨越过去，就是宋家的隆裕花园。他望见暖阁的灯，他晓得宋爱在等他。那里有他的床，他的睡衣，他的香水，他的鞋，还有他的铠甲和剑盾。如今他穿着一件细麻布的衬衫就要出征了，并没有华丽的铠甲、锐利的剑和坚实的盾，更没有健壮的白马，那些真的是一部旧戏中的道具吗？现实的斗争是血腥而残酷的，竟然要他亲手杀死王子和公主，要撕裂美好。那美好啊，为什么竟然在这夜的狂风中显得可笑呢？那是一场过家家吗？然而，那嘲讽的念头还未将他的脑子充满，热泪已纵横满面。他想起他的诗：

总是像告别一样，

却每一次都是相逢。

我真想执剑骑马，

从你的家门口经过。

我晓得你在注视，

顺着花园的长廊奔跑，

尾随着我远去，

尾随着这队列，

直到廊的尽头。

那廊是穿不过墙的，

古垣横在它前面，

伸进腾芝荜湖里。

越过这湖，我就出城了。

......

我要走了，

你出来送我好吗？

向我高举双手，

恳请我带你一同去。

我抱你上马，

我们相拥一骑，

与旧生活决裂。

我要走了，

你不要出来送我，

只铭记我的话就好，

我会回来的，

那是凯旋，

在不久的将来迎你做新娘。

　　他决定了，如果战斗中他没有牺牲，如果他真的凯旋了，他要回来将隆裕花园分配给穷人，他要大张旗鼓地迎娶他的新娘，他们一起过平凡的生活，做朴素的劳动者。而至于姬姗……噢，到那时，他的孩子应该长大了……为了社会的完美，他，以及他的亲人都应该是牺牲者。他不能多想了，他转身遁入黑夜。

　　宋爰在上丁的旅店住下，从大堂里的《圣殿之声晨报》上看见叔叔宋济的名字。叔叔是家族唯一从政的人，在朝廷担任工部二署的大臣，专为王室操办各地土产。这次哲塔王来上丁祭雨师，他也随驾同行。布恩出征前一年，宋家从星洲过完中秋节回来不久，宋先生就身体不适，吃药也不顶事，竟一病不起，不到年底就逝世了。宋先生临终，嘱咐宋夫人和宋爰将来时日謇涩或可去投兄弟宋济，说他这个兄弟温良谦恭，是靠得住的。宋人算命的说，依着旧法，女婿除非不得已，否则是不能入赘的，因为女孩儿长大了要离开父母去夫家过，这是天条，倘若引了男人归来，总要丧命一个。辉恩尽管与宋爰没有成婚，但搬进园子里来，在暖阁上与女孩儿行夫妇之礼，也算做成了入赘的事实。老天选了宋先生归天，这是特别宠爱辉恩，或者真的有重大的使命交付给辉恩。从旧年到新年，短短的时间里，先是丧父，再又郎君离去，杳无音讯，宋家一时落入冰窟；后又遭兵燹战火涂炭，母亲蒙难，亲人中只剩得宋爰与祖母二人。即便在那样困塞的时候，宋爰都未想到去投叔父，而眼下为了辉恩，她不得不走这一步了。
　　她是一个聪明的女子，聪明并不意味着在诸般事体上都八面玲珑，聪明的人若未由社会的风气熏染，总只是沉浸在自己的兴趣里，而外人看着竟以为痴傻。宋爰就是这样的，此刻应着眼前的急迫，居然从自己的天地中猛然苏醒，做出常人匪夷所思的周密行为来。

她去睡莲池酒店寻叔父，国王与随行大臣们都下榻在那里。她报上姓名，警卫和安防的一干人层层上报，大约等了半天，还经过各种检验，才让她进去。好在她与祖母外逃时带齐了证件，这会儿真正派上了用场。这些证件与大马士革钢的小刀，还有两庄金块，一路上都始终藏在她的包袱里。当然，为了去见在工部做官的叔父，她将小刀和金块都留在了旅店里。

婶娘来接她上去，看见她迎风玉立，出落得那么精致，甚是欢喜。她将这些年宋先生病故后遭的事情一一说给叔父和婶娘听，叔侄两辈少不了痛哭一番。哭罢，她便将她的计划和盘托出。她说父亲留下一尊宋人唐时的羊脂玉净瓶，做工极精巧，沁色五彩斑斓，要献给陛下。宋济记起来有这件东西，年轻时在隆裕花园见到过，那时宋爰还未生下来。叔父说，把这般尊贵的宝物献出去，真乃大好事，说不定陛下还要给他加官晋爵。如若由侄女亲自奉献上去，陛下亲睹美人风采，封赏必然更厚。他听说王室正为六太子择太子妃，这下看上宋爰也未准。于是，叔婶筹划如何觐见国王，如何引荐侄女。

宋爰道："我听说陛下此次来上丁，还要与大法官一同审判钦犯，如果在此之后，他心情定然不佳，我们送上去宝物会蒙了阴影，不如赶在审判之前。"

"侄女说得在理，我看等祭罢雨师，下星期他要在哈姆萨御苑向几个太子问功课，那时去最好。"宋济令赞宋爰道，"你真正是聪慧的孩子。"

这便下了工部的文书、通行证，一并交予宋爰，令她回转诗梳风速速将宝物取来。

这羊脂玉净瓶，正埋在隆裕花园里暖阁的地下。原先义军获得王国南方政权时，新政府占了宋家的园子，迨甘伯来寻宋爰时，早没有人影，她与母亲在义军进城前随王师撤退到中部，母亲就是在逃难途中遭遇游勇散兵饮弹而亡的。宋爱记得，离家前，她与母亲将那些不好搬运的财货都埋到暖阁下的地洞里。后来，王师收复失地，她重回诗梳风，官府按之前的财产登记名录将隆裕花园归还她，那时局势尚未稳定，她便没有将地洞开掘。她知道，那铠甲和剑盾也在地洞里，她要取出来，只有这件东西让哲塔王见了，才能救布恩。还有一样东西也至关重要，就是布恩不屑要的，弃了让蓝茵熔掉做沉香佩珠的金册，那上面刻着辉恩的名字、军中阶位、出生年月日和所有身份明细，国王倘见到金册，必然会想起叫他心痛的娇冶舞娘。

宋爱回到诗梳风，寻到萨木尹，让尹叫来他家里的佣人帮着开掘暖阁的地洞，因为这不是件简单的事情，假若雇了外面的工人来掘，难免有人见财起贪念。宋爱将铠甲、剑盾和其他宝物都先寄存在萨木家，自己一个人去三隆找蓝茵。蓝茵果然还住在望雉坡的鹊立巷，思潘随着游击队进山后，用了一个化名，为不牵连他的女人。人们只知思潘失踪了，并不晓得他去造反了。那几年义军得了政权，许多人都回来了，可是思潘没有回来。她不晓得，其实思潘已经牺牲了。蓝茵并未见着辉恩，所以没有人告诉她噩耗。

"我担心你将金册真的熔了去做佩珠，不想你还存着它。"宋爱见着金册后依然惴惴不安，怕不慎在自己手中还会化掉，"多亏姐姐有心，今日有这样东西，布恩就不死了。"

"如今义军溃散了，也不晓得思潘的去处。"蓝茵道。

"布恩该是知道他的下落。也许躲在外面呢，这会儿露脸怕有危险。"

"你救下恩后，别忘记让他帮我找回思潘。"

宋爱拿到金册，又回转诗梳风取了羊脂玉净瓶和铠甲剑盾，坐着工部的快车，不一日就赶到了上丁。她将金册与铠甲剑盾藏在她租住的旅店里，只拿着玉净瓶去见叔父。

叔父凝神端详玉瓶，半晌说不出话，直抚摩，叹息，老泪纵横。

"叔叔怎么哭了？"宋爱问。

"我想到了兄长，他竟离去了，离去了！好的东西后面都有代价，这一族的代价就换来这无用的净瓶吗？凡是高贵的，都是无用的，却抵了性命。有什么比性命更重要呢？"他是宋人，宋人从来不愿意为了其他事物而丢弃生命。

他的话触动了宋爱。她本是为布恩送死去的，不想因这净瓶或者换回他的命来。不过，她又想，这只不过是路条而已，是觐见国王的开道礼，布恩的命比这要珍贵，它连着舞娘与国王的情缘，与死者的灵魂交织在一起。灵魂原是真的不死的，它从阴间伸手过来，正欲扶起将灭的灯火。

到了国王向太子们问功课的日子，宋济带着宋爱往哈姆萨御苑去，他们见到哲塔王身着布衣，坐在一张藤椅上。他是一个矮小的老头，目光柔慈，脸上始终挂着感恩的神情，逢人便合掌行礼，笑容可掬。

宋济将侄女领到国王跟前，好让国王看清楚。这天宋爱穿着西式的时尚服装，桑蚕丝的淡珊瑚色背心，亮青色的西装短裤，头上绾着浅玫瑰色的丝带，脚上穿着露趾的漆皮凉鞋，这些是她用那两庄黄金换了钞票，在上丁的法国品牌店买的。她简直就是哈姆萨御苑深不见底的绿荫中闪现的一道白光，将国王和王储都照亮了。

侍卫将玉净瓶小心地接过来，又递给国王。国王端着玉瓶，说："我知道宋人是爱惜美玉的。小姑娘，你将这样的宝贝献给我，一定是有什么重要的事情有求于我吧？"

"正是这样的。只怕我说出来，会惹陛下不愉快。"宋爱这么说，令宋济心里一紧，他不想侄女见着国王会如此唐突。

"不愉快的事都在眼前，过去了就都是愉快。何况你在我眼前，已经令我很愉快了。"国王说。

"我要说的，正是一件往事。陛下还记得辉吉安吗？她有个弟弟叫辉恩，陛下曾经封赐他御林军右卫的官阶。"

"我记得这件事。那个叫辉恩的青年，他如今在哪里？他一直未曾来见我。"

"他如今人在上丁，我带来了他的铠甲和剑盾，还有王室颁发的金册，我恳求陛下恩准我将这些呈给您看。"

"你可以领他来见我。"

"他被押在死牢里，他的双手和双脚都被铁箍钉牢在木板上。他现在的名字叫甘伯，是您的钦犯。"

国王闻此，并未惊骇，面色温和，言语如常，问道："你与他怎么认识的？"

"我是他的爱人。"

"我懂了。全部明白了。"

于是，哲塔王叫宋爱去旅店取了铠甲剑盾和金册来。他细细看了，又听了宋爱和辉恩的故事，沉吟良久，然后说："我要召见他，赦免他，赐你们良缘。"

从御苑回来的路上，宋济阴沉着脸，他不想侄女有这样的城府，面见国王原是为了这件事。

"国王也许真的没有不愉快，然而叔叔不愉快了。原谅侄女隐瞒原委，实在是我心中忧虑，如果我先讲明了，怕惊骇到叔叔。事关重大，我只有这一次机会。"宋爱说。

"事已至此，祸福难料，也只好这样了。叔叔不怪你，谁叫我是你父亲的兄弟呢！"宋济反倒宽慰起侄女来，"陛下向来诚信不欺，他赦免了死囚，任满朝文武如何不甘，也覆水难收。你果然聪慧非凡，真是我兄长的血脉，不像你叔叔那么庸瞶。你要是去做官，能做大官呢！"

"我没有想到，国王是这样一个不起眼的老头。"

"谁又想得到，恩仇是纸牌的两面，翻一下就过来了。"

"年轻人，你已经死了。现在全境的人都满意了。那些我的亲戚们，我的权臣们，还有那些与外国势力眉来眼去的人们，包括王后和她的兄弟们，甚至那些听信了你们游击队有思想瘟疫的百姓们，他们通统满意了。"哲塔王在哈姆萨御苑的兰馨殿中与辉恩说。他私下召见被他实际上赦免的死囚，然而，在王国中，法院的事情他不能干涉，他或者能按照《宪法》在规定的时日里大赦，却无权将一场旨在推翻政权的叛乱的首领释放；他，甘伯，在王室陪审团和最高法院按照《宪法》和《刑法》的审判中被处以极刑，报纸、杂志、电台和一切其他宣传机器都将审判细节、罪名和押赴绞刑室过程的新闻广泛传播了，他从法律意义上永远地、彻底地消失了；而国王的赦免令也颁发了，在报纸的一个角落里，内容是赦免一个叫辉恩的中学老师，他头脑糊涂，参加了甘伯的叛军，因悔恨而痛改前非，

"但是，年轻人，你又活着，只是那个叫作甘伯的人死了。我能为你做的

只有这些。我知道，你或许以为我是为了赎罪的缘故才这么做。其实你想错了，我与吉安相好，是亲人一般的，她的亲人就是我的亲人。哪有亲人杀害亲人的？你姐姐是叫王后的兄弟们害死的，就是现在主张要处决甘伯的人，他们是同一伙人。如果为了复仇，我的仇恨比你更深，复仇还轮不到你！你们阵线的议员曾经提交《减少王室贵戚封地并试行全国土地改革案》，我是第一个响应的，我将北方的封地分给农民了，他们管我叫革命党人。我是革命党吗？怕是你们阵线嫌我不合格。我是顽固旧势力的总头目吗？你也看见了，我的话不管用，没有几个人听。他们需要我的面子，好管教百姓听话。我是一面旗帜，你们能用，他们也能用。你听过君命神授的话吗？我没有梦见过神，也没有面见神亲自降临，但是从我的祖父的祖父的先祖一直到我，万世一系，从来没有改变。我的先人也遭遇过叛逆、排挤和欺凌，但其他姓氏的人都消亡了，我们却存下来了。这不仅仅是个象征，这是命运。如果为了你的姐姐，你没有理由恨我，我是她一生中对她最好的人，一个人对另一个人好，钟情于她，却不是一个国王宠爱舞娘。世人按照他们的想象来看王室，他们看到的实际上是他们自己早就写好的脚本，他们看不到事实。事实是我爱吉安，我们一起蒙难，一起遭遇不幸。如果为了拯救苍生，年轻人，这是不可以做的事情，如果你深信天神在你之上，你如何替天行道？神既造出你，还需要得你助力吗？连佛陀都没想过替代神去拯救这个世界。你看看宋人吧，他们至少贪生怕死，然而，其实连生命都是无意义的。宋人讲普度众生，是做做样子，不过是为了贪图破戒的方便，真正相信的都没有好结果。然而天机自有妙算，所谓菩萨心在众人心中，那是佛陀也不敢言说却由至上主宰的秘事，是天神的作为，而不是人的徒劳。人借着良知，可于自由意志中选择这个方向迎凑上去。

西方人强硬，要自寻真理，所以由教门管着；东方人因为软弱，得良知保惠。但救主赦免全恩是前提，否则其中那些强硬的人也要走偏。救主的意义是赦免，是从欠债必然毁灭中赦免了全人类。而成就之道是另外一回事，或有不同。热爱生命的人是软弱的，自然也会坠入迷信的魔障。大乘发现慈悲心是有价值的，但先天之缺陷让他们以为慈悲心发乎人自己"。

"你究竟是哪一门的呢？你信弥赛亚，还是信佛陀？"

"年轻人，佛门是修行的学校，不是崇拜的祭坛。这个世界只有一位神尊，全世界都在其下。"

这话令辉恩心服，他想到了造物主作为一只神鸟惊鸿一现的纪念。

国王又说："所以，你去生活吧，不要管不是你的事情。你能抢一家公司的订单，你能抢上帝的订单吗？国王做好国王的事，臣民做好臣民的事。人各有命，在命中得其所得，就是幸福。而有人不归其位，有人在其位而不为，又有人强取黎民本该得到的，那么，革命才得到恩允。为此，我支持过你们，支持你们为归其位而努力。然而，但当你们要颠倒秩序，妄求天道之外的平等时，我就退场了。"

"这就是我失败的原因吗？"

"我不想讨论政治。我失去的，你不要再失去了。失去命中之福才是失败。那个小姑娘不比江山更美吗？她是你的，而江山不是你的。你为什么要舍掉你的福气去求不属于你的苦难呢？"

"人是无所作为的吗？"

"年轻人，我已经说得够多的了。我今天不想再说话了。这里有两扇门，一扇是兰馨殿的正门，一扇是屏侧的窄门，它通向一道长廊，长廊是敞开的，受风受雨也受阳光。如果你从正门出去，那么，那些反对你我的人依然等在门外；如果你从窄门走，那么，甘伯已经死了，辉恩会活下去。"

国王说罢这些话，就由窄门退走了。辉恩站在殿中，长久没有动弹。这时候，有一只红鸟飞进殿来，在他头上盘旋，随后从窄门飞出。有云团从长廊那里涌进宫殿，那些木柱和雕花都被湿润了，四周的喷泉的水声沥沥不绝。

续说

骨香与麝香

　　"我记得那裙裤，就是不裙不裤的那种，在你的故事里，姬姗穿了，可是我记得，刚才那个女人也好像穿着。"火车已经出关很久了，奔驰在南西伯利亚的旷地里，我生出一些疑问，与大叔讲。

　　"那个姬姗，与刚才那个女人，是同一类的。"大叔答道，"她们都是情种，小布尔乔亚式的。谁不喜欢小布尔乔亚呢？都假装批评，不屑，贬低，却目不转睛地盯着人家。她们精致，生动，又媚俗，了然。她们的神秘是可以即刻感知到的，正好比设计之于创作，流行之于艺术。谁不喜欢时尚广告里的大美人？那是庸众心目中的最大公约数。艺术是探索，是跋涉，但漂亮是硬道理。往往是达不到绝色，才强调特色。绝色本身其实就是艺术的结果。那是天赐的美丽，人为的努力是难以企及的。你不能得不到就说是大路货，也不能得到了又嫌不够好，想换花样。我总是喜欢漂亮的，身形面貌都要好，但往往身形面貌都好的，情致也非同寻常。"

　　"既是艺术的结果，何必不直奔目的呢？"

　　"创作和阅读是两件事。对于有追求的人来说，现成的东西总显得太便宜。然而，做工的人总也要休息。你种一片麦田，难道就等着结穗，中间就不吃麦子了？很多人死心眼，不懂享受。"

　　"既是天赐的美，何以又成为不够深刻的神秘呢？"

"她们本是极美的，落入凡间便蒙尘异化了。这类女子，形貌无染，心里却落俗了。喜欢她们的人多了，她们便称出自己的重量来；得来便宜，于是总想走捷径。所以，你要小心了，那些看起来纯洁的女子，是最实际的，比那些在实际计量中的女子更庸俗。这就是她们的小布尔乔亚性。一切翻来覆去要死要活的女人，归根结底都是欲望不能满足，只是她们需要挣扎出一套说法，来遮掩她们的贪得无厌。在人间，没有买不到的东西。如果她不遂，一定是出价不够高。性爱、风情、相貌、趣味、阶级，等等，这些当然很重要，但你真的有足够多的钱吗？你有足够多的财富，一项一项买下来，层层消解，即便再高傲的头颅，都会成为胯下的坐垫。爱情是价码的飘带，偿付不起时就是爱情，偿付足够了就是地毯。有的人身体好，这就省去一笔；有的人学识高，这又省去一笔；但有的人什么都不足，那么就通统要钱财来支付。你我这样的人，在钱财之外已经拥有很多，所以常常轻松易得，可是你想过那些纯粹靠钱权来追女人的人吗？他们有多可怜，他们的一生都是负资产。"

"这么说来，我们是富人。"

"有些财主积一辈子所得都不及你一个手指头。刚才那个女人你看见了吗？你给她什么她甘愿将她的脚趾留下来？你要有怎样足够的钱才能买到她的欢心？可这并不是爱情。"

"那我就更想晓得爱情的秘密了。那个女人和姬姗穿同一条裤子，那么宋爱呢？"

"身心保守得好的人并不多见。"

"这就是真爱的道理吗？我们在俗世中竭力保守身心不受污染，就获得了爱情。"

"差矣! 我们是无法保守的。我们都是残缺亏损的, 所谓罪错一生。"

"我并没有看见宋爱的残损, 她是那么完美无瑕。"

"这只是开始, 故事刚刚开了一个头。"

"我以为你讲完了呢。美人闯险救夫, 双双比翼高飞, 圆满大结局, 还能怎样?"

"我说过了, 得不着爱情的痛苦已经很多, 因得着爱情而痛苦却没有人讲。我正要讲得着爱情的痛苦呢! 我讲了太久关于爱情的情节, 其实蛮可以几句话就带过的, 只是我有某种独特的偏好, 才将前面的事说得冗长了些。"

"你的偏好是什么? 我没有听出前面的事情里有什么特别的地方。叛逆的壮烈与爱情的美丽之间的冲突吗?"

"等这故事讲完了, 我再告诉你我的偏好。"

"对了, 姬姗与甘伯生下了孩子, 最后甘伯被捕时, 又怎是他妻子签了脱离关系的文书呢? 这妻子是另外一个人吗?"

"不, 正是姬姗。他们在游击队的营中结婚了。"

"背夫弃子啊! 看起来纯洁的女子其实是最实际的, 你刚才提醒过我。她竟实际到这个地步吗? 这也算实际吗?"

火车进站了, 渐渐减速, 停靠在站台边。这里是太平川站。天色亮了, 我们不觉已聊了一整夜。

到了加格达奇, 还是与上次一样, 大叔先醒来, 在一旁等着我。这次我睡在他的房间里, 我是被一声尖利的高音惊醒的。他在摆弄他的手风琴, 他似乎在探究那个最高的音在不同奏法中的音色变化。大叔见我醒来, 便开始收拾东西，说："我们去站外坐坐吧，我认得一个地方，那里有几十里宽的草甸，有樟子松，我们可以躺在树下晒太阳。"

于是我们下车出站，还是先买好了回程票，然后坐一趟公交车，一直坐到终点站，又步行大概一个多小时，穿过一片树林，顺着一条河往上游走，来到一个叫米帘峪的地方。这真是别有洞天的一个去处，之所以大叔管它叫草甸，是因为坡上遍生各类花样百出的植物，有一片一片的森林间杂在辽远的草的海洋中，远看就像一座座岛。我们选了一处有树荫遮盖的平地坐下。路上我们买了一加仑啤酒，还有几根哈尔滨红肠，这会儿我们着实有些饿了，便饕餮起来。大叔嚼了一阵肉肠，随手从草丛里拔了一些绿叶塞到嘴里。

"这是野菜吗？"我有点诧异。

"我认识好些植物，草甸的植物不同于草地上的野草，都是非常肥厚的，口感也不错。"

我的视线伸入草丛，看见许多我不识的卉物，有的茎株粗壮，有的还垂着花穗，细叶与宽叶都挺挺的，富有弹性，它们一般都高过人的膝盖，密密的，异常洁净。人睡卧其间，并无被任何虫豸侵扰的虞虑，地土也不污浊，看着很放心的样子。原来野处也有归宿的宁静，这是我第一次感受到天然的肥沃。我想自己是牛羊，这么想着，居然也对几种植物生出了食欲。也许大叔并不是从书本上学到植物知识的，他将自己放归大地，靠视觉和嗅觉就与花木呼应上了。

我也随手抓起一把草吃进嘴里，先是苦寒的，吃着吃着果然就尝出了肥厚和浓郁。啤酒喝多了，令人渴燥，而多食野草，竟然神清气爽。人原来是城市的囚徒，自己造一个大笼子将自己锁起来，那个笼子比禁锢甘伯的笼子要大得多。

"我又想到了甘伯。他出走后会像我们此刻一样吗？他是为了挣脱旧世界的束缚而斗争的吗？"我问大叔。

"不，他当时想的，都是社会问题。人在社会中的争斗，不过就是困境中的挣扎。"

"笼中狮虎的相互撕咬？"

"几千年都没变过，自相残杀。"

"他们不是一度掌权了吗？"

"他们在波贝山地那里占了几个村子，很快贫困的农民就响应他们，人渐渐多起来。他们袭击了几处王国的警署，夺得一些武器和装备，不到三个月，就武装起一支两千人的队伍。之后，他们顺势推进，将半个马德望省割据了。这便引来王师的围剿，不想义军愈战愈勇，将王师几次讨伐行动都打了回去。三年后，义军夺得半壁江山，整个南方都在他们的管辖之下。他们建立了新政府，叫作'甘伯地'，以甘伯的名义命名国土。甘伯成为民众的领袖，万人瞩目。他革除旧弊，赶走了南方境内的所有外国势力，没收境内本土豪强富户的私产，将土地和钱财全部平分给百姓。新政权还开办了许多新学校和新工厂，那家起先提到的星火灯具厂，就是他们建造的。穷人由此获得了工作，人们的思想大大发生了变化。"

"这不是很好吗？耕者有其田，居者有其屋，人人平等了。"

"事情没有那么简单。从压迫中解除束缚的人往往激情喷涌，头脑发热，他们不满足于眼前所得，希望新政权有更进一步的措施。有知识的，有技术的，甚至貌美的，身体好的，都被民众看作高人一等，都面临嫉恨和斗争。于是，甘伯行了一桩前无古人的壮举，他将诗梳风和南方境内较大城市的市民全部疏散到农村，所谓空城行动，借口是战略撤退，为防止外国入侵者的空袭。撤出城市的居民按男女老少四队分营管理，连传统的家庭都被看作是旧社会的基础要被解散，夫妻、情人、家属要团聚都须向安卡打报告，批准了才可以见面，见面须定点限时。入营者不论少壮老弱都要参加劳动和军训，连九岁朝上的小孩子也都组成了童子军，所谓全民皆兵，一致对敌。"

"他蛮有想象力的，不愧诗人才情！"

"第四年，西南边境的浯国突然出兵，侵入甘伯地。这是因为有许多阵线高层干部不堪甘伯高压管理，纷纷投了浯国，将甘伯地的内情透露给浯国，浯国趁其虚而入。浯国是那个时候的军事强国，打仗非常厉害，他们用了不到半年的时间，就侵占了甘伯地三分之二的地土，前师直逼诗梳风。那会儿，诗梳风是新政权的首都。王国方面见此情势，便与浯国联合起来，两面夹击，将义军收拢在诗梳风一带。新政权危在旦夕，如果一味抵抗，必然全军覆没。于是，他们只好放弃首都，撤回波贝周围的山地。浯国帮助王国收拾了江山，便不肯退兵，这事异常棘手，只好请国联来仲裁。国联是外国势力做后台的，他们并不希望王国成为一个强大独立的国家，遂生出一个建议，就是建立联合政府，这样各种势力绞缠制衡，有利于将来外国资本再次介入。哲塔王不得已同意了，他下旨号召境内所有武装、党派息战谈判。这其实就是回到起义前的多党议会合作，让阵线合法参政。当时，新政权还有三个师，是有本钱讨价还价的，但是甘伯不妥协，他一意孤行，想东山再起。新政权于是产生了嫌隙，李英志主张下山加入联合政府，穆祝主张边打边谈，姬姗倾向李英志，渐与甘伯不合。"

"那她是不爱甘伯了，还是从来就没有爱过甘伯？"

"不要妄言什么爱！人间所谓的爱，此一时彼一时！"

"我记得你说过，姬姗贪图他的英俊、帅气，他的每一寸皮肤都为她争得荣耀。她愿意受这样一个男人摆弄，她求之不得。"

"是啊，有的人看美貌，是应到心里去了；而另有人看美貌，是借着别人的眼睛看。譬如我，看见漂亮妹妹就走不动路了，也有好些妹妹看见辉恩这样的美男子也走不动路了。姬姗则不同，她是将美的辉恩当作她的荣耀，而又将强的甘伯当作她的力量。"

"这时候，即便没有强的力量了，那美的荣耀应该还在。"

"他们入了山区的营地后，就将 Elle 和 Vogue 扔掉了，那条裙裤也不知放到哪里了，巴黎的香水在封不紧的瓶子中蒸发了，所有亮丽的时装都被弃在杂物间日渐黯淡了。啖木薯，赤脚苦行，成为新的时尚。曾经有人问，那些仁人志士，在艰难时期，连老鼠蛤蟆都吃了，连树皮渔网都拿来蔽体，怎就在获得政权后一夜之间为一张美元流口水呢？要我说起来，他们不只苦虐自己，甚至连命都不要了，最终也必然拜金沉沦。知道为什么吗？因为起初他们就是不要生活的人，他们一心想出人头地，贪慕功名，是为了功名去搏命的。既搏命赢了，就要享受赢得的功名。他们会暗中告诉自己，如果我成了，那些香水和时装、Elle 和 Vogue 算什么？我想要什么没有啊？我要这世界往左，谁敢往右呢？我不但可以重拾我失去的，我还可以臆造我所没有的。这就是他们功名的成就，可这依然不是生活，而是威势，势焰熏天！美元不是钱，在他们那里代表了地上的势力。所以，晋升有道时，王国允许参政，就主张和平；倘若绝了功名之路，就不得不打了。"

"贫苦人起事，竟与他们那么不同！说到底，这都是强人之间的竞力，"

得意的强人与不得意的强人。我看，辉恩不像这种人。"

"他是孤绝的，幼稚的，异想天开的。千百年来，一切起事的会众，大约就是一个狂徒，加上一班强人，后面跟着一大群穷人。狂徒是敌不过强人的，一旦成事，必是强人的天下。狂徒是可笑可悲的，他的举措不在天命中，他逆天而行，妄图颠倒乾坤。这话并不指向革命。革命不同，革命是当社会秩序偏离天道时，天允革命者纠正这偏离，回到起初的秩序里去。"

"强人失败了会诋毁狂徒，得势了也会诋毁狂徒。狂徒的悲剧在于偏离的偏离，他想以偏离矫枉过正，就走向了绝境。"

"哲塔王在赦免甘伯时，他们还讨论了时局。甘伯说，如今山河破碎，各种势力瓜分王国，做王的能高枕无忧吗？国王回答他说，心都碎了，还怕国土破碎吗！"

"要生活的，原是这样的啊！"

"甘伯替老天爷操心，而姬姗是替功名操心，倒是只有国王在替自己操心。"

"我们不如替自己操心！我现在就是这样的，我想知道爱情的秘密。"

"爱情如死一般坚强，其实这就是秘密。"

"你来回这么说，听起来很可怕，我似乎窥见了力量，却仍然无所适从。"

大叔没有继续说爱情，他躺平了身子，要我拔一些宽叶的草过来，盖在他身上遮阳。弄好后，他说："第五年刚开春，发生了一件血腥的事。甘伯的卫队将李英志的住处包围了，夜间待人熟睡后闯入，把一家人都活埋了，连小孩、厨子也不放过，全部埋进地窖，又将房屋推倒，碎砖瓦和倒塌的墙垣把出口堵得死死的。然而此举并未压倒异见，相反触了众怒，令李英志手下的人哗变了。他们劫走了资财、武器和部分高层领导人，成群结队地下山向王师投降，姬姗也在其中，当然，她顺水推舟，显得很无奈的样子。这时候，穆祝也带着一班人分离出去，只是他未投官府，而是另立山头，与国联谈判周旋。到第六年的仲夏时节，以王室、财阀、中间派、投降派为四方的联合政府终于成立，此时甘伯成了孤家寡人，所率两百人不足，蜷缩在一个山寨里，扼险坚守不出。他们被团团围困，缺粮缺药，以至于人心惶惶。甘伯的光环消失了，他只剩下瘦骨嶙峋的躯体，连原先的诗情和俊美都发黄了。如果曾经的青春陈旧了，新得的势力又溃散了，还会有哪一寸皮肤能为那女人争得荣耀呢？他被自己的卫兵软禁起来，那是些依靠过他、崇敬过他，如今又忽然落空、感觉失重的可怜农民，他们看着这个在他们眼中日趋干枯的身体，他们问自己，这是他们的领袖吗？这是再世的甘伯吗？他怎么看上去越来越像是一件麻烦？于是有人狠下心来，说彼时在厂头地主手下做工，虽体肤损筋骨痛，亦吃得起肉觅得着酒，发薪金的日子花半个瑞尔也睡得到醒齸的草娘，如今在这个衰人手下日日忍饥挨饿，还男女分营住，真不如那为奴的处境，索性将这人卖掉算了，指不定可以得不少钱重置家业。类似的牢骚怨恨积得深重了，便围成一件等待装财物的钱囊，紧紧将甘伯套住。这便发生了前头卖主求荣的事。"

"那女人去就去了，何必当着面签下脱离的文书！她连值得记忆的青春也丢了。"

"那些勒芒高等美术学院的雕塑，那些莫尼河矮屋里的缱绻，甚至阵线的党票，武装斗争时的节气，都不是她要的。丢了算什么？那叫支付，支付低额的，换取高价的，在她看来，人生的价码是这样的。"

"她在床上没快活过吗？"

"有些人的快活是肉，有些人的快活是壳。为了壳，肉甚至也是手段。"

"既不是肉也不是壳的快活是什么呢？"

"那是全然的喜乐，来自灵，却不是灵。那是灵对肉的安慰。"

"你有过吗？"

"难道你一点也没有过吗？要我来告诉你吗？"

"怎么能有了还有，长久地有，最终地有？"

"去！背上我的手风琴，提上我的马灯，时间不早了，我们下坡去！"大叔只叫我拿那些重物，并不将装着肉的帆布包给我。他看得很牢，唯恐我偷取一枚。那都是他的喜乐吗？都是安慰过他苦身的恩赏吗？也许老天一枚一枚给他，一步一步带领他，直到最后会是另一回事。但我知道，现在还不是时候，人要从贱价起步，慢慢才算得出重价。

说好了，我给他当下手，心甘情愿的事情必是喜乐无疑。我走在通往全然喜乐的路上！

暖阳已经偏西，云借着它的光以霞的身姿悬在远天，绽放出沾了福气的种种笑靥。我不禁叹道："大自然真美啊！"

"大自然？你不觉得可笑吗？"大叔哂道，"所谓自然，罗马人叫作natura，这词来自希腊语physis，最初的意思是植物，又指事物的特质、活动及面貌，说是非人非神的来历，如草于旷野中自长出来一般，闪族语言中没有与此对应的词，汉人说'自然'也不是这个意思，自然是道的本义。'自然，道也。''元气自然，共为天地之性也。'都是神天的手笔。天下哪有非人非神的事物？没有造物，它原本就在那里，这是什么逻辑？当然，后来的人们都说自然就是大道本身，都是造物主的杰作；当然，再后来，人们便没心没肺地使用这个词，又将自然放在一个免费的不计价的便宜境地里，仿佛人为的才有价值，人的努力才是伟工。没想到你是那么愚蠢又庸俗的人，人云亦云，想当然脱口而出！说自然，仿佛就有不自然，仿佛不自然的能力大于自然，巧过自然。这一切是如何自然的，你想过吗？自然究竟意味着什么？自然是你想不明猜不透的力量，天如何高过地的，自然就如何高过不自然。你的生命出自自然，又必将归于自然。它叫你下到阴间，也可令你升入天堂。自然固然免费，但那是因为你买不起，上天于是白给你，是至贵后的免费。他们说自然法，成文法，好像人为的成文可以与天造的自然平起平坐，放在一道较量损益，这是无知的骄傲啊！你知道physis的本质吗？就是草木的喜乐。草木之乐，就是一个'藥'字。天垂此象启示你，告诉你去获取草木的喜乐，这就是药力，得此百病皆消，身心俱安。而喜乐，大多数时候是以可听的方式示人的，就是音乐，music，music不只是声音，它是喜乐的外化，是可以首先由听觉被人理解的。为此，古人将这类听得到的喜乐吃下肚里去，为全然与喜乐交融。他们以为吃下去比听进去更深刻，更彻底，情景交融了，沉浸在喜乐中了。"

"那么，大自然，physis，就是喜乐？"

"你此生活着，还不喜乐吗？病亦喜，康亦喜；饿亦喜，足亦喜。四季有寒凉，人间有福祸。贵贱贫富都只是生命的阶段，人生的起伏。有高的，就有低的；有美的，就有丑的。不仅是位置，根本上是时序。疼痛证明你还活着，如果你都感觉不到疼痛了，你就死了。生命就是喜乐！古代有个人叫方济各，他教导弟子说，人侮辱你，鞭打你，夺你妻女，叫你匍匐在地上吃嗟来之食，凡一切痛苦、艰困、卑微，都是喜乐，是全然的喜乐，因为人所得所能，俱蒙天恩，天夺了你的命去，你甚至连悲苦都没有了。后来，这人成为圣徒，被称作圣方济各。"

我又想起了那故事中说的宋人，他们将匈牙利诗人裴多菲的诗颠倒过来写："自由诚可贵，爱情价更高，若为生命故，二者皆可抛！"活着，就是最大的喜乐！

"人在大自然下，还能去哪里？"大叔望着那些绽放笑靥的云霞说，"那些火车、电光、机械、数据，一个比一个威猛，可是哪样不出乎大自然呢？因为连人都是自然的产物啊！你想知道爱情，你听说过《雅歌》吗？就是'歌中之歌'，教廷里的人说，这歌传递的最宝贵的信息，乃是'基督与被拯救的人藉婚姻的联合而显明的关系'。这简直就是胡扯，牵强附会！《雅歌》里唱道：'愿他用口与我亲嘴，因你的爱情比酒更美。'又唱：'耶路撒冷的众女子啊，我指着羚羊或田野的母鹿嘱咐你们：不要惊动、不要叫醒我所亲爱的，等他自己情愿。'歌的结尾说：'爱情，众水不能息灭，大水也不能淹没，若有人拿家中所有的财宝要换爱情，就全被藐视。'在这里，'藐视'本义是贱价，那意思不是说买不来，而是钱不够，有更高的价格标示在爱情之上。世界是物质的，是财宝的，连爱情都是，只是那生出爱情的，并不属于物质。爱情是大自然馈赠给辛苦人生的礼物，是道中之道，至高上帝恩赐下来的，它比一切美酒都醉人，它等待被唤醒，自己不能醒来，贫贱富贵水火之灾不能移，人的权势情爱财宝挣扎不能买。这还不神圣吗？难道非要以救主的位格联系到宗教你们才能放心这一章在圣典中的价位吗？爱情本身，已然是对高出我们的力量的见证！爱情是有的，但你求不来，或可遇到。由此，你看见上帝之手了吗？"

"我原先读《雅歌》体会到爱情，却真的没有想那可买与买不起的关系。我只沉迷于骨香与麝香之间，我只晓得抒情，被音乐纠缠得面目全非。"

"好的女人有骨香，好的男人有麝香，这是真实的，天设贵贱是引你分辨价位，你哪怕拥有了最美的形貌和最强的情欲——你栖居的屋中全部的财宝，都买不来爱情！你若摘下星月，你若令时光倒流，你若起死回生，你或者可以得到爱情。你做不到的。所以，只有上天能给你，哪怕有一刻得到，也不出自你。"

"我记得你说过，在寒云巷的矮屋里，辉恩闻到了姬姗的骨香。人既得不到爱情，不如顺服命运。那骨香还是好闻的，我总想起那裙裤，还有那个从你房间走出来的女人。"

"你不再厌倦了？你顺服了？顺服的人有福了！你敞开在那里，瘫倒在那里，你的样子是可怜的。可怜就是可以被怜到。首先要可怜，这样上帝才能拣选你，将怜悯临到你，慰你苦身。爱情是此世间悲剧人生中最大的恩顾。"

"小布尔乔亚的骨香也是骨香，甚至尤为销魂。她去追她的壳，我只追她的香。她要的归她，我要的归我。"

"上帝曾经晓谕先知说：'你若将宝贵的和卜贱的分别出来，你就可以当作我的口；他们必归向你，你却不可归向他们。'这里既有爱情的秘密，也藏着情欲的秘密。"

我们顺河下到城里的时候，天色已昏玄，差一点没赶上车。

第六章

美丽屋花园

　　这个地方叫绿春，在南国的北部边缘，在大城的南边，属于王国的中间偏西南地带。这是从苏耶跋摩时期就传承下来的王室的领地，辉恩从窄门出来以后，哲塔王就将这领地中的一段丘阜封赐给了他。丘阜上有山林，一大片麦地，一座果园和一处牧场，从牧场的挤奶车间出去，有一条不宽的公路通到丘下，那里有一幢红瓦的砖房，有茶花、杜鹃和木槿花围着，这就是辉恩和宋爱的新住处。封地边缘上有一个邮务所，一个很小的加油站，外加锯木厂和客栈，分别都建设在与公路交叉相连的一条街上，这唯一的市街就构成了小镇。镇子的名字叫从绿春，因为靠近不远处的绿春，从属于绿春。

　　从绿春的镇长是一个很小很小的职务，却要由领主指定任命，尽管全国在君主立宪制的管治下，一般官员都由地方选举产生，但王室封地上的几处城镇依然保持王权时代的正统，直接受命于国王和贵族。辉恩领了男爵的封位，绿春和从绿春的人们都管他叫男爵大人，宋爱自然就是男爵夫人。这两人并没有举行婚礼，而是突然在某一夜来到这里，人们理所当然只看他们是从大城来的一家人，男女必是早已成亲的夫妇，所以并没有人生出念头去打听他们的过往。

　　"啊，大人英俊挺拔，夫人花容月貌，王室的人真的不一样，他们远远露头都有鲜花的气息扑面而来。"客栈的老板娘激动地说。

"原来的镇长是不是要换了呢？他已经太老了，走不动路了，住在市里不外出，怕是病倒了吧！"邮务所长在客栈的茶坊喝一杯新下来的普洱茶，他很关心他的上级。如果镇长一直不来，镇上的大小事务就都由他管，大家有纠纷有交割疑虑就都来问他，听凭他断事裁决。其实，他是希望一切照旧，他并不希望有新的委任到来，因为他知道王室的人一般都会委派他们的眷属或者管家系统的人下来办事，即便换人也轮不到他。

除了诗梳风城里知道辉恩的人，全境其他地方是不会有人认出辉恩就是甘伯的。他换了一个地方，他的往事就这样被湮没了。

"夫人看着很年轻，但大人似乎岁数也不小了，按说应该有小孩了，怎么没有见着呢？"老板娘问。

"可能还没有接过来，也可能孩子们都在国外读书吧。"所长说。

男爵一家没有什么可以让小民嚼舌根子的逸闻，唯一孩子这桩事情引人注目。

一切都照旧，从绿春什么都没有变，原先绿春的王室管理委员会有人会在夏天假期的时候过来住一个月，帮助打理领地的业务，只是现在有人常居了，从绿春从国王直辖封地变成了男爵属地。亲见王属总比仰望王室要好，男爵的到来为镇民增添了荣耀。

爱情是从造物主那里来的神，来了便是来了，去了便是去了，谁挽留得住呢？那时候，他们从上丁驾车远行，一路向北，渡过了蓝河，穿越了天斧截山脉，爱情是不是把他们跟丢了？也许从平民到大人，从原来的姓氏中变成了王族的尊姓，爱情认不出他们了？反正，行李，财货，往日生活中的旧物，国王封赏的礼品，都随着汽车和马车到了绿春，只是爱情没有随着来。爱情是漂流在上丁，还是回转去诗梳风了呢？或者爱情又受了新的派遣，去寻找别处的俊男娇女了！啊，不要以为因此他们就不相爱了！他们爱得比以往更深了。男人想他不可再失去那么好的日子，不可将为他而放的鲜花不放在眼里，他如今回首那七年的峥嵘岁月就好像空白，那是懊悔，人能将懊悔追回来吗？女人想这个戏中出来的王子，这个豹子驮来的情郎现在完全属于她了，她尽可把他缩小放在衣兜里，想玩的时候就拿出来，他成了她随身不可丢弃的宝贝。他们相拥在车里的香榻上，月光透过天斧截山脉的松林照到他们身上，他们温言暖语一路，身子和灵魂融化在一起难解难分，他们好像是一枚金币的两面，一整天的昼与夜，一个身子的手和脚，此伤连到彼痛，此欢激荡着彼笑。然而，这次是他们自己勉力，却不是来自爱神的天力。

路过那座天堑上五公里长的斜拉桥时，宋爱说："布恩，有虫子爬进我衣服了，好像从嘴里钻到喉咙里去了。"

这时候马车平稳地在桥上行驶，他们两人拥卧在车里床榻上的薄衾下。她突然翻身坐起，坐到他身子上旋转，寻他灼烫的地方贴上去，凑近了一圈一圈旋转，越旋越深，直追心底的爬虫。她就是这样最后被撬开了，不想开门的园中，鲜花如浪滚滚涌泄，将他和她的肉身都冲为烂泥。他们融化成浆，拎不起来了，只四处漫溢，将要渗到车子外面去了。

这是七年后的头一次。

"怎就与之前不同呢？"宋爱懒懒地说，她无力地睁开眼睛，"你怎就未葬在我里头，让我做你的棺材？"

"摊在外头也是死，葬在里头也是死，反正又死一次。"布恩道，"你好香啊，骨头汤的香。"

"你还想吃吗？"

"腻了。这会儿闻见油味了。"

"你浑身都是药味儿！那麝香味儿一阵就去了，怕是给姬姗尝多了吧！"

"让我歇一下好吗？"

宋爱竟不肯，瘫了也多少有些不甘，要再寻那麝香味道。她原先不是这样的。她当他败倒时，总是安慰他，说一些甜话抚平他。

"我怎么那么蠢？我多么可笑！我厌弃自己了！"以往他倒下时总这么说。

"你最好了，谁都没你好！你不要说话了，不要管我，你累了，快快睡吧！"以往她在一旁总是这么劝他。

"等一会儿，再等一会儿，我还有气力的。"这时布恩喘着气，话儿随心跳蹦出来。

宋爱勉强支起身子，趴到布恩胸前看他，看着看着又不忍，说："不要了，我可以了，你睡吧。"

说罢，泪珠断了线滚下来，落在丝被上。

宋济将宋家的祖母从暹罗接回来了，老妇人随着他们去了大城。隆裕花园归了叔叔，作为赡养祖母的交付，暖阁地底下的财宝归了宋爱，作为女孩儿的继承。辉恩没有私取腾芝苇湖底那铁匣子里的金条，他将藏宝的细节告诉了哲塔王。他们现在什么都不缺，有领地、房屋、奴仆、工人和产业，还有从宋家继承来的财宝和王室的年俸，他们应该称得上是这个世界拥有财富和地位的尊者，而且他们相爱无间，诚挚地，发自内心地深深恋爱着。

还有什么是比这更好的结局？然而，这并不是结局，却是开始。

关于暴动分子甘伯被正法的新闻铺天盖地，传遍了全世界各个角落，一切官方的消息都证明他死了。他也许真的死了，我们没有理由质疑正规渠道来源的信息。然而，传说是另外一件事，只当这个故事之后的叙述都是传说和杜撰吧！总是有些人需要别的版本的，就是所谓别传。

丘阜下的红瓦砖房，也有一个名字，叫作美丽屋，所以延伸出去的街路就叫作美丽屋大街。

美丽屋是两层的房子，顶上有阁楼，在倾斜的红瓦里，窗子从瓦坡上开出，与下面两层的窗子一样大，一样敞阔。墙被刷成米黄色，在不同的光照下呈现不同的韵致。底楼向南的厅门和窗收缩在内墙里，以使门前有一道遮雨的长廊，由方形的廊柱支撑在屋下。长廊上面的二层是宽大的阳台，两边小斜顶下也伸出几个小阳台，有半弧形的花瓣状的铁栏承托着。窗框都被刷成白色，有一个拱形的大窗向着北面，格子木窗门镶嵌在拱框里，看起来质朴而典雅。屋前是大草坪，与 Verrerie 园中的草坪一样，只是比它还阔，还沉静。屋后可以算是花园，因为那里并没有刻意修整出的布局，而是自然生长的群花簇拥的起伏坡冈，一层木槿花，又一层杜鹃，中间穿插着几株乔木，莫名的矮丛灌木交叠蜿蜒。其间并没有道路，人要行走，必寻自然的空隙，由着草木的支配和导引才能来往。后园就是这样葱茏丰厚，与丘阜的植被紧密相连。

美丽屋外围并没有墙，都是天然的树交织起来的林子，林子中有一条窄河流过，水深而静，花绿的野鸭兜游在上面。南面的草坪间有细碎石子铺设的马道，从屋门口一直向前，然后围绕草坪宛转出去，通到入口处。所谓入口，也只是两道门柱，并没有大铁门阻隔。柱子相距的宽度，就是马道的宽度，可以容八骏并排而行，这是为御驾进出而设置的规格，看起来气派非凡。马道旁有汉白玉柱擎起的灯盘，这是靠注油点燃的夜灯，油管暗藏在柱子中间，从柱底下的石匣子里吸油而上。这灯并无灯罩，当用铁钎做成的火把点燃后，火势极为凶猛，虽暴雨也难以熄灭，彻夜通明，观若白昼。有时王的威权并不靠雕饰和画彩来体现，只这样的尺度和用度就已然辉煌震骇了。国王此生似乎没有来过这个园子，这些沿路排列的柱灯因此从未被点亮过。这会儿青苔已经布满了柱身，倘不细辨，总以为它们是杂生在林子间的古木。

园子的时间是凝固的，断续的，有十四世纪文艺复兴的，有柳叶女王的，有苏耶跋摩的，有宋人的，然而自然之手经年抚育，将它们轻轻掩盖起来，令其与大地融接，成为土的一截。所有进驻的人是无法抵挡亘古的力量的，外面的时间在这里成为分秒，可以忽略不计，而这里的时间，每一分秒都成为千年。男人和女人，如果享受长夜，那么，黎明便不来侵扰，只等着主人来唤醒。你可以定义时间，时间却不定义你。

这里四季如春，只隆冬有一两个月刮寒风，既没有诗梳风的炎热，也没有大城的干冷。鲜花交替着开放，有热带的品种，也有亚热带、温带的族类、兰花、芍药、紫荆、丁香、缬草花、麦瓶花、矢车菊，林林总总，争先恐后地从丘阜的坡上倾泻下来，团团将美丽屋围住。隆裕花园很美，美丽屋也很美。但前者是神临的园子，后者是情人的园子。

按照原先热带的经验数算日子，应该已出了雨季，在天斧截山脉的这边刚刚入秋。辉恩记起宋爱是旱季的头几天出生的，这么算来，她这会儿满了二十三岁，而他自己也已过了三十五岁，快到三十六岁了。男女在这个岁数上，精力是最为充沛的，如今两人有珠玉失而复得的惊喜，为那逝去的七年惶恐，仿佛眼前再不抓牢，又要丢失，丢失了恐怕永难续缘，为此，火一样的烈焰从他们身体里喷涌出来，使他们昼夜难解难分。他们将每一日都当节日来过，相遇要纪念，拌嘴要纪念，穿新衣服的日子要纪念，这下临到宋爱生日，可不要好好庆贺一番？辉恩找来农场的工人，加上住处的佣人，终于修复了长年不用的柱灯，将它们悉数点亮。火焰熊熊不熄，照亮园子三日三夜。灯焰就好比他们的情欲，燃了灭，灭而复燃。那将近中年的男人身体，肉与筋紧抓着骨骸，坚不可摧；那盛放的女子的热情，正迎着这份坚实爬绕上去，如园中的花儿受那厚墙的攫噬。人若要扯开他们，扯下的一块，必是男中有女，女中有男。在美丽屋花园的日子里，马道旁的灯火点燃一次后，就再不需要石匣子中的燃油，青壮者的精血将灯盏点亮。

他们披覆一袭薄丝绒的毯子，赤条条倚卧在一张意大利式的情人椅中，交股绕臂，开了屋后的大拱窗，望着北山。

"布恩，抱我紧点，我不要离开你。就这样在一起死掉了最好！"

"我比你老得快，日后我先死了怎么办？"

"要么一起死，要么还是那样，你先死，我为你送死，送完了我就死。"

"谁为你送死呢？我们也没有小孩，我死了你会孤苦伶仃，我不能先死。"

说这话时，布恩看见北山的公路上有一辆轿车盘旋而下。这里是天斧截山脉的北麓，没有铁路通到这里，绿春也没有机场，唯一的通道就是公路，从隘口的那一边穿山越岭地绕过来，王国南境的人要北上，北境的人要南下，倘不直接飞行，选走陆路，就都只能驾车通过这一段。汽车驶近了，布恩看出这是一辆豆绿色的甲壳虫。他突然想起了泪儿，辉芝宇，就是他与姬姗生的那个女孩儿。她想要一部绿色的汽车，应该就是这会儿下山的那部汽车的样子，绿色的甲壳虫。

"泪儿今年七岁了，她应该还在那户人家。当时我把她送去，没有想到后来事情会这样。"布恩想起寄养在波贝山地农民家的女儿。

"该把她接来了。她的母亲不要她了。"宋爱说，"怎么把她接来呢？"

"我有联络的办法，只是这会儿去不得。山区的人都以为甘伯被处决了。不过，可以借姬姗的名义托蓝茵去走一遭。"

"蓝茵姐姐向我问她的先生，你晓得思潘先生的下落吗？"

"思潘死了，埋在暹罗的边境。那会儿王师来追剿，我们撤退到暹罗边境，他在那里战死了。"

"索性将蓝茵姐姐也接过来住吧。现在她一个人了。"

于是，布恩给三隆的蓝茵寄去一封信，托她去波贝找泪儿。

蓝茵将泪儿带来的那个晚上下着大雨。她们乘火车到上丁，在那里改乘去绿春的长途汽车，在从绿春的小站下车。蓝茵拍了电报来，可是邮务所还没有派送前，她们就到达了。没有人来接她们，她们站在雨中茫然不知所措。街上只有昏暗的几盏灯，除了雨水淅沥与电线杆上变压器不稳定振动交织在一起的声音，并无其他动静。有来锯木厂订购木材的商人路过，带她们到客栈歇息。

"给我们来一点吃的吧，我们坐了一整天汽车，快饿坏了。"蓝茵一屁股坐下，几乎倒在椅子上，"有米饭和炒菜吗？随便来一点。"

老板娘给她们端来一瓶水，给了她们两个杯子，道："厨师下班了，不过我可以给你们弄点炒饭，加几个鸡蛋和火腿片一起炒。"

"我不要吃鸡蛋，我要吃绿叶菜。"泪儿说话时也不看人，语气像是发出一道命令。

"绿叶菜没有了。"老板娘说。

"那我不吃了。"泪儿说。

"不过我有吃剩的丝瓜叶，你要不要？"

"谁吃剩下的？你吃剩下的，还是客人吃剩下的？"

"我吃剩下的。"

泪儿终于抬头端详了一番老板娘，道："那就端上来。我看你还干净，不像随随便便的人。"

老板娘转身下去准备，也不多说话。客栈的饭堂里只剩下蓝茵与泪儿，本来客人就不多，这会儿过了饭点，稀拉的几个客人也早回屋了。

"说话要有分寸，这里不比山区，这里是王室的领地。"蓝茵压低嗓子嘱咐泪儿。

"我没有分寸吗？我问她谁吃剩下的，就是分寸。"

蓝茵于是不说话，只专心等吃的。

老板娘差人将吃的端上来，她们就开始猛吃，不一会儿就吃完了。这时，老板娘又上来问话："你们是来投亲戚的？"

"我们要去美丽屋，找辉恩先生。"蓝茵道。

"就是男爵大人？"老板娘很吃惊，因为她望着泪儿，看她穿着一身被淋湿的新衣服，那么不合身，像是偷来的一般，不相信她们会是王室的人，"你们是他的亲戚吗？怎么没人来接你们？"

"你不要问那么多，告诉我怎么去美丽屋花园！"蓝茵从囊中取出一枚银瑞尔，扔在桌子上，"不该打听的不要打听！"

老板娘被镇住了，连忙改了脸色讨好地说："哎呀，下这么大雨，路上难走呢！要不在我店里歇息一晚，我这里有最好的房间，是给市政厅的大人来视察准备的，你们可以免费使用。等天亮了，我到邮务所寻马车来送你们上去。"

"有什么难走的？比这高的山我都爬过！"泪儿插进来说。

蓝茵扯了一下她的衣服，走到她前面去，又从囊中取出一个金瑞尔掷在桌上，说："叫你的伙计去找邮务所的人，把马车弄过来，我们现在就要上去。"

蓝茵是见过世面的人，知道如何摆平这类小市民。

老板娘愣了一下，随后一把收起金圆，转身叫了人就往饭堂外雨中去了。

她们来到美丽屋花园的时间已是深夜十一点半了。

布恩和宋爱从床上起来，佣人们被叫醒，厅里的各种灯都亮了。泪儿见到父亲，就变成另外一个人，她深藏的笑容终于开放，欢声快语不绝，仿佛这个世界上她只认得父亲。父女俩像两个年纪差不多的孩子，坐到壁炉一旁说话。布恩实在觉得亏欠，因为他没有准备任何泪儿可以玩耍的东西，他恨不得自己成为一件玩具来讨好她。宋爱支配人去弄一些茶点来，她们既吃过了，怕是吃不下正餐的食物。

泪儿今年整八岁，她是辉恩出征那年的夏天出生的。辉恩给她取名叫芝宇，那是套用宋人的典故，"见紫芝眉宇，使人名利之心都尽"，紫芝是唐代的一个君子，说是他的眉宇间有清气，有不俗的容貌。辉恩希望他的女儿长得漂亮，日后可有紫芝之眉宇。然而，姬姗却叫她泪儿，说是她降世，好比她的一滴眼泪。眼泪是悲剧的结果，谁会不弃悲剧而终生守着呢？如今这情爱中的男女将悲苦的泪儿接住，是要当着甘泉饮下去吗？泪儿遇其父则散，遇他人便结。这也是命中早就写好的。

布恩对泪儿说了好些话：

"你来了，这里没有学堂，我要叫一位先生来教你。"

"你的裙子不适合你，我为你订一些新的，或者明日去镇子上寻人量了尺寸做。"

"你的房间我给你预备好了，在楼上西边走廊尽头，屋里有窗子朝着园子，看得见花儿和雪山的一角。"

"有许多东西你都没有吃过，这下你在这里尽可以吃足。有各样种类的绿叶菜，我们只吃新鲜的。"

"至于玩具呢，我不晓得那边绿春市里有没有为小孩子开的玩具店铺，我可以带你去看看。"

"还有你想要的绿色汽车，我答应过你，一定会给你买的。你现在岁数还小，拿不到执照，但是我们可以买来在园子里开，想怎么开就怎么开。我会教你驾驶的。"

泪儿突然插进来问道："我们胜利了？"

"不，我们失败了。"因为布恩说的这些话从前都说过，说是胜利之后才兑现，这会儿既说起来唾手可得，泪儿自然以为是胜利了，"不过，善败者不亡，有时失败比胜利更接近目标。"

"妈妈死了吗？"泪儿问。

"差不多死了。她肯定是不要我了，但不知道还要不要你。她现在住在北方的大城，我听说她做了社工部门的大官，有了新的男人。可能他们也会生新的小孩。如果她还想得起你，她自然会来看你的。"

"还是不要来好，你们在一起天天吵架，一点乐趣都没有。她也不陪我玩，只有你愿意陪我玩。"

"对了，这里什么都好，你缺少玩伴呢！"布恩又转脸对宋爱说，"要不我们将那些工人的孩子招来，办一个学校，这样泪儿就有一起玩耍的伙伴了。"

"这样很好，只是我们去哪里寻老师呢？"宋爱问。

泪儿这时才发现宋爱，疑问地看着她父亲。

布恩于是说："这是你的新妈妈，她也还小，你先将她当玩伴吧。"

"你的新女人吗？"泪儿仔细打量宋爱，"她看着好漂亮啊！"

"你喜欢她吗？你过去，过去，坐到她身边去，跟她说说话。"布恩指使泪儿到宋爱那边去。

泪儿就过去，走到宋爱一旁，挤进宋爱坐的沙发，用手撩她的头发，说："你的头发那么亮，你的身子那么白。怪不得爸爸喜欢你。"

泪儿看宋爱，好似看他父亲的新玩具。她回头朝着父亲问："你是从哪里把她弄来的？"

"她也不新了，她是爸爸从前做老师的时候的学生。"

"哦，我想起来了，你从前是一名老师，我还看过你给士兵和农民上课呢。"泪儿朝布恩眨眼睛，"我不要什么别的老师，你来做我的老师吧。我要像新妈妈一样，做你的学生。她是做过你学生才长成现在这样的吧？

我看见那些傻傻的农民，你教过以后他们眼睛都发光。"

她说这话时，三个大人都笑了。

泪儿喝了一杯橙子水，又吃过一块米饼后，有点困了，宋爱便带她去楼上卧房，告诉她有一些好看的画片要拿给她看，会陪着她睡觉。

厅里只剩布恩与蓝茵。蓝茵从行李中取出几个包装袋，说："买了一些包装好的熟猪颈肉，你吃一些吧。我知道这里的人不会做适合我们口味的猪颈肉。"

"啊，味道真的不错。"布恩拆开包装，抓出一块吃着，又给自己和蓝茵倒上酒，"你真好，时常想着我。你多住些日子吧，或者你也可以搬过来与我们一起住。"

"思潘跟了你去，这会儿在哪里？你晓得他的下落吗？"蓝茵的话像把刀子，直戳到辉恩的心底。

"姐姐我对不住你，我把他弄丢了。他在最初的战斗中就牺牲了。在暹罗那边，为掩护我们转移，他与官军周旋，敌不过他们，中弹了。"

蓝茵长久不说话，也无泪，只呆坐着。

"思潘是我的好兄弟，姐姐是我的好姐姐，这里便是你长久的家。我们会待你好的。"布恩只能说这些。

"你不要自责，他跟了你去，是他情愿的。他其实不是跟你，是跟着他的梦。他既圆梦了，有什么比这更好？其实我早有预感。那阵你们得势时，人家都回来了，独独我家思潘不见影儿，我就心里沉沉的。"蓝茵呼出一口气，道，"找得到他落葬的地方吗？"

布恩说找得到，便将葬处地点描述给蓝茵听。

"好吧，那我明日天亮就走了。我要去祭奠他，并将他的坟迁到他乡里的归处。你不要留我，你的胜利和失败都是你自己的，我和思潘与你在同一个梦中处过，这就很好了。"

"姐姐之后去哪里呢？"

"我回大城去。那里是我的出处，梦归梦，但我还有半生要过呢。"

"如是便好。记得给我们来信。"

一大早，吃过早餐后，辉恩为蓝茵备了马车，送她下山。

他们坐在客栈的饭堂里等长途汽车，因为车站离客栈并不远，汽车一般都按准点到达。坐不到半个小时，辉恩看时间差不多了，便与蓝茵一起去车站，佣人们在后面紧随，提着行李和一些皮货，那是辉恩从农场的仓库里挑出来的，都是周围猎户按税收上贡的。

这时候，邮务所长来客栈喝茶，老板娘扯过一条长凳来，坐在边上与他说话。

"你办事太差劲！男爵大人家的电报你竟不按时送达！"老板娘吓唬他，"你知道发生什么事了吗？天大的事呢！"

"有电报到了吗？你是怎么知道的？"所长诧异。

"怎么知道的？人都来到我面前了，我会是睁眼瞎吗？"

"什么人？"

"大人家千金啊！昨夜有个女人带着一个小女孩儿到镇上，外面下着大雨，她们就进到我这里避雨，还吃了我的饭。我去叫醒你们所里的马夫备车将她们送上山去的。"

"没有人告诉我啊，一早车夫也没见着啊！"

"他昨夜吃力了，这会儿指不定睡懒觉呢！"老板娘凑近所长，压低嗓音说，"你电报还未送去，人就先到了。你让大人多尴尬呀！谁晓得那女人是他什么人，这小孩子是个什么来历！"

"不是说是千金吗？"

"我看她七八岁的模样，老大不小了，夫人看上去不过二十出头，怎么生得出这么大的丫头呢？"

"王室的人与平民不同，十四五岁成亲生下的也未准。"

"刚才大人带着那女人在我这儿等车，这是要送那女人走呢。你不想想，深更半夜带着个孩子来，把孩子留下，一大早自己一个人走了，大人还亲自下山送她，这是几层关系？为什么夫人不来送？"

"说不定是孩子的家庭教师。"

"大人亲自送家庭教师？这家庭教师也不会是一般人物吧！"

"你终于有东西可以嚼舌根子了。"

"没正经！我告诉你的都是实情，亲眼所见，第一手资料。"

"呀！我得去向男爵大人赔罪，带着电报去。"所长放下茶杯，一溜烟就跑出去了。

一会儿他又满头大汗地跑回来，手里拿着电报，说："大人已经上山了，我没追上。"

"那你还不赶紧上山去赔罪？你个书呆子！"说他书呆子，是因为所长是镇上有名的诗人；说他有名，镇上不过百十号人，他在百十号人中出名，一边当所长，一边用业余时间写诗，还常借老板娘的饭堂办诗诵会。当然，他有一次得了瑞甸公国的月度乜谢丽诗歌奖，是第七名，不过，这已经叫镇上的人非常有面子了。

老板娘叫伙计拿来两箱新摘的松茸，交给所长，吩咐道："说是我给千金的，昨夜招待不周，这下聊表心意。你直说是给千金的，看他们怎么应付，这便隐情大白了。"

"这不是让我跑腿，为你办事吗？我又不傻，什么好处也没有。"

"我说你是呆子呀，你不会趁此机缘送上你的书去吗？这样大人就晓得你是名人了。"

所长一拍脑门，笑出声来："可不？呵呵，我将这等重要的事忘记了。我真是个呆子，幸得认识你这样伶俐的人。"

所长于是叫醒车夫，装载上两箱松茸，带着电报和他的诗集上山去了。

邮务所长的诗

眼泪并不知悲伤的来源，

它只落在那儿，

带着咸的味道。

雨也不知道愁的根底，

在夜间临到镇上，

含着苦的成分。

我又如何知道泪和雨的秘密呢？

那火炽的情欲中生不出两者，

爱情拒绝苦痛，

甚或包容苦痛也难以兼并。

看哪！从天斧截山脉的最高峰，

那神圣雪山的顶峰俯瞰谷底：

纵横的丘阜如一截蛮腰，

曲转的身姿欲伸还罢；

那高擎的灯柱又燃起了欲火，

尊者与佳人的身躯推动着风箱。

这是天神的儿女降临吗？

彻夜明亮，通宵达旦！

花卉和嘉禾也受到鼓动，

冬日的风被推得远远的，

在邻省的地界边驻足叹息。

那眼泪为什么与雨水共降？

在火焰中你看得见雨线和泪光，

从那一日起，

火与泪雨同在，

孤苦与情欲同生。

谁能熬干谁吗？

谁能熄灭谁吗?

又像是灵的守夜,

将一切逼视。

这里的雪是雨和泪心硬了吗?

它们看久了世俗的热情就冷却了吗?

或者它们被相爱的人感动,

下到平原城镇,

由着烈焰而渐暖渐热,

直至汽化升腾?

燃烧吧, 不要停歇!

那单纯的植物受到了鼓舞,

那复杂的众生终究也要释放。

世上不可没有英雄和美妇的血脉,

他们强大的生命引导人民,

宪法写在他们身上,

由他们不息的葱茏显现。

宪法是一次次壮举,

宪法怎可拆分为条例!

古时候是这样的,

从古到今都是这样的!

然而，泪和雨是另一种凭证，

是宪法的背面。

它们是背书，

它们是生的影儿。

月与日能去掉哪样呢？

从火到灰的过程不是事实，

那是生灭的时间，

而不是生的全面。

第七章

辉芝宇

　　宋爱在宋人中秋节那一天带泪儿去绿春市，她们找到了几家不大的玩具店。在绿春，是没有专门卖孩子玩具的大商场的，卖家都分散在不同街道上。泪儿挑了几只毛茸茸的熊，还有一套儿童过家家的微型厨具。宋爱在百货商场又给泪儿买了皮背心和几条裙子。她们沿着市区的主街道一路向北，问了许多人，终于寻到德国的汽车公司在王国的销售店，泪儿第一次看见这么多漂亮汽车，有敞篷的，有匣子状的，有红色橙色宝蓝色的，可是绿色的都不是她心里那种豆绿色的，要么太暗，要么有些偏黄。推销员说，十一月会有豆绿的汽车来。他拿出图片给她们看，说看中意了，可以预订。当宋爱在订单上填上名字和住处后，推销员眼睛亮了，说原来是男爵夫人，他太荣幸了，说一生都不可能为王室的人服务，他会睡不着觉的。他又说，既是夫人要买汽车，那都无须缴定金，王室的信誉比金钱要贵重得多。

　　于是，买汽车的事就这样定下来了。

　　她们来到一家宋人开的饭店吃饭，那楼是水泥造的，每层的屋檐都镶嵌了琉璃瓦，看上去很像星洲那边的宋餐馆。

　　宋爱点了豆腐和许多绿叶菜，她教泪儿豆腐的好处，泪儿尝了一点，觉得有蔬菜的清香，就喜欢上了。

"宋人将豆腐做出许多名堂，有素鸡，素鹅，豆腐干，味道一点不比荤菜差，却没有肥腻的坏处。人们管豆制品叫植物肉。"宋爱说，"不过，我不认为你吃不了肉，可能是因为你生下来后在山区长大，那边少肉少鱼，一开始就没有人教你吃荤菜。如果你喜欢上素鸡素鹅的滋味，慢慢也许你就体会到肉禽的美妙。"

"你是说我会习惯的？"泪儿问。

"人常常将习惯当作本性。你现在习惯吃素菜，其实是环境造成的。当环境有利于你的天性生长时，原本的嗜好就会钻出来。"

"我后来到诗梳风时，见着别人吃肉也很讨厌。"

"你爸爸是喜欢吃肉的，而且要吃许多。你妈妈爱吃吗？"

"我很少跟她一道吃饭的。"

宋人做豆腐，大约都是红烧的，淋酱油在里面，还加许多蒜头，这气味在菜热的时候蒸腾飘散，袭人肝肠。她们边说着话边吃，不知不觉，泪儿一个人将半碗豆腐都吃掉了，还添了两次饭。

"原来这个汤汁拌着饭吃，那么香！新妈妈，我吃得太饱了，都站不起来了。"泪儿一直管宋爱叫新妈妈，其实心里面将她当作大姐姐。

"那我们就不坐车了，我们出去走走，到河边那个高地去，爬上去，去看上面那个教堂。"她们来时见到河边一个高地上有座西洋的建筑，南国有被殖民时期留下的房子，却不是这种式样的。这种式样的，她们没见过。

吃罢饭后，宋爱嘱咐车夫随着她们走，她们就步行往河边去。这河是从天斧截山脉上淌下来的，在美丽屋花园外缘绕一圈，就奔向旷野，并不入从绿春镇，而是从另一个方向汇合了其他支流，涌成一条大河进入绿春市区。这河名字叫甘霖河，意思是甘美的雨水。

　　她们上到河中的桥上，走一段歇一阵，看河面上来往的渔船和商船，这叫宋爱想起故乡的莫尼河，那里满载热带鲜花的花船一年四季穿梭不停，也满载她少女时代的回忆，那些放学后与布恩相处的时光，那些放在矮屋厕所里的杂志……如今那个神秘性感的女人的孩子居然在她身旁，那是她身上掉下的肉，瘦瘦的，精巧的，挺立在风中像一枝嫩松。宋爱从来没有嫉恨过姬姗，在那些长久等待布恩的焦躁时刻，唯一令她不适的是那个叫米尧的小姑娘。那时候，米尧羡慕她，她羡慕姬姗。

　　她们过了桥，寻到高地，入了山门，拾级而上。车夫将马车停在下面，一个佣人跟着一起上来。登到顶上，教堂后面有一片阔地，遍生青草，逆光看去，草色明丽。

　　"新妈妈，你看，你快看，我要的汽车就是这种颜色的。"泪儿指着草对宋爱说，"这才是真正的绿色，其他的绿色都是脏脏的，我不喜欢。"

　　"我们不是已经订下了那部车吗？就是这个颜色的。下个月车就来了。这下你高兴了！"宋爱解下大氅，铺到草地上，拉着泪儿坐下，"这下你吃的东西该消化了。肚子还胀吗？"

　　"好像不胀了。"泪儿感受了一下，发现果然没有那种饱满得要溢出来的不适了，"我现在高兴极了！"

　　她躺下，舒展开四肢，又左右摆动着脑袋。她突然停下，盯着宋爱的小腿看，她的眼睛被白光晃到了，说："可是，我高兴得难过了。我要哭了。"

　　泪儿与宋爱玩着玩着就结了泪珠。她侧过身去，说："新妈妈，我伤心了。你叫她走开，我要与你说话。"

　　她是要佣人走开。宋爱便支开佣人。

　　"你怎么就难过了？"宋爱凑近她，坐在她一侧。

"你夜里会抛下我，去寻爸爸，等我快要醒的时候才回来，假装一直陪我睡觉。"

她这么一说，宋爱便晓得小孩子什么都知道了。

"你的身子那么白，夜里都不需要照灯，像月亮一般的。"泪儿定神望着上空，仿佛那里有她所见的情形，"可是你的声音让我害怕，我听见过林子里豹子的叫声。新妈妈，你怎么能那么凶，叫那么大声呢？"

她是跟踪过去，从门上的钥匙孔瞥见的吗？宋爱心里一惊，身上冒出冷汗。她从来没有想过她与布恩在一起的事会叫别人看见，那是他们的世界，从起初到现在，谁也没有来侵犯过。这分明是入侵，有人干犯到他们性命的深处！

"我本来想像你一样白，可是我又怕了，怕那么白就会发出野兽的叫喊。我就伤心了，特别特别伤心……"泪儿滚滚落泪，一头钻进宋爱的怀里，泣不成声。

这时，宋爱又想，是她和她父亲侵害到她了。这么小，一不小心会被折断的嫩枝，看起来挺挺的，弹性十足的，然而大人们竟重重地折断她了。

宋爱什么也说不出，只抱紧泪儿，轻轻摇晃她，又抚她，拍她，等她宁静下来。

日头从暖黄变成了酒红，泪儿带着泪痕睡着了。她是真正难过了，睡中还不停抽噎。宋爱艰难支撑起身体，将腿缓缓从女孩儿头下抽出，又小心抱起她，向远处等候的佣人招手。他们用大氅将泪儿裹起，几乎是踮着脚，一步换一个姿势那样，百般轻柔，做成一张移动中稳定的床，费了很大的劲才挪到山下马车那里。

宋爱吩咐左右："慢一些，轻一些，不要颠醒她。"

一路上，她看着泪儿，想起自己在父亲膝下做宝儿的时光，一件宋人家传几代的玉皿，唯恐磕了碰了，一丝不得大意。她这会儿比她父亲还小心些，她想她自己是因为亏意，难道一切爱意都是发自亏意的吗？爹爹曾经又亏在哪里呢？做强的都感觉亏欠做弱的。一瞬间，宋爱长大了。

回来后，泪儿将一天的经历都说与布恩听，说得津津有味，少不得添油加醋。

布恩直想着一件事，就是给泪儿找玩伴。领地中农夫与场工都住得很分散，他们的孩子一般都不读书，只在家中学一点书写和简单的算术，如果大一些了，稍殷实点的人家就送去绿春的中学读几年。这令他很为难，如果将孩子集中过来，那便真要办一所学校了。这可是一件大事。到哪里去寻足够的老师来教学呢？

晚餐前，泪儿坐到大厅门边玩她的布熊，布恩与宋爱在一旁说话。

布恩说："章大卫蒙的那本《涓露》你看了吗？我觉得他还是很有诗才的，写得壮阔而细腻。"

那章大卫蒙就是邮务所长，章是姓，大卫是吉祥意，蒙才是本名。这边的人都这么取名，姓氏加一个有意义的好词，然后再缀上名，与北方和南国不同。他们远古时可能是别的民族，迁徙到这里久居了，除了姓名保持特征外，身形容貌和基本习俗已与王国的人无异。

《涓露》是那次所长上山为电报的事赔罪时送来的，一直搁在厅里的小圆桌上。宋爱也随手翻过几页，有些印象。她接着布恩的话说："倒是读来有气象，很有诗的派头，但我没读懂，不知道他想表达什么。"

"诗或者真的不应表达什么，像一只瓷瓶，你说表达什么？它令你愉悦，倾倒，有感，就行了。"布恩放下诗集，"我看让他来教泪儿读写，至少不会差。我们将附近几家的孩子找来予泪儿伴读，也不必办什么学校。办学的事一日两日是弄不起来的，等着学校建成，泪儿的学业倒耽误不少。"

"那就先请章先生过来，与他谈谈，听听他的想法。"

"那好，明天我差人下山请他来吃中饭。"

夜里，布恩在卧房等不来宋爱，等着等着竟睡着了。大约两三个小时后，他又醒来，仍不见宋爱影儿，便觉着有些不对。他起身走到卧房外，顺着过道朝西屋蹑手蹑脚地摸过去。他轻轻拧开门，见宋爱抱着泪儿睡熟了，泪儿枕着她的右臂，也睡得香。布恩轻推一下宋爱，宋爱先是一惊，又怕弄醒孩子，便做一个手势，让布恩先出去。布恩出去，在门外等着。过了几分钟，宋爱出来，将门带上。布恩急不可耐地一把将宋爱拽到怀里，狠狠地吻她。

两人回到卧房，急急将睡衣脱去，像是好几日未曾见面一般，纵身一跃，潜入情海，徜徉起来。一阵稍歇时，宋爱将白天的事告诉布恩，说唯恐泪儿这会儿也醒来，或者已在门外。这么一说，布恩被吓住了，心里忐忑，踮起脚凑到门边，突然打开门，门外并不见人影。于是，反转来一把抱起宋爱，朝北边的甬道走，到一个窄门前，他腾出一只手拧动把手，又摁亮灯，只见有一道楼梯盘旋下去。这是一条秘道，直通到楼底的密室。

密室里有桌椅、床和衾枕，是先前的管家们设置好的。布恩接手时，曾得到过一张详细的图纸，他按照图纸指示，几乎将楼内走遍。这时急中生智，就寻到这里来了。

他将宋爱放下，还未站稳，那豹子就蹿出来，猛扑过去；另一只豹子也不示弱，一个转身就跃起。如此，两只豹子斯打绞合，豹尾缠牢，紧扭不懈。他们大声咆哮，比以往任何时候都要放肆，母的娇狞，公的颠乱。这里是深深的地底下，凭他们怎样发出嬉笑无常的声音，也不会有人听见。

他们是光着身子下来的，事后，怎么也寻不到蔽体的衣衫，布恩只好扯着一床被单，将女人团裹着，自己稍微搭一点，狼狈窘迫地回到楼上卧房。

天已微明。布恩一沾床，倒头便睡。宋爱听见楼下厨房里女佣打开了水龙头，这是她早起在准备晨炊。她又想起泪儿，放心不下，拣出先前的睡衣穿上，就往西屋去。到了西屋，见泪儿正侧向她原先睡的位置蜷缩着，睡得很安稳，这便落下心，掀开被子躺下，又将右臂寻着女孩儿颈下的空隙慢慢伸过去，恢复到离去前的样子。

天近晌午，一切都在阳光下。零星传来几记劈啪声，没有规律，一会儿紧，一会儿又散乱。别人或者觉得那是鞭炮声，也或者是物体炸裂的动静，然而，布恩警觉了，他非常清楚，这是地道的枪声。哪里来的枪声？有军队进入领地了吗？有警匪交战？难道是猎人在射击？他又听一会儿，他辨清了，他可以肯定这不是普通猎枪，这是 AK-47 的点射。

他走到北边拱窗外向四周搜寻声源，然而这会儿竟又复归宁静，好久再无枪声。他是富有经验的指战员，他灵敏地判断出枪声是从后园山坡的丛林里传来的。

"爸爸，爸爸，你快来看……"布恩似乎听见泪儿在前厅叫他。

他关合好拱窗，来到前厅。

"有鹌鹑，麻雀，野鸽子，还有一只野鸭子。"泪儿指着地上一堆野禽的尸体说。

　　她是将猎物用一根粗铁丝穿起来的，像在山上的游击队军猎行动时那样收集得妥妥的，很有章法。布恩记得带她去过几次狩猎，在艰苦时期，为了增添不足的军粮，义军几乎倾巢而动去山上捕猎。她这会儿兴奋地站在那里，背着一支 AK-47，按义军中童子军的标准姿势站立，正午的阳光从长廊的开阔处透进来，正直射在她身上，她光着脚，穿着宋爱替她新买的裙子，看上去飒爽而凌厉。明暗将她切割在方框中，成为一张竖长的相片。

　　那些动物的血还在汩汩外流，血迹拖到屋外长廊的地砖上，一直延伸出去，到草坪和后园。

　　不用问了。一切深究起来都那么可怕。因为，布恩晓得，只在密室的储藏室里有枪械和弹药，那是王国法律允许王室自卫备用的。他无心惊叹泪儿的枪法和军事素质，他为昨夜泪儿跟着寻到密室而震骇！

　　正在不知所措时，章大卫蒙登门了。

　　布恩正落在冰窟里，此刻他忧虑的已经不是孩子读书的事，他后悔将泪儿带来身边，他恨不得找一所寄宿学校将她送过去。大卫能做什么呢？大卫能管住辉芝宇夜里睡觉的事吗？能每天陪辉芝宇玩，占满她的时间和空间吗？

　　布恩让宋爱将泪儿领下去换衣裳，不想她背着一杆枪站在客人面前。

　　所长落座后，布恩说："您的诗写得真不错，有象征主义的传统。"

　　"大人原来这么懂诗，您如此谬赞拙作令鄙人诚惶诚恐。这只是个人业余爱好，所著难以成器。"章大卫蒙道。

　　"我的领地里，怕是先生最有学问了。请您来，是与您商量小女的事。她已经到了上学的年纪，我想替她请一位先生，教她读写。"

"方圆百里，确也无正经学堂，绿春几所小学和中学，都不像样子，没有好的教员愿意到这边乡僻之地来。倘大人舍得，不如送到大城的名校去。只是这样，千里迢迢，骨肉分离，想大人断然割舍不下。"

"所以，我请你来，看你是否有时间到此间设帐。"

"大人是想叫我做令爱的私塾老师吗？"大卫忽然立起来作揖，形貌恭敬，"承蒙大人不弃，这真是三生有幸啊！"

"先生答应了？那太好了！我唯恐先生邮务所的公务繁忙，抽不出空上山来。"

"邮务所那点琐事做与不做都是琐事，我交付我的助理就行了。能教令爱读书才是大事，大人看得起我，变废为宝，鄙人此生不虚度矣！"

"你每日都能上来？"

"每日可来。"

"这便辛苦了。如是，倒不如每日过来吃午饭，下午时间用来教学。您看怎样？"

"悉听尊便。"

这时，宋爱领着泪儿上来见章先生。

"这是小女，名叫辉芝宇，我们叫她泪儿。"布恩向章大卫蒙介绍女儿，又对泪儿说，"这是先生，章先生，往后他教你读书。你不能没有书读，要渐渐规矩起来，不要成天野在外头。女孩儿顶重要的是貌美，读书才能养出内秀。章先生很有学问，你要好好听他的教导。"

泪儿穿上新鞋子，又将头发梳得整整齐齐，换了干净的衣裳，站在人前既挺拔又婀娜，紧致而灵敏。

大卫一看便喜欢，道："芝宇果然气度非凡，虽年幼，却深藏不露。"

泪儿微曲身子，向大卫半鞠一躬，说："章先生好！我真要做你学生读书吗？那爸爸岂不是荒废了？他原先是一名好老师呢！"

"爸爸有许多农场的事务要做，日常的功课要人管，所以请章先生来。自然，你不懂的，有疑惑的，我都会讲给你听的。"布恩一番推诿言辞，说得言不由衷，又道，"对了，你不能对先生称'你'，要说'您'，这是规矩，也是学问的起步。"

泪儿点点头，对着大卫说："您，您就是你的意思。我懂了。"

宋爱和大卫都笑了，可布恩却转过脸去，忍不住摇头。

吃罢午饭后，章大卫蒙下山去了。布恩嘱咐女佣带泪儿去前园林子里捉昆虫玩。这下，两个人终于单独在一起。他们来到卧房，急急地抱住缱绻一番。

事后，布恩对宋爱说："以后如何是好？我觉着我们都没去处了。哪里都是不安全的，连密室都已被她闯入，她像是一个幽灵将我们缠住了。"

"不晓得为什么，我心里怜悯她。"宋爱眼睛盯着天花板说，"我见她开心想哭，见她难过也想哭，我见着她就有眼泪往上涌。"

"你是怜悯她多些了。你忘记你曾经说的话了。你说布恩你是一个可怜的小子，你说你就是我，不管走到哪里，你都是我。也许你一点对我的怜悯都没有了，只想到麝香的味道。"

布恩这么说着，宋爱便又凑到他头发里嗅。她深吸一口气，叹道："啊，怎么只有一点点。让我再闻闻。"

便再闻，闻时，胸贴到布恩的臂膀上，触到他神经。布恩看一眼触点，就又被那一身白晃眼，他不知自己是焦躁还是又恢复了体力，反正体内有个声音在告诉他，说不要管那么多，眼前的时间并不长，抓紧了再投入吧，投入一次是一次。他翻身起来，几乎将宋爱端住，仿佛这样才捏牢了他的岁月，他的性命。

是的，每一次公豹和母豹都来了，都撕咬得不可开交。那咆哮来自无底的深渊，比多年前更狂暴且深厚。满屋子都洋溢着骨香和麝香，交织在一起却成了兽的味道。事后气味不散，他们彼此闻着都觉得恶心。

在豹子离去以后，男人和女人弱不禁风。他们相互搀扶，怕跌倒了；又相互推却，怕沾染不祥。怎么会这样呢？有什么东西离去了吗？

"布恩，都是我的错。"宋爱落下眼泪，"我好像真的没有以前那么怜悯你了。"

"这不能怪你。都是那个小丫头，她把我们搅乱了。"布恩比宋爱更害怕失去，但他吃准了是泪儿的缘故，"我真后悔把她接来，还不如将她交给蓝茵带到大城去上寄宿学校。这个孩子像她妈妈，诡诞得很。"

"你不要这样想，事情未必那么糟糕。她与我有缘，我想想办法。"

"那今晚我们去哪里？我们还有藏身之处吗？"

"以后先生来了，教她念书，下午的光景就是我们的。"

大卫的诗篇写道：

怜悯是什么呢？

怜悯并不发自人，

怜悯来自上帝。

上帝将怜悯的种子投向男女，

便有了爱情；

上帝将怜悯又注入母亲，

就有了母爱。

当怜悯从男人和女人中间走开了，

爱情便消失了。

怜悯原是没有血缘的，

只是血缘给人做一次切身体验的体会，

让人晓得亲血的母女也会相互遗弃。

怜悯原不是奋力的结果，

你为了她生病、自杀、做奴、掉到陷阱里去，

你依然得不到爱情；

她为了你容忍、顺从、爱己所恨、做牺牲白白死掉，

她依然得不到爱情。

爱情啊，

并非奇妙而莫测，

乃是高于人的智慧而主宰你！

从钻石中闪出的光并不来自钻石，

它硬过金刚、透过冰晶，

可是没有光照它，

又有什么用呢？

那些拒绝怜悯而自尊的人有祸了！

倘怜悯没有临到，

那从你先祖积欠下来的罪愆，

你如何偿还得清？

一辈子太短了，

再续一辈子还是太短了，

借助巫术和天赋的挣扎，

难道不是更多的借贷吗？

你的情欲算什么！

你为她歌唱弹琴，

你为她出生入死，

你将此生最珍贵的所得奉献，

你熨平如纸，匍匐贴地，

在高山下面，

你算什么！

那丘阜的隆起和薄纸的皱褶，

在至高之下都计作平坦。

爱情是至高的，

你那么渺小还看不起怜悯，

你以为见证己力要大过怜悯吗？

一生就这样数算着拐杖而无视腿脚的意义吗？

为你代步的越行越捷，

然而心灵早已先抵终点。

啊，你真的是自由的！

你的秉性与嗜好，

甚至你的苦力和支付，

没有一样不是灿烂的，

那是所用的裕饶和变幻，

然而用处呢？

你始终忘却那唯一的用处和归宿。

所以，人生又是虚无的，

忙与不忙真的没有高低，

坐一站与坐三五站都不及终站，

我渴求怜悯，

除此以外，

还有更深的爱吗？

章先生上门来教书了，枪械也被收了起来。布恩对泪儿说："女孩儿往后不要动刀动枪的，想狩猎要随着爸爸，爸爸每星期带你去一次，可以到天斧截山脉的森林里去打野兽。"泪儿并不反对，她很愿意听先生与她讲课。其实，她也有很沉静的一面，她希望自己成为一个美人，像新妈妈一样有冰雪般的肌肤。

章先生教学自有一套，他并不是上来就急迫教人读写，而是讲一些先哲的往事，顺着女孩儿高傲的心气走，说到一些关键的概念，才书写下来，让她辨认摹习，譬如"形而上学""理想""原罪""救赎"，这样，日子久了，泪儿的疑问也深了，出自追寻的目的，便勤于识字。

章先生与辉芝宇很说得来，鸟的习性，动物的社会性，以及由对动物的讨论而引申到的人类社会活动，这些话题渐渐成为他们的乐趣。随着探讨的深入，女孩儿也开始关心起王国的疆土。南方北方的差异，以及连接南北的公路，都成为她的求知方向。这便顺利地进入地理与历史的学习。

不远处，住着管道工与挤奶工。管道工有个男孩八岁了，叫奇楚，有些笨；挤奶工的女儿正七岁，叫睦月库，胆子很小。奇楚和睦月库一起来陪读，与泪儿做同学。这下，书也有得读了，玩伴也有了，至少午后的时间总算宁静下来，专属布恩和宋爱。

"辉芝宇，你现在是读书人了，夜里不应该总是缠着妈妈，要学会独立。"布恩对泪儿说。

"夜里做噩梦，房间又那么大，我害怕呢！"泪儿道。

"那我让保姆陪你睡觉吧，她气力大，真有什么坏东西找上你，她比新妈妈更能抵挡些。"

"我不要保姆，她太难看了。她比噩梦还可怕些。"

"那原先爸爸送你去山里，在那户人家你是怎么睡的？"

"她们家的姐姐陪我睡的。"

"要不，让睦月库来陪你睡？"

泪儿想了想，道："这样好。那你去向睦月库的妈妈说说看，看她妈妈同意吗。"

布恩便去找来挤奶工一家，与他们说了这事，付出很多工钱。他们家里有三个小孩，借出一个给男爵府，既有书读，还吃好的用好的，外加挣回很多钱，自然欢天喜地地情愿了。

十一月到了，那绿色的汽车终于来了。

新妈妈带着泪儿去车行里将汽车开回来。宋爱对泪儿说："新妈妈身手不行，曾经学过，拿了执照后就没怎么开，一路开回来胆战心惊的，不如让爸爸教你吧。"

于是，布恩教泪儿开汽车。这是自动挡的新款，踩油门，踩刹车，注意方向盘，基本也就学会了。

"关键是倒车，将车倒好了，倒在预设的位置上，你就有目测能力了。目测是很重要的，汽车在路上行驶，与边上的汽车和道路上规划好的线距之间什么关系一定要清楚。"布恩坐在一旁指导泪儿控制方向盘。

"我太高兴了，我的心都要飞出来了！"泪儿左晃右摇地，还抓不紧方向盘就加速，"啊，前面有个坡，我有点怕……啊……"

"稳住！记住我的话，任何情况下，理论上都是一条路。"布恩伸手过去稳住汽车，"别被周围环境和气氛影响，要有定力。路，不过就是直的，弯的，窄的，或者宽的。记住！"

"要是那些开到天斧截山上的盘山公路呢？"

"那也是路啊！不要想下面的深渊，也不要抬头看上面的悬崖，都只是路，弯弯绕绕而已。"

"我有点明白了。"泪儿用肩顶开布恩，要自己摆弄，"你坐过去，我差不多会了。"

就这样，布恩带着泪儿在花园的马道上和外面的公路上来回驾驶，学了大概两三天，泪儿就不需要布恩坐在她身边了。

布恩嘱咐道："你不能开到农场外面去，只在花园里和花园外面环绕的一段公路上开，其他地方不能去。你还没有执照，没有执照在外面开车是非法的。懂什么是'非法的'吗？"

"就是违法的意思。"泪儿道，"但法律违背人民意志时，法律就是非法的。"

"谁告诉你的？"

"你说的。我听你在大会上演讲，对着士兵和农民说的。"

十二月的时候出了一件事。泪儿开车载着睦月库去从绿春镇上兜风，将锯木厂的一个工人撞倒了。泪儿已经不是第一次偷偷驾车越过布恩规定的区域了，她常常与睦月库、奇楚一道外出飙车，要么到牧场间的公路上去转，要么在国道上跟踪长途汽车，甚至还企图攀越天斧截山脉，只是走到一半太险峻，又被过路的野羚羊群阻挡，不得已掉头回来了；最远的一次旅行，居然去到绿春市，幸好没有被交通警察注意到，否则违规驾车的罚单就要寄到美丽屋了。

这下事情闹大了。她们拐进一个胡同，正好一个推车的工人出来，泪儿本想踩刹车，结果情急中居然踩了油门，汽车猛地蹿出去，直往人身上碾过去。那工人脊柱被压断，肾脏也脱落，被送到绿春的医院时已不省人事，经抢救总算保住性命，但成了植物人。事情是发生在王室领地的，按国中法律，由王室的法庭处理，不交国家法庭。由镇长指定司法官断案，无律师，无陪审团，完全依照古老的传统听讼，原告被告陈词，衙役下去取证，司法官断谁有罪谁就有罪，倘不服，可直接向王室大法官上诉。这就是国中之国，采用王权与宪政并行的双轨制。

从绿春的镇长早已昏聩失聪，根本搞不清案子，只卷宗交到他手上签字，然后再转给男爵裁可，具体断案的司法官就是邮务所长章大卫蒙。

根据王室律例以及各自领地内细则，未成年人犯法可由监护人担罪。这便落到布恩头上。按律例，此类事故被告人须被驱逐出境三年，另支付一百八十个金圆抵偿，然而这回被告人竟是法律的保护者，如何断案成为难题。最后，章大卫蒙召集锯木厂厂长、客栈老板娘以及镇上几名有威望的人商榷，决定先听听遇害者家属的意见。结果工人的妻子说，给一百个金圆吧。然而，这样做是非法的，不能服众，即便是小小的领地，每一个案件是否公正，也都关系到王室的尊严。为此，章先生提出判决方案，按贵族有限豁免权减刑，象征性地处男爵大人离境十五天，外加相应的赔偿。布恩接受这个判决，同时愿意再多付一百个金圆，即给家属二百八十个金圆。

可是，离境十五天去哪里呢？到绿春市租一个旅店房间住着吗？

老板娘最后出了一个主意，说，按照领地细则规定，凡镇上经营者向王室租领地来营业的区域都是有效租期内领地外土地，那么，她的客栈里为市政厅的大人来视察准备的高级卧房可以免费提供给男爵住，在这房里住满十五天，完全符合处罚要求，即肇事者监护人男爵大人被驱逐出境十五天。

第八章

流放

老板娘的客栈是宋人明式山庄风格的园子，石头的围墙，内里屋子的地基都打得很牢，墙也很厚实。客房的窗户都是木制的，窗格上有雕花，应着当地晨昏变化多端的气候，光线透进来很可人。那间给市里大人物准备的套间在后院的楼上，有两个大厅可以用来会客，面积很大，但卧房却很小，非常隐秘，窗户对着外面的深院，有许多灌木挡着。房间的整个装饰却是欧陆风格，也不乏时尚气息，有不少画着女人体的油画，也有不少写实的男女幽会的照片，里面的女人都是非常另类的气质和打扮，初看一眼并不吸引人，慢慢地，不知怎的总想看，看着看着就迷上了。

既是驱逐服役，布恩便只身来住，没有佣人跟随。宋爱看着他从美丽屋的家中被巡警带走，心里很难过。所有执法过程都是严格的，从绿春归属绿春市，虽司法独立，但执法必须借助外部警力。为了将布恩按照判刑结果送出领地，章大卫蒙从市里借来两名巡警并警车，布恩被送往客栈时须戴上铐子由巡警押送，乘坐警车，一路鸣笛，以示王威。

这一丝不苟的执法过程，令宋爱又想起诗梳风的那个夜晚，重兵看守下的甘伯，躺在血泊中。她真想替布恩去流放，布恩替女儿，她替布恩。然而布恩不许，法律也不许。王室的法律规定，只有在缺失男性监护人的情况下，女性才可以顶替。

"啊，没有关系的，十五天，就是两个星期多一天。在客栈里，定是好吃好睡的。你不要忧虑。"布恩临行前对宋爱说。

"我怕弄丢你。我曾经失去你七年，现在每一刻不见你都好比一年。"宋爱心中忐忑，"与你在一道的一天不算长，没有你的一天会很长。他们同意打电话吗？"

"电话是可以打的。书信也是可以来往的。好比流放到西伯利亚，犯人总要与亲属联络的。"

"那亲属不能去西伯利亚探亲吗？"

"法理上是可以的。但细则上规定，要满一年才可以探视。这才十五天，刑期太短，不够探视条件。"

"这不是假戏真做了吗？"

"不，这是真的执法，容不得半点虚假。"

"这样我就更难过了。"

这是巡警来捕人之前两人说的话。巡警来时，宋爱没有在场，她躲到卧室的窗帘后默默地看她的布恩远去。与布恩道别的是辉芝宇。

芝宇说："爸爸，我不是好战士，我令你失败了。你回来以后，我会成功的。"

"不，我们不需要胜利，我们需要失败。记得我对你说过善败不亡吗？"

"你说，有时善败的人更接近目标。"

"我们先前失败了，于是有了小汽车；如今我们再一次失败，就可以接近合法使用小汽车了。"

巡警等他们父女说完话，就给布恩戴上铐子。佣人将收拾好的行装放入警车的后备厢，布恩上车，隔着车窗，举起戴铐子的手，向泪儿招招手，车就开了。

这是辉恩第二次被捕了。第一次，他叫甘伯，是反抗王国的义军领袖；这一次，他叫哲塔辉恩，因着姐姐的亲缘关系，附加了王室的族姓，是维护王国尊严的从绿春邑的男爵。然而命运并不依照反抗还是维护的地上律例来审判，命运的法则是起初和终结的天条，人所欠的账，没有一样是无须偿还的。人所判的死，或者最终得着赦免；人所通融的活，或者最终引向灭亡。

布恩进屋后躺下，睡了一觉，一直睡到黄昏时分。有人揿门铃，是送饭的。他从睡中醒来，去开门，看一个女人推着餐车站在门外。女人穿着短裙，拖着木屐，头发高高挽起，肤色很白，三十多岁的样子。

"谢谢您关照，给您添了不少麻烦。"布恩心怀歉意，"您亲自上来送餐，我心里过意不去。"

"哦，大人，您是认错人了。我不是老板娘，我是这里的女佣。我叫萝黎。以后每日都是我给您送餐。您想吃什么尽管吩咐。只是您最好不要离开房间，老板娘说，不想让客人看见您，也不想叫他们烦着您。"

布恩接下饭菜后，见萝黎没有离开的意思，就从衣兜里掏出一枚银瑞尔给她。

萝黎道："我不懂您的规矩，不知怎么伺候您吃饭。大人肯赐教吗？"

"不必了。你下去吧。我吃饭是不需要人伺候的。"

"大人有什么需要我的，可以拉床头的绳线，那绳线直通到我的房间。您一拉铃，我就知道您找我，我会马上上来的。"萝黎说罢，退了出去。

布恩坐下，正准备吃饭，电话铃响了，是宋爱打来的。布恩告诉她，一切都很好，好到超过想象，而且，一天快要过去了，只剩下十四天了。

　　他们在电话里讲了许多肉麻的话，那是在两人以往紧紧相拥的时刻都从未说过的。有一种力量似乎在这特殊的处境中乘虚而入，叫他们从曾经未知的幸福中觉醒，成为不可抵挡的利器。为了亲一下，为了沾一下对方的眼泪、唾液和热度，可以在所不惜。

　　"我恨不得从电话线里钻到你那里去，钻进你的被窝。"宋爱说。

　　"你已经过来了，我的宝儿。我是被你无数次浸湿的男人。你的布恩，恩叔叔。叫我恩叔叔。"

　　"叔叔，叔叔……好叔叔，不要丢下宝儿……"

　　他们一直说着，一直说着，电话都几乎要不耐烦了，发烫要炸了。然而，泪儿到夜间要寻新妈妈，说爸爸不在时，她该可以不与睦月库睡，与新妈妈睡了。宋爱只好挂断电话。

　　布恩被悬在半空，听着电话机里传出的忙音，不知所措，呆呆地想着宋爱女孩儿嫩的白肉。他对自己说："她就是一块肉，白肉，美肉，世上再无这样的禁脔。啊，你们看着口水都要掉下来了，却连碰一下都不可能，可我可以随意捏坏，随意亵玩，随意浪费！我想想都要晕厥了！"

　　布恩这么对自己说着，忍不住褪下自己的裤子。他转换着体验，令自己感觉那是女孩儿的指尖在触碰。可是，怎么着都是自己的手，唯有借助回忆的图像，唤醒已逝的结果，才接近他的惬意。这是不一样的感受，不是当下的，是间接而抽象的。如果这时候能借助一点器械，或者借助一点接近肉质的其他材料，总不是自己与自己，就要好得多，将某种替代的具体与那不可替代的过往的准确抽象结合一下，是否就靠近真实了呢？他起来寻找，找枕头，找棉被，找绸缎。他觉得绸缎好一些，至少女孩儿是常常穿绸缎的，那滑滑的手感，一下子就滑到屁股那里了。这是遮盖女孩儿屁股的绸缎吗？啊，无须肉体了，有一截绸缎就够了，还可以将自己放低，低到那些只配仰望高贵女孩儿的脏男人的低处。这样的男人怎么办呢？他们偷得一截绸缎，就好比偷得了别人的老婆，揣着这绸缎又是舔，又是嚼咽，再拿来缚系，完事后揩拭，这就足够过一辈子了。他如今不是流放中的囚徒吗？囚徒还能奢望什么呢？囚徒还不如脏男人！很好了，有绸缎的安慰就很好了！再说那些脏男人并没有与高贵的少女肉贴肉的真切相处经历，他们只将绸缎嫁接到想象中别人的妻子，再嫁接到半个银瑞尔买来的草娘的粗肌硬骨，这是完全不同的，隔一层与隔两层是完全不同的。

说到绸缎，不得不说一下宋人的丝帛。宋人的先祖从蚕虫破茧化蛹受到启发，以为将茧丝抽出来做成丝帛裹住尸体，就可化尸为新生，这个过程叫作羽化。所以，丝帛不是凡物，而是神圣的外衣，复活的载体。裹丝者可再生，裹丝者可通天。于是，宋人将文字写在丝绸上，称帛书，帛书可上达天听，帛书亦借着神力可做信盟。上古的时候，他们将那些族中美丽的肉身用丝帛裹起来，是为了献给上帝的。绸缎是丝帛的一种，有神圣的光芒，它只可接触人中绝色的美妇香体，得绸缎者，胜似偷香窃玉，是将神天享用的女人偷来了。

布恩是否懂这类秘学呢？然而谁初次接触绸缎，不被其光色和质地迷惑呢？它有一种说不出的力量让你沉陷进去，你瞬间觉得纵美烂如尸，撒手尘寰而释然福乐，凭其垂垂然抚肌慰肤而心绪荡漾。这是一种靡美，奢浪，就是忘却一切忧虑的无边美好。如果死了，像尸体一样腐败了，不管不顾了，难道不是一件彻头彻尾快意的事吗？绸缎是奢靡的，难怪世界各地的人不惜将最贵重的黄金来换取这重获新生的最轻之物。宋人的祖先说，治其麻丝，以为布帛，以养生送死，以事鬼神上帝。这话的意思是说，一切的葛麻织成的布是用来过平常日子的；而一切的丝帛是用来送死羽化的。男女间的寻欢，脱缰而纵欲，不过是将骨肉磨碎，化为丝帛。

布恩看着绸缎，心想，丝帛是用来升天的，而布衣人生中的他日日与宋爱做成丝帛，在世即在天堂，至于隔一层还是隔两层，真的不那么重要了。

这时候，门铃又响了。萝黎推来一个大木桶，里面注满了烫水。

萝黎说："小的来为大人侍寝，替大人沐浴。"

布恩想，他是王室的人，或者在民众的眼中，是需要侍寝才能睡着的。至于如何侍寝，他并不清楚。这会儿人家来侍寝了，也不好说不懂，于是呆呆站在那里不言不动。

萝黎看布恩静立在那里，也不知大人是拒是受，便替他宽衣解带，直将他脱得赤条条一丝不挂。

萝黎又扯来一张脚凳，贴在木桶边，示意布恩进去。布恩便踩着脚凳爬进去，下到水里。水有些烫，他半下不下的，萝黎便舀一些水先淋到他身上，让他渐渐适应。一会儿布恩觉得受得住了，就整个坐下去，浸在热水中。萝黎也不用浴巾，直用双手帮他擦洗。女人手指过处，都如绸缎垂肤，让布恩心上每受舌缭。这是他从未有过的遭遇和体验，惊而慌，慌而茫然，索性任人摆布。萝黎洗得很仔细，每一处沟槽都不放过，迫至紧要处，布恩忍耐不住，不自觉地伸手去抓萝黎的头发。

"大人莫急，我一会儿就洗完了。等小的帮您擦干身子，躺下了再服侍您。"

布恩想起童年时在大城的家里，母亲给他洗浴的场景。他只一味地嬉水，而母亲用毛巾将他的皮肤擦得很疼。他不知怎么这会儿也变小了，不再是布恩，又回到了辉恩的时光。他与宋爱在一起，是女孩儿的叔叔；而与下人在一起，怎就成了妈妈的小男婴？他有点想哭，想像男婴一样求大人宝贝一下。三十多年了，再没有在妈妈的怀中哭过，撒娇，任情恣意，如今时光倒过去了吗？原来做大人，做王室的贵族，就可以像小孩儿一样任性吗？他试着捣蛋踢一下水，水溅到外面去了，也溅到萝黎脸上。萝黎伸手到桶里拍一下他屁股，又抓抓他头发摇他头，就好比妈妈曾经嗔怪的样子。

"你怎么那么不乖呢？"萝黎不再称呼"您"，顿时改了语气，"小朋友淘气要打屁股。"

她说得那么暖心，安慰到他的心底。这就一下激发出他的野性，他开始胡来，又踢水，甚至想弄翻木桶。

萝黎起身走到他身后，一把揪住他的耳朵，说："那么不听话，要打死你呢！"

她揪得真有点疼，辉恩恼火了，孩子气全上来了，说："那我就不起来，一直坐在木桶里，你拉也拉不动。"

"你真不起来是吗？那我就倒开水了。"萝黎真的就去拿开水壶。

辉恩于是乖乖地从水中出来，浑身湿淋淋的，一屁股坐进沙发，开始傻笑。他想，今日才晓得做贵族的好处，原来是可以做宝宝，任意胡来，让周围那些女人又做妈妈，又做奴隶。

果然，萝黎又哄又骗，软硬兼施，直将他擦干，弄宁静了，服帖躺在床上。然后，又开始抚他，拍他，直等他浑身火辣辣了，直愣愣了，才褪光衣衫，光光地爬到床上，跪在他脚下服侍。辉恩什么都忘光了，只想快点成为一截绸缎，管它隔几层呢！实际上，他感觉什么都不隔了，甚至比以往任何时候都要直接。从离开大城到巴黎，从巴黎到诗梳风，又到山上到囚笼，他何时彻头彻尾放下过自己，将自己扔到过九霄云外？哦，原来人是可以放下自己的，可以完全没有人样的。这就是国王给他的好处，给他的解放。

事毕，萝黎又抱着他的头，令自己丰腴的胸做他的枕头，给他唱一支缓慢的歌，拍打着他入睡。

翌日他醒来，房中空空的，他光光地一个人躺在被子里。他晓得，等他睡熟了，萝黎轻轻地抽身而去。啊，这也是一种高超的技术，要从一个成年男子的重压下抽身而去却不惊醒他，绝不是件容易的事。只是这时，他忽然不晓得自己是辉恩还是布恩，他要努力找回自己。如果做布恩，就要板起面孔对下人，与进来时一样面目；如果做辉恩，那就要妈妈来抱，来帮穿衣服鞋袜，帮洗漱解手。做布恩就等揿门铃，做辉恩就拉那根绳线。他想了想，还是先做回布恩吧。

萝黎来揿门铃了，布恩许她进屋。她推来早餐，有煎蛋、米粉和水果。她将餐盘罗列好，给布恩围上餐巾，侍立在一旁。

布恩说："那你试着按你的习惯伺候我吃早餐。"

"小的没有自己的习惯，都是要照着各路大人的习惯。"

"你伺候过许多大人吗？"

"省里和市里的大人都来过，每一位大人的习惯都不同。"

"给我往煎蛋上撒点胡椒面和酱油。"

萝黎照办，又问："要不要挤点柠檬汁呢？"

"不要了。"布恩不慎，将嫩蛋黄汁滴在裤子上。

"大人要小的用勺子舀出来喂着吃吗？"萝黎一边俯身钻到桌子底下用纸巾帮布恩揩裤子，一边问。

布恩觉得有些尴尬，转念又想，不如再做回辉恩看看，或者想做布恩时做布恩，想做辉恩时做辉恩。既是大人，不妨探探大人的边界，看究竟可以恣纵到哪里。

他干脆将餐具朝桌上一扔，起身走到屋中间，往地上一躺，四仰八叉，无所顾忌。萝黎便端来盘子，将食物一口一口喂给他吃。他想，既躺下，那就随心所欲寻些乐子。他突然对玩具感兴趣了，他想自己怎么一直没有像样的玩具呢？小时候没有，长大了也没有，如今居然想都不想了。他伸手一把将萝黎的发卡抓下来，拿到手里玩。那是一枚绛红色的塑料发卡，他借着晨光，透视内里的结构。他发现，那胶质像是凝固的蜜糖。辉恩玩得很认真，萝黎在一旁寻机喂食。

"来，转过来，就吃一口。"

辉恩稍侧身，不情愿地咽下一口。

"真乖！吃得可好了。"萝黎哄道，"一口蛋蛋，一口米粉，换着吃，口味香。"

辉恩这么吃过一会儿，突然坐起，问："你也像昨晚那样伺候各路大人吗？"

"我说过了，每位大人口味不一样，要的不一样。"

"他们让你做什么你都做？"

"那些道道您还不熟悉吗？何必来问我呢？再说他们不过是大小不一样的命官，怎及大人您是皇亲国戚呢！对于小官是禁地，对于大人您可都是乐园。小的有福，成为大人的禁地，终生有幸啊！"

"你的意思是，往后你不会再服侍他们了？"

"做了大人的奴，谁还敢染指？"

　　"我与你素不相识，也从未立契，怎就主奴相处呢？"

　　"实际上大人与我并不生分，我将犬子送到您府上，给公主做奴儿了。"

　　布恩愣了一下，不想奇楚是萝黎的儿子。他问："你舍得送爱子到我家做奴儿？"

　　"我有四个小孩儿，奇楚是最小的一个。到大人府上吃香喝辣，有什么不好？"

　　"你男人愿意吗？"

　　"我男人上年被抓进牢里去了，要七年后才回转。"

　　"他犯了什么事要坐那么多年牢？"

　　"他吃醉酒了，将牧场的放羊倌打死了。"

　　布恩这才想起，说他们家是管道工，却从未见他男人上门来修管道，每次来修管道的，都是从绿春邮务所派来的。

　　"我懂了。你没有男人主事，才这么出来挣饭吃。"

　　"也不是的，小的喜欢男人，在家闷得慌。老板娘看我身胚好，就寻我来做这事。我要谢谢她呢，她人很好的。"

　　布恩定睛望着萝黎，她果然白净、丰腴、年轻，虽没有舞者的体态，但肢体匀称，眼睛火辣，骨肉紧致而细腻，浑身闪着情欲的光彩。这是他头一次仔细看她，竟被她的妖冶打动。她俗美俗美的，那种生活化的俗艳，好像是只为床笫之欢生出来的。

　　"大人吃歇了，小的可以下去了吗？"

　　"你既愿意伺候我，我会长久地照顾你，不止这些天，日后也要你陪我。"他又想起了玩具，于是吩咐说，"我给你些钱，你去街市上买一些男孩儿的玩具来，有轨道的小火车，电动小马驹，还有小帐篷什么的，你都买来，来陪我玩。"

萝黎拿了钱，正要出门，布恩忽然想起什么，喊住她，说："以后不要称公主，虽说诸侯的女孩儿也可以叫公主，但公主是嫁到大公人家、由大公做主的女孩儿的称呼。我家女孩儿还小，出嫁的事还早着呢，以后就叫小姐，让你儿子也记住叫小姐。"

"这个小的知道，只是愿意叫公主，听起来气派。"

吃罢午饭后，辉恩与萝黎玩了一会儿新买来的玩具。他兴奋得不行，长久地玩错轨、翻车的游戏，大声嬉笑，有几次笑到肚子疼，差一点憋气晕过去。

"不玩了，不玩了！你玩火车太久了，放着我不玩，我要生气了。"萝黎扔掉一节火车，站起来去抚辉恩的脖颈，又随手将他衬衣的扣子解开，将他推倒在一张春凳上。

她依然跪在他下面，暖他的下身，渐渐地，辉恩支持不住，便翻转身，将女人压在底下。他一次倒了，萝黎就再扶起他；又一次倒下，又一次扶起。如此，下午一共有过三次。最后一次，萝黎倒了，恨不得连内脏都松懈出来了，两腿跨着春凳，躺在那里翻白眼。辉恩不管她，竟独自钻进帐篷去睡，就是他要萝黎给他买的一张野营小帐篷。他睡得昏天黑地，直到傍晚。

他醒来时，女人也在帐篷里，卧在一旁轻拍他的脸蛋，道："你简直像个嫩雏，身子上好些地方还粉粉的。人说，一红二紫三雁，你都不见紫，怎么生下孩子来的？"

说实话，辉恩听不懂萝黎说的，他是一个新贵族，完全不懂王室门内的道道。

"你好像经历过很多，不如给我些指点。"辉恩道。

"你是新封的贵族吗？看你生涩的，饿狗一般的，哪里都没去过呢！"

"去哪里？"

"这个世上是有许多禁地的，凡人不能进去，独独老爷大人可以通行无阻。比如你可以叫我做狗，也可以叫我做娘，从狗到娘是有通道的，行这通道需要钥匙。钥匙握在你手里，就是你的血脉，你的命。你的命较我贵，就可以横冲直撞。娘和狗都是你随意开关的门锁，说到底，都是你的奴儿。"

"你不能把这钥匙夺了去吗？"

"我夺去有何用？我是不动的，你是动的。我是一块地，你是踩在地上的主子。我晓得被踩的深浅，你不晓得，我可以告诉你，却站不起来踩你。贫贱人的穷，不是穷在吃喝穿着上，而是穷在不能闯入禁地。老了回去过孩儿年纪吗？做女儿的与爹爹玩嬉过吗？人做成过虫子吗？做风又怎样？做雨又怎样？故意去讨饭也讨不穷，故意去闯祸也天不塌，为难别人也为难自己，下到牢里做一回囚徒，去到阴间又反转回阳……"

说到死，辉恩又想起丝绸，那丝绸就是去寻天路的飞船，唯死方可通神。难道丝绸不是一把钥匙吗？它开启生死间紧闭的大门，自由来往于阴阳两界而无虞，靠着它由死亡而闻着神的气味。这是宋人的秘学。天下鬼知道有多少秘学是平民的公学里学不来的！做贵族就是学习这样的学问，又体验这样的感受。辉恩突然开窍了，原来这世间有许多人生的禁地，常人是去不得的，或者看一眼就要精神崩裂的，而处在不同高位的人是获得应允的，无论是财富上的、情感上的、思想上的，各个领域中都有深不可测的禁地，做王侯做贵胄的，才有这些钥匙可以出入。人的悲喜竟那么不同，许多人穷其一生都没有学会如何与女人说话，这就是贫困啊！他以前要去解放的领地太小了，在人家玩过险境的人看来其实一钱不值。人不知品秩阶位，看不到深浅阔窄，做什么救世主呢？人又怎么可以替天行道做救世主呢？

辉恩顿时觉得自己非常浅薄，也非常狭隘，甚至不如眼前甘愿为他做奴的这个女人。他神伤起来，真正落为一个幼稚的男童。

"好了，我的主子，我的老爷。一切都会好起来的，你慢慢就会心安理得的。"萝黎看穿了辉恩的心思，吃准了他的痛处。

辉恩想，这个女人不简单，她过手多少达官贵人才练就现在的功夫，多少主子踩了，这片地依然草木青葱。他没有做够小男孩儿就生硬长大了，现在这个女人补足了他的缺憾；他从未卸下肩上的重负就一路奔命，如今这个女人替他卸下了。他在大跖河战役和无数次反围剿的大小战斗中，几乎没有一天连续睡足六个小时，还要谨防突袭，常常一声警哨就弃床上马，挟着残梦在冷月下的山野丛林间逃命，他为游击队、新政权日夜操劳，浑身都落下了病，还有被捕时腿上的枪伤，这些都叫他时时神经过敏，处处草木皆兵，而眼下这十五天流放，居然令他一释疲惫。萝黎每次都能钻进他每一个毛孔、每一处骨节的鳞隙，他每每酣畅淋漓，倒头就睡。要么就甜了更甜，腻了更腻，宝贝到褓褓里，任屎尿横流而不顾，直撒手躺在那里就好，但有妈妈打理好一切，妥妥帖帖，暖爽净利。他原先是爱情的信徒，今日忽入爱情之外的男女秘境。啊，如果宋爱是仙草，那么萝黎就是肥美的兽肉，一个有玉的光气，一个有黄金的明灿。他现在要黄金，要黄金，他太累了，他一卧不起。

"猪一样的东西，才玩几次呀，就欠半截！"恍惚中，萝黎又盘踞到他身上，狠狠抽了他一个巴掌，"用点力，别偷懒！"

下人终究是下人，可也会寻机欺负主子，所谓奴大欺主。处到这份上，软泥也会陷一下踩地的脚。

辉恩索性将萝黎拖出帐篷，推倒在地上。他半跪着，令萝黎背对着他，又抓牢女人反转抬高的脚踝，往两边推撑，开始发力。

"笨猪，蠢驴！我就说你驴一样的东西，你还想制伏奶奶？"萝黎头朝下，狂笑不止，疯得肆无忌惮。

"这是老娘的快活，看你们这些公猪的败相！"她咯咯一阵，又粗喘一阵，似将秽物都要排尽的样子。

然而此刻，正有另一双眼睛从房顶的天窗往里看。

泪儿睡下后，宋爱睡不着，她又不敢翻转身子，只好保持起先的睡姿，结果左臂垫在泪儿头下，直被压得发麻。她终于确准泪儿睡熟了，便抽身起来，轻轻踮着步子走出卧房。不知怎的，这会儿她特别想去密室，想到那里看看，靠一下那里的床，拥一下那里的衾枕。她走到那个甬道的门前，旋开门，打亮灯，顺着楼梯下去了。她几乎是一步三回头，战战兢兢地下到那里，看泪儿是否会尾随。她没有跟来！宋爱想，她是不是天生有感应，只要她父亲不在，她就不会醒来跟踪。

宋爱抱着那枕头，双腿夹着被子。那被子也是绸缎的，这令她觉得触到布恩的身体。难道女孩儿也可以借着丝绸想象男人吗？或者这样神物正领着她靠近神？宋爱觉得她触到丝绸，就触到了长者，有长者抚摸她脸庞和头发的暖软，那是女孩儿喜欢的感觉，像一种安慰，也激发出依赖心，消释了紧张，渐渐寻着回到襁褓的安全感。她想睡一会儿，可是睡不着，

小腹那里有股热流上升到咽喉，那是一种绝命的袭击，虽如何吞咽津液也
不解渴。她需要拥抱，需要重压，这是某些雌性激素在分泌的作用，非常
难以抵挡。她只好咬紧绸衾，几乎要吞下去。她实在不能自已，便撕开一
条衾绸，果然就咽下去一截。然后，她突发奇想，一把将咽下去的一截抽
出来。她感觉自己的胃都被抽出来了，随着就呕吐，却什么也吐不出来，
只是腹中不停痉挛。这样反倒好些，至少没有那么干渴了。她稍稍稳定了
一会儿，不想身子又开始发烫，先从耳朵后面烫起来，然后蔓延到全身，
烫得直想抓捏各处。

"布恩，快来抱我呀，抱抱宝儿……"她禁不住发出呼救的声音。

然而，没有应答，密室里一片死寂。

她猛地翻转起身，光着脚就冲出了密室。她沿梯上楼，穿过走廊，直
往楼下大厅去。她在厅里的茶几抽屉中找到汽车钥匙，推开门，一头冲入
黑夜。她寻到停在草坪上的绿色小轿车，就是泪儿的那部车，点着发动机，
横冲直撞地就往镇上开。

她要去找她的恩叔叔，要恩叔叔抱抱，抱紧一点，抱到她自己消失为
止。她想，层层重兵把牢的囚车她都上去了，她在荷枪实弹的千百军警的
眼皮底下堂而皇之，如入无人之境，还怕什么一个小小客栈里那些眼目！
今夜她定要见到她的布恩，要与他缱绻到天明。

一个急转弯，猛刹车，汽车就停靠在客栈大门外。她下来打开后备厢，
拣了一双雨鞋穿上。她出来时是光脚的，没有穿鞋。这会儿她怕地面上有
锐物，就随便找双鞋穿。她绕到客栈大院后面，那里有一扇低矮的铁栅门
虚掩着。她一把推开就进去了。这正是高级套房的那个后院，许多树木交
叉错叠，掩隐着一座小楼。她看见顶楼的窗户紧闭着，却有灯光照出来。

其他屋子都是黑漆漆的，只这间还未熄灯。她猜这就是恩叔叔流放的地界。她看楼下大门锁着，她不敢敲门，怕惊动四围的人。她想，那么多树枝可以攀越，不如爬上去，明早再爬下来，必然没有人发觉。这比在铁甲车上隐蔽要简单得多，这点冒险算什么呀！

于是，她借着几株稍粗的枝干，身轻如燕地，踏着几个支点，很快就接触到了房顶。

她寻到了顶上的天窗，她看见了上面说到的那一幕。

她整个人被冰住了！再没有袭击咽喉的干渴，再没有耳后、胸前和小腹的潮热，她被冰住了，像一块冰将天窗的玻璃加厚了。

第九章

我的男人

应该说，她在屋顶死到天明，而不是看这一切到天明。

死亡的过程，对宋爱来说，先是猛击，然后使自己确信自己眼睛所见是真的，然后就是回放，将她与布恩在一起的事情倒回去，一幕一幕倒回去，直到隆裕花园，到豹子，到褴褛，到母亲的子宫，到一片黑暗的混沌。这一夜，她与黑夜同色，消散在暗中，无影无踪。那两个背对朝地的人并不知道有利剑的日光逼视他们，迨他们耗尽体力翻转平躺时，屋顶的生命已然融入夜色。

究竟是谁死了呢？是亲爱的恩叔叔，还是月光一般的女孩儿？哦，那个女人，她本来就是死的，在宋爱的眼里，那个女人根本就不是人。这一夜，在爱情的反面，是嫉恨的全景。是故，先知唱道："嫉恨如阴间之残忍。"有谁活着去过阴间呢？宋爱从来没有想过她会成为妒妇，唯有妒妇生活在阴间里。那看着自己男人与别的女人欢爱的疼痛，是发自身内的巨大钝痛，如锤击，如巨石压身，如天雷轰顶，然而这痛牵出莫大的悲哀，悲而不悯，悲而忌忿。但当这悲痛将人淹没后，窒息中居然有火蛇从脊柱中蹿出，从人的舌尖与眼光中冒出火苗。房顶在凌晨五点起火了，宋爱从死中被灼醒。她不知自己是怎么离开的，这天午后两点多，有猎人在甘霖河上游的林子里发现一部绿色轿车翻车了，有个女人被甩出掉进河里，一半身子浸在水中，一半身子埋没在岸边的野草里。猎人将女人救起，背到镇上邮务所，因为诊所也开在邮务所里。医生检查了她的身体，发现除了锁骨断裂外，并无其他危险，女人是因为骨折疼晕的。章大卫蒙认出这是男爵夫人，便叫来马车，将她送去市里的大医院疗伤。

辉恩和萝黎醒来，有阳光直刺他们的眼目，这才发现屋顶被烧掉一半。火灾是怎么引起的？谁会上到房顶去点火？这是一件怪事。有居民传言，说是夜间打雷，雷电引发的火灾。雷电要夺了男爵的命去吗？还是天也赦免他，以死罪的惩罚降到他头上，却不要他死，做个样子给镇民看呢？男爵还活着，毫发无损，他并不会因此离开流放地，他按规定依然需要住满十五天。没有人晓得夜里发生了什么事，老板娘也只痛惜房屋的亏损，并不细究根源。辉恩被换到另一个房间住，在中庭的水池边。这里没有那间房的气派，倒更加雅致、宁静。

宋爱醒来时，周围有泪儿、佣人和章大卫蒙。

泪儿说："新妈妈，你怎么不吸取我的教训，夜里偷偷开车出去玩呢？如果你再撞死人，谁替你去流放呢？"

宋爱本以为自己死了，是魂灵从屋顶上下来，魂灵放心不下泪儿，才驱车回转美丽屋的。现在是魂灵见着泪儿了吗？那为什么躺在医院的床上？大卫告诉她车祸后发生的事，以及她目前的伤势。显然，她还在阳间。阳间有阳间的法则，怎容得下阴间的嫉恨呢？那么，她并没有完全被嫉恨笼罩，或者嫉恨已经离去了，实际上一切在嫉恨中的女人都是在阴间的，都是死者。想想吧，一个女人被另一个嫉恨的女人盯上是什么感觉？那就是死人在盯着，甩不开的死亡尾随其后。那些求生的人，不会长久被嫉恨萦绕，他们因渴求美善而一释前嫌。宋爱为什么活着呢？她放心不下泪儿，那不是她骨肉的女儿？她睁眼看见泪儿，觉得还是像以前一样喜欢，只是她晓得，这不是她的深爱，不是她活下去的理由。她何以活着呢？她要面对布恩，问她的恩叔叔，究竟发生了什么。她还是放不下布恩，那个囚笼中由她亲手去送死的布恩，那个因送死而复又接生回来的布恩。他的生死都交付她了，事情显然不那么简单。他不会是说走就走的，爱情也不会转瞬即逝。七年了，都没有褪色，怎就在十五天中消散了呢？那或者就叫作流放吧！流放的意义是惩罚，上天要让她的恩叔叔流放到别的女人那里去服刑吗？如果真是这样，刑期满了就好了，一切都会恢复原样。

　　"请问章先生，对大人的判决是严肃的吗？"宋爱问道。

　　"自然是严肃的，这是根据千年以来的王法判决的。"大卫答道。

　　"流放间会遭到虐待吗？会让犯人违背自我意志吗？"

　　"流放就是惩罚，必然是违愿的。"

　　"法的依据是什么？"

　　"法是天条在人间的解释，法的依据当然是神意。"

　　"那么，神定然干预了流放。"

　　"我想是的。"

　　大卫这么说，宋爱好受多了。她想，她和布恩都是泪儿的监护人，惩罚对着他们两个人才公平。布恩喜欢他的女儿，她喜欢布恩，于是她喜欢布恩喜欢的女儿，为了女儿的死罪难道只做象征性的偿付吗？她的恩叔叔怎可没有她、离开她？她现在感到痛苦，布恩未尝不是在更大的痛苦中。痛苦已然叫他失去了自己，这无异于死亡。曾经在向死的途中，她将他救回，曾经能做到，这次也做得到。她想起夜里没有看见豹子，王子不会不骑着豹子来，那个与下人交媾的男人不是王子，不是她的恩叔叔。这无疑是惩罚了，借着布恩的化身惩罚他！

"新妈妈，你要快快好起来，我们一起去接爸爸回来。"泪儿道。

"爸爸可能先回来，妈妈的病一时不会好。"宋爱又难过起来，她晓得伤筋动骨要一百天。她的布恩知道她受伤了吗？知道她如果没有猎人发现也许会沉到河里淹死吗？如果她死了，竟没有人来送死！是的，布恩不来，她是不会死的，上天不会这么做的。

"医生已经帮您接了骨，药也敷好了。说是两个星期后可以回家养病。这么算着，差不多大人出来后，应该能来接您。"大卫说。

"他刑满出来时，要领他来看我。"宋爱嘱咐。

"夫人放心，我会领他来的。"

然而，爱情不是在这时候离去的。爱情在翻越天斧截山脉时已经离去。如今他们爱着，却不是爱情。那豹子呢？豹子能说明什么！豹子是他们性情的根底，却不是爱情的证明。如果豹子累了，也可以不来。有人哄你做小孩，有人依傍你叫你作老爷，是无须豹子的威力的。上帝在这里有一套法则，在那里也安排下规矩。然而爱情，是特殊的恩宠，是人本不配得到的。

大卫和佣人带着泪儿走了。午后，朦胧睡中，宋爱做了一个梦。梦里，大夫给她送来一瓶药，她喝下去了，非常苦。大夫说，其实她没有受伤，有许多现象医学是难以解释的，按照远古的法则，亲爱的人生病了，替他喝药，可以转移爱人的病到自己身上。她醒来后，觉得好了，锁骨那里不怎么疼了。她努力回忆那天是怎么从屋顶上下来的，她当时感觉有一只巨大的手将她拎起来，又将她抛远。这是降病在她身上，让她替布恩受苦吗？她想，如果此刻她死去了，再也见不到布恩了，还不如全身的骨头都断裂。骨痛哪里比得上心痛！只要布恩活着，还能见面，心中就没有那么痛。她受伤了，病倒了，而布恩好好的，过些日子就要回来，与原先一样与她相守不分。骨痛实在覆盖了心痛，不如叫骨痛再猛烈些，好让她一直吃药，替布恩消除迷障。

爱是什么呢？她失去了父亲、母亲，与祖母分开，与家人别离，没有事情做，苦苦等待许多年，颠沛流离，不顾一切去救一个死囚，她并不是姬姗，有自己想做的事，她在这个世上除了那个从戏中出来的武士，她并没有别的什么。她倾毕生所有买到一个锡兵，装在口袋里，如一个美丽欢欣的女童，行在命运的花路上，每日拿出来晒一下日光，心中无比甜蜜。这是怎样的甜蜜呢？这是只要锡兵开心她就甜蜜的甜蜜。曾经为那武士、那王子送死她都甘愿，只因为他是她的男人；如今又怎样？她的男人与别的女人结婚了，生下别的女人的女孩儿她也甘愿，又怎么不甘愿她的男人再从别的女人身子上寻点乐子呢？既为讨她的恩叔叔欢喜就快乐，那就想想那晚他多么快乐吧！他快乐得都不成人形了，他在猪圈里翻滚，沾得一身污秽，回家帮他擦净不就行了吗？她不是姬姗，她从没想过什么尊严和独立。她从全国的武装中将自己的男人捞出来，不够独立吗？然而，倘独立不能救她的所爱，独立又有什么用？啊，她的存在就是为了爱他。那做什么不行呢？他有两个女人，三个女人，从外面带回来一个孩子，两个孩子，更多的孩子，只要他还是她的男人，又有什么重要呢？爱，是她的情愿，无关乎有谁爱她。关于这些，其实早在布恩去做甘伯的时候她就想清楚了，何苦这时因见着他在闷中寻些乐子而不快呢？他睡过姬姗，难道他在营中万众拥戴的时候就没有睡过别的女人？有的是女人要他抱，要他安慰！他命中本是这地的甘伯，一位王子，王子从别的女人那里撷来花露，转身全归属她，这是百般福中的福啊！如果她不懂其中的规序和奥妙，她怎么能说这男人是她的男人呢？姬姗不就是这么失去他的吗？

她将他的俊美、诗情、气概、死亡、病痛、颠倒、龌龊、女儿、叛逆甚至背叛，都咽下去了，她由此一日比一日快乐，一时较一时兴奋，她还能咽到一半再吐出来吗？她愿意替他生病，替他喝药，替他去死，替他去做不是骨肉的新妈妈，这便是她全部的追求。人要忠于自己的追求而不弃——她这么告诉自己。她是不惧死而活着的人，也已经死过好多回，如今正应该享受死后还活着的幸福了，不然即一无所得。

宋爱认为，她是这个世界上唯一全然为着自己着想的人。纯洁本是这样的，自美无瑕，将尘埃逼出，不畏外来浸染。如果甘伯是战场上的英雄，那宋爱真是追求爱情的英雄。

辉恩决定先忘掉一切，哪怕只有几天，至少在流放期内什么都不想。

章大卫蒙出于法律上的考虑，认为夫人受伤的事，由他自己去说，或者派人去说，都不太合适，唯有正式文书通知到犯人才合规，再说，夫人已经得到治疗，身体状况日趋稳定，不如等刑满了再说。

是故，辉恩全然不知道家里发生的一切，而且也连续好几天没有接到电话了。他想，也许是换了房间，电话线不畅，也许是泪儿将新妈妈缠得紧，宋爱抽不出时间来与他通话，反正，没有电话更好，他可以忘情与萝黎厮混，昏天黑地也没有人来打扰。

辉恩换到中庭后，老板娘上门来问安一次。辉恩感谢她，说她办事周到，并允诺等他出去后，会免除她三年的房租，作为赏赐。老板娘千恩万谢，就差跪地磕头了。老板娘告辞出门时说，从南方来的嫩雏儿还有几个住在店里的，大人需要可以随时叫唤。辉恩害怕南方，他好不容易在记忆中切断了的往事，不想在这个逍遥的刑期中续上，于是婉拒了老板娘的美意。

那天，他拉了床头的绳线，呼唤萝黎过来，可是等了好久，大约一个多时辰过去了，也不见女人身影。这时，他拉开百叶窗，看见有穿白衣的女郎坐在园中曲桥上嬉水，露肩的俏背对着他。他想，萝黎这是玩的哪一出，怎就矜持起来，折腾那些惑人深入的意趣吗？他开了门走过去，到女郎身边，说："我唤你，你也不来，怎就坐到这里嬉水！"那女郎回头对他莞尔，竟不是萝黎，而是一个新人。

她笑得亲切，仿佛认识辉恩似的，道："叔叔不认得我了吗？我是米尧。"

米尧？那个掉到莫尼河里淹死的米尧吗？她怎么会在这里？辉恩定睛细看，果有几分熟悉，神态情致与米尧一般，只是放大了一圈，九岁的她成为十六七岁的样子。人认得一个人，是不需要数据比对的，这人今天与昨天不同，今年与去年不同，再怎么不同，还是原本那个人，你一眼就能认出的。

"你没有淹死吗？你还活着？"布恩问。

"你看我的字条了吗？'如果你回来，花还没有死，就证明我会活的。今后你遇着我，不要认不出来。'还记得我写给你的这些话吗？"

布恩心上深深铭刻这些话，他曾经几乎就是为了这些话去做甘伯的。

"那么，你究竟是怎么活过来的？老板娘说有南方来的女孩儿，那不会就是说你吧？"

"我是从南方来的，可是不在这客栈里，我在你眼前呢，活生生的，你不想认出我来吗？"

"你是人是鬼？大白天的，怎就阴魂缠身了呢？"

"人不甘去死，她的魂灵会活下来，阴间不是唯一的去处。"

"可是你长大了呀！"

"我的肉身坏了，淹死了，可是我喜欢那具肉身，又叫她活了。你帮了我。那些杜鹃花被你活着看见了，就获得一次生机。"

"我没有听懂。你是说，你死了，复活了？"

"因为我爱你，我叫你记住我了。只要你没有忘掉我，我就一直不死。'爱情如死之坚强'，只有爱情可以抵挡死。"

"谁教你这话的？"

"你放在屋子里的书，我拿来翻看，就看到这话了。"

"那时你才九岁，你怎么懂这话的意思？"

"爱情是不分年纪的。"

"那时我与别人恋爱。"

"我爱着你，爱着姐姐，那后来的，总是可以把先前的一道爱进去的。"

"你不恨姐姐吗？"

"姐姐或者不喜欢我，我是爱姐姐的，我羡慕她，我想成为她。"

"你要跟我回去吗？"

"我不能跟你回去，我一会儿就要走了。我是来看看你的，我知道你迷路了，你以前对我好，常常帮我，我如今也来帮你一下。"

"你帮我什么呢？"

"那时，你凑近姐姐，姐姐陶醉了。我出去买三绮露回来，靠在门边，"

我看见你们在一起，我浑身暖洋洋的，像饮了酒一般，昏昏的，酥软的，我是一块糖在杯中烊开了。"米尧说罢，就没影了，正是一块糖在光影斑斓的空气里烊开了。

"你跟谁说话呢？"萝黎忽然走到辉恩背后，用手搂住他腰。

"没有谁。"辉恩回头对萝黎说，"我唤你那么久你才来。"

"我分明看到那小妮子勾搭你呢！是那些南方佬吧！我明明将院门锁紧的，钥匙我都带走了，她是怎么进来的？南方佬真是无孔不入！"

"你疑神疑鬼呢，哪里来的什么南方佬！"

辉恩不搭理她，直去伸手抓下她的发卡，对着日光看里头的凝胶。

"不要去招惹她们，鬼知道她们陪过什么脏男人。南方人九岁就出来卖身，与车夫、苦力和外国人睡，身子里藏的怪病多着呢！我是怕她们脏了大人的贵体。"

"我晓得的。"辉恩敷衍道，又伸手解了萝黎的腰带，将她身子光出来，拍拍她屁股。

可是这时的辉恩，心里蒙了一层阴影，又整个像被一块糖胶住似的，心思飞到老远的别的地方去了。

十五天满了，辉恩要出去了。晨餐后，行李已经交付搬运工，放到楼下的饭堂里。他穿戴好，正要转身出门，回头看一眼萝黎，忍不住又急急将笔挺的裤子扯下，一把抓住萝黎的头发，将她拖到跟前。女人顺势跪下，闷声静候他发力。就这样，出门前，两人又厮磨一番。辉恩这是怕出去要挨饿似的，临行前赶紧再垫补两下。

他将随身带的零钱和戒指都交予萝黎，说："以后我会照顾你，常给你钱的。你这便回家等着我，不要再来客栈了。"

女人一边擦拭下身，一边回应道："如果怀了大人的种，是堕掉，还是生下来？"

"怎就怀了我的种？你与那些官做，也曾怀过吗？"

"与他们做，大多用了措施的。不用的，也曾怀过。堕了两个，生下来两个。送到大人府上的奇楚，就是委员会秘书长的种。如今大人不肯让小的用措施，我怕怀上呢。我是动不动就怀崽的。"

"那就生下来，你好好养着。我不会缺你们母子的。"

"大人这么交代，小的就放心了。您得空尽管来，小的每日都等着大人呢。"

这十五天，辉恩得到了休养，每日用尽精力倒头就睡，睡得昏天黑地，似乎将半辈子缺的觉都补回来了。他本来忧虑住进客栈会寂寞无聊，不想遇着这样一件尤物，做了他的暖床、摇篮和疗伤剂。萝黎让他体力恢复，精神重抖。他出到客栈门外，仰首碰到当天第一道阳光，顿觉神清气爽，再度年轻起来。

章大卫蒙领着泪儿和一干车夫佣人来接他，镇上的子民们也有围过来庆祝大人重获自由的。按王法，王族领地里的百姓都是领主的子民，他们不同于老板娘和锯木厂的工人属于外来的宪政管理下的公民。公民享有国家法律赋予的权利，而子民的权利在王法的限定中。说白了，子民属于农奴、奴工或者家奴，不是自由民。这些子民拿来葡萄酒、鲜花和田地里出产的果儿，将男爵大人的马车装得满满的；花儿装饰在车外，酒和果子填满了后备厢、行李架。男爵十五天前在王法的威压下一路示众而来，如今又在子民的欢呼声中一路光彩而回。

路上，章大卫蒙告诉他宋爱出车祸的事，这才一释他的疑云，先前他出客栈没有见到宋爱，正百思不得其解。他想，正好，宋爱没有来，拉长了他从一个女人到另一个女人之间的距离。毕竟，他原先是个纯洁的男人，还不太适应一个贵族厚颜无耻的生活。他需要这样的时间和空间来缓冲一下，他真的在很多地方还是嫩嫩的，并没有长出茧来。

大卫问他，是先去绿春市看望夫人，还是先回美丽屋花园落脚，他说先回花园，他要吃过午饭准备一下再去。于是，马车行到从绿春镇外岔口，就直往山上去了。

饭后，男爵与大卫在长廊上稍坐，一起饮茶。

"你知道客栈的那个侍女萝黎的男人吗？"男爵问大卫。

"大人是说那个管道工奇云龙木吗？他杀了放羊倌，犯死罪坐牢了。"

"也是你处理的案子吗？"

"这里的司法权归属王室，镇长也是王室任命的，镇长全权管理领地的各类事务。老镇长岁数大了，凡事都委托我办理。这类案子固然由我经手。"

"按照王法，领主可以自治，我可以修改领地法吗？比方说，我想赦免那个奇云龙木可以吗？"

"自然是可以的。以往此地是国王辖区，如今封赐给您，一切就都由您做主了。只是按照惯例，新领主修法立法，需要提交王室商议，最终由国王裁可。这个过程一般需要三至五年。那个管道工的刑期，我没记错的话，应该还剩下七年，等五年后自治法裁可下来了，他也差不多刑满出狱了。所以，我以为大人不必为他的事费那么多周折。"

"我领地上的所有居民都不是自由民吗？"

"大部分不是。他们都是世代为奴的，属于领主财产，父亲是奴隶，生下孩子是奴隶，孩子生孩子也是奴隶，凡奴所生皆为奴，如今都归属在大人您的名下。"

"生老病死都归我？那么，解禁他们也由我说了算？"

"是的。他们的户籍都在您名下，即从绿春邑自由民只有一户户籍，我统计了一下，大概有两千七百二十一人，都算您的奴工。您可以自由买卖，出让，包括恢复他们自由。"

"他们没有银行账户、保险和身份证吗？"

"没有。但他们有从绿春镇上的居住证。他们的作物和产品不得私自出售，都要交给王室管理委员会经营，委员会将所得打入您的账户，只按年分配给他们生活必需品和一点零钱。当然，您可以赏赐给他们现金和实物，他们是不可以入账的。另外，他们不可以随意离开本地，凡需要外出的，都必须由王室管理委员会开出路条。但按其他领地的规则，这类路条都是由领主直接出具的。如今您是此地领主，您开出的路条就是合法的。当然，您怕繁琐，也可以委托镇里来开。"

"这个王室管理委员会是国王派下来的？"

"其实有许多文书您还没有时间看，其中有一份已经将管理委员会的重组权过让给您了，只是您还没有打理，委员会就过渡性存在一年，一年以后必须由您亲自派人管理您家族的所有事务。"

"先生是自由民吗？"

"是的。镇长和我，都是委员会任命的。客栈老板娘、锯木厂厂长以及加油站老板都是外来自由民，在这里租地经营，他们手下的雇工也是外来的自由民。按理来说，那个侍女萝黎是王室的农奴，是不可以出来做别的工的，他男人被指派耕种二十亩地，每年必须向王室缴纳规定的产物，只是如今他犯法坐监了，镇里按王法条例体恤照顾他家，才恩许他女人出来做事的。"

"那些地如今没有人耕种吗？那怎缴得出产物？"

"女人的儿子在种地，收成不好，贡赋不足的部分靠女人从客栈挣回的现金来抵偿。"

"她现在是我的女人了，我想让她复籍。"男爵这么说着，大卫并不吃惊。

"原先您的领地的律法条文中没有赎身复籍的条例，怕是要等大人修法后才行。"

"要等三年？"

"真正要施行，怕是要五年后。"

"那你快去办吧！"

"为了这个女奴，大人想要修改领地法？"

"是的。"男爵很肯定地说，转而又想了想，似乎还牵扯到别的什么，"不全是，也涉及其他权利。"

宋爱回来了，X光片显示，她的锁骨已经接上了，然而疼痛并没有消失，开始时，每日都发作一次，之后渐渐舒缓，大约一周一月才发一次，以至于大部分时间不发作，几近忘却，偶尔又发作。发作是没有规律的，突发性的，好比一个人不得不当着人笑，笑着笑着就哭了。这痛也是这样，明明身子爽利，活动顺当，坐着，躺着，走着，好好地，突然就痛起来。宋爱又想起那段梦，她认定自己并没有骨折，是在替代她的男人骨折。她的男人断裂了，其实就是她断裂了。她多么愿意这就是事实，这样便可以证明爱情尚未从他们中间离去。

管道工奇云龙木的家在美丽屋西边林子外的洼地里，如今萝黎回到家里与三个孩子一起住，辉恩要去那里，要么出大门过一座桥绕道过去，要么就穿越西面的林子渡河过去。河里有几艘木船停靠在花园一方的岸边，因久无人用，拴船的绳索已与青苔缠生在一起。那里就是宋爱出车祸落水的地方。猎人再次经过此地，发现木桩上的青苔消失了，拴船的绳索半耷着，一艘船儿漂在河中心，水流正将它冲远。猎人拖船过来，将绳索系牢。

管家和佣人们都看见过男主人往林子里去，他们知道主人喜欢萝黎，常常要这个女人伺候，只是心照不宣，睁眼闭眼任主子随意作为。宋爱也不说话，默许这一切，她只作一件玩具看待萝黎，只要萝黎待布恩好，讨布恩欢喜，那么，还有什么好说的？悦布恩即悦己，她是这世界上最情愿让布恩喜悦的人，她认为既是爱布恩，则全然托付她的恩叔叔，恩叔叔做的事都是对的，都是好的。

他们的豹子还是和往常一样，母的，公的，撕咬交欢在一道，难解难分，只是布恩不再葬在她里头，她做不成一具棺材，她曾经在那时呼喊："你就是我，布恩。不管你走到哪里，都是我。"然而，布恩长久不是她了，他们总难再做成一个人，公豹与母豹战而不合，与成千上万的饥男渴女一样，大战不息，或胜负难分，或两败俱伤，败而复求战，无果而更欲求战，一路战来，反倒欲火更炽。她不怪萝黎，因布恩不葬在她里头并不是最近的事，而是在过天斧截山脉时就有的事。她倒希望萝黎帮她寻回那原先的布恩，与她一体难分的布恩。男女期盼对方，渴求对方，阴阳凶猛地交错，合绕而唯恐失落，难道不是爱情吗？爱情是非要两个人做成一个人吗？是啊，君可曾见一枚币的不同两面分作两枚币的吗？一个日子的昼夜分作两个日子的吗？如果一个死了，另一个不能随着死，又去寻一户人家嫁了，到底前面的是爱情，还是后面的是爱情？抑或你得了前后两次爱情，抑或你同时拥有两样爱情，世界上真有这样的美事吗？宋爱不愿意与布恩的命运分作两处，不愿意她的独立与布恩的独立交汇成某种契约，她以为她的生死与布恩是连在一起的，如果不是这样，那么定是爱情离开了。

如今，她与他一起赴死了，她将别的女人的孩子当作自己的孩子了，她容下了布恩从街上捡来的女人，她已然将布恩的命运当作自己的命运，为什么她与她的恩叔叔倒成为分离的两个人了呢？他们曾经是同一体的不同两面，如今为何是同一面的不同两体呢？

"布恩，我们再这么用力，会衰老的。"宋爱一手撑着床头的铜栏杆，一手推开身后的布恩道，"我好像已经看见我们老去的样子，女人比男人老得还快些。"

布恩停下来，上前拥着那白光，说："月亮不老吗？有谁比月亮更老呢？"

"如果我老了，发黄了，你还爱我吗？"

"你是说你变成了太阳？我还没有晒过你的太阳呢！"

"那不会是太阳，那是月亮暗了，透不出白光了。"

"我们起初谁也没有想过这些呀！你为什么这么想呢？"

"我怕你活成另一个人，不情愿死在我里头了。"

"你想我做回甘伯，不做男爵吗？"

"你做什么都好，只是你不能不做布恩。"

"我现在不是布恩吗？我哪一处不是原来的样子呢？"

宋爱挺起身子，跪在床上，又扶起布恩，亲他，摸他，翻看他的层层肌肤，纳他深入。他们在熟悉的各样通道和空间里行走，好似检视房间，看门关牢了吗，窗锁紧了吗，地板怎样，家具怎样。一切都没有走样，所有缝隙和罅窍都是熨帖的。完事后，宋爱软软地躺下，抓住布恩的头发闻，还是那股麝香的味道。

"还是我的布恩。"她放下心来，又怕自己不放心，"你的枪伤好了，身体也好多了。从客栈回来，你不失眠了，睡得比从前安稳多了。"

"所以，我们的日子不是更好了吗？"他们都回避谈到萝黎。

"事情有些太好了，我放心不下，怕有东西丢掉了。你确定所有东西都带过来了吗？我们在过天斧截山脉时，我总觉得有什么东西掉了。"

"在那边，我是要死的人。如今过来了，活下来了，还担心什么丢了忘了呢！"

"你与我再回去一趟好吗？按原路去，再按原路回。"

"那边已经出了雨季，路应该是好走的。"

于是，他们交待了管家，又向大卫过问了泪儿的课程，开着那部绿色的轿车，双双就往诗梳风的路上去。

辉恩的诗·让我睡一会儿

如果按照赴死的路返回去，

那么，定是飞身飘越凌空。

我不要拔地而起，

我要肤浅地掠过，

因为深刻曾经刻伤我的肉体和灵魂。

我依然是甘伯，

我征服过的土地换来一间美丽屋。

甘伯之地不是以疆土丈量的，

它是丰盛和炫目的诗句。

我的女人，

她吞下了我的病痛和荣耀，

熔了我的剑盾与铠甲，

甚至包括我的前生和来世，

她还需要什么呢？

难道真有什么更轻或更重的东西遗落吗？

一根金丝？

一道晚霞？

她要去拾时间中的音乐和戏词吗？

所有剧情我都可以倒背如流，

所有场景和道具我都了如指掌：

玛丽图真大街的鸢都花，

莫尼河桥头的小摊贩，

密昔居公园的桉树林，

柳叶女王街上粉白的墙，

还有苏耶跂摩时代的铃铛……

噢，还有矮房厕所里的杂志，

那张敞开皮衣的姬姗的照片。

她还要寻找什么呢？

难道要将革命时期盖过公章的号令

以及射向敌人的子弹也寻回来吗？

尹公子，英色丽和曼雅，

那是她的脚本，

却也留在我的台词间歇中。

Verrerie！

那里整片的玫瑰墙已经倾塌了，

飞越吧，

我的女孩儿！

你只有飞越起来才追得上时光，

你落下去的地方是荒野，

升起来才有曾经的长椅和喷水池。

我们在空中坐一坐那张大理石的长椅，

我躺在你膝头，

听你语焉不详，

任你翻弄我的头发如同翻江扬波。

没有什么遗失了，

连骨香和麝香都被我们捡起来藏入口袋，

只是如今我们在云端，在上头，

在别的空间延续戏本。

做一回我们自己的观众，

不在台上，在台下坐一会儿，

你竟担心这是散场吗？

离曲终人散还有好久，

我们要习惯于观演一体。

我是你的恩叔叔，

我疲惫了，

你不想陪我在幕间休息一阵吗？

在暗中窃窃私语，

在暗中抱香揉芳，

捏你的脚，

脱下你的香木屐，

钻到你的心窝子里去。

宝儿，妹妹，

我累了。

让我睡一会儿好吗？

我只想睡一会儿，

我这一路上在天上云被里昏睡，

不要叫醒我，

我们经过的地方我都晓得，都认得。

三绮露我也吃不动了，

米酒的醉意哪胜得过我此刻的睡意！

我只是想睡一会儿，

我不能一直死，一直死。

宋爱的诗·我亲爱的恩叔叔

一个果儿，本不想离枝，

谁叫你摘下它带走它？

它本不晓得汁液胀满将要溢出，

如今既溢出了便覆水难收！

甘　伯　记

我的爱情是满而溢出的，

不是由你召唤醒来的。

那摘我离去的，

究竟是命运还是我自己？

有一种力量叫作甘愿，

愿望如此甘美，

令人欣然前往，绝无反顾。

我回来不是反顾，

我不反顾那秋千、桂冠和针线，

也不反顾那堂上的光明，爹爹的宝物。

我记得与自己面对面的那时，

生疼也好，甘熟也好，

那么直截了当，

那么清晰无尘。

如今我看不真切了，

是中间多一样帘子，

还是有一面少却一丝？

起初我痴痴地望，

痴痴地笑，

我还没有用力呢，

212

就坠入情网，不能自拔。

如今我还不够奋力吗？

我自醒来随着我的情愿痴狂，

我有哪一处做错了呢？

你的旗徽尚在，

你的金册熠熠生光，

你曾经在台上我尽收眼底，

你今日在我囊中却遁形无踪。

我不是你的一件宝物了吗？

堂上的宝物与王的旗徽相遇，

它们放在一处就是好看的，

瑰珍的事物只因匹配而相惜。

你不是那甘伯地的王了吗？

男爵和他的女人不是王和宝物了吗？

一定有什么东西弄丢了！

龙血树还在呢，

所有肥的花瘦的花都在呢，

隆裕花园还在呢，

豆蔻林还在呢，

楼阁里的汉榻还在呢，

睿源寺的长廊还在呢，

雨季还在呢，

旱季也在呢，

怎么你就不在呢？

你怎么就不在这明媚的画卷呢？

你分明在我的囊中，贴在心口，

怎就不入这鲜活的长卷呢？

不是为了让情欲的匣子打开吗？

还有什么掩着的呢？

叫我尝过那惬意，

惬意啊，

真没想到有这么惬意！

这么惬意啊，

真没想到比惬意还要惬意！

这么惬意了，

你还没有惬意死，

你竟漂浮起来，

升到云上去瞌睡了！

那个站台我去了，

那个排队买三绮露的小店我也去了，

还有那片我跳车的林子

还有上丁的旅店，

还有那份《圣殿之声晨报》，

还有哈姆萨御苑，

甚至我走的冤枉路……

路边每一棵树，每一根烟囱，

我都认出来了；

天斧截山脉的盘山公路，

那双停在我们车窗上的红嘴鸟，

我都认出来了。

我检视了我的路程和内脏，

甚至发丝和体液，

我是完好无缺的。

我们没有弄丢什么，

我亲爱的恩叔叔，

我们没有弄丢什么，

是我一时多心了。

我的过往和当前，

都没有窃贼闯入，

也并没有不慎遗落珍爱。

我还是那个痴迷的女孩儿，

你还是那个肃穆的恩叔叔。

大概，只是生命行将老去吧！

噢，你是我的男人，

这就够了，

这就够了。

第十章

自赎

甘　伯　记

花园西边林子里的船，过去又过来，岸两边的桩子都重新打了好几次，拴船的绳索也换成了铁链子，链子头上加了一个大铁圈，只要将链子往桩子上绕几圈，然后再将铁圈往桩头上一套，船就泊住了。林间树下，一条曲径已被踩出，从美丽屋草坪延伸过来，在岸边断了，过了岸又接续上，弯弯绕绕，出了林子，又贴着一个坡上去，不到坡顶时又往一侧拐过去，然后通向洼地。洼地里的木屋被漆成淡蓝色，降雨和日晒令其斑驳；桦木搭成的围栏没有将屋子整个圈住，有一边是一片连着山坡的空地，地上支起两排晾衣架；围住的那一边，放养着一些牲畜，一头牛，一匹矮马，还有一些家禽；围栏那一侧是厨房，有烟囱竖在房顶上，生火的时候，炊烟冒出来，与洼地的湿气相搏，常常形成薄雾；没有围栏的一侧是两间睡房，一间孩子睡，一间女人睡——这是奇家的房，他祖上就建好的，他们姓奇的这户，在此地怕是有半个多世纪了。如今女人当家，两个大儿子在田里做活，一个女孩儿在家里料理牲禽，奇楚送去男爵府陪泪儿读书戏耍，又生出三个还没长成。

一日，辉恩往洼地去，下坡的时候看见有人在挥锄，像是要垦地新种什么。

辉恩走过去看，见是男孩，便叫他："杜乌，你在做什么？"

"我不是杜乌，我是里乌。"男孩回应。

辉恩总是分不清杜乌和里乌。杜乌是老二，个子矮小，里乌是女人生的第五个，是他辉恩的种，个头蹿得快，长得却与杜乌很像，都是母亲那种脸型。虽说里乌流着辉恩的血，但除了个子高些，其他地方一点都不像他。

"我在开一片菜地，趁着季节种下去，很快就有收成的。"里乌并不停手，也不看辉恩，只是回答他的问话，"大人能否搞一点芫荽的种子来？妹妹爱吃呢。"

妹妹叫荻玛，也是辉恩的种。还有一个男孩，两年前生下的，是最小的一个，叫曲英。辉恩一共与萝黎生下三个，里乌是最大的，就是那年在客栈埋下的种。辉恩一算，这已是第七年了，里乌今年七岁了，他近来三个多月没来，里乌看上去居然与杜乌差不多高了，原来他母亲已经赶他下地了。杜乌不是他的种，也不是奇云龙木的种，杜乌是萝黎与市长搞出来的。在辉恩做主前，领地是国王的财产，下面委员会的管理混乱而腐败，按理来说，每一个奴工都属于国王，未经国王许可，别人不可染指，奴工也不可为别人提供任何服务，但国王的领地太多了，根本顾不过来，像美丽屋这样的小地方，他甚至记不清了，于是托管的委员会就开始乱来，接待官员，额外差役，虚报收成，中饱私囊，欺上瞒下，无所不为。萝黎起初就是由委员会的人指使老板娘寻来给他们作乐的，她给客栈送过一次野薯，让秘书长看上了。后来市长下来视察，老板娘又叫她来服务。再后来她男人进大狱了，章大卫蒙所谓体恤奇家，不过是顺水推舟。她男人在的时候，她已经怀过两个别人的崽儿了，一个杜乌，一个奇楚，奇楚是委员会秘书长的。萝黎是出了名的尤物，中部省份的贵族和官员没有不知道她的，许多大人物到从绿春来，只不过为了搞一下她，她好像一道地方风味，来客们都要尝一下。从某种意义上说，没有萝黎，就没有绿春，就没有从绿春。绿春这个地名，仿佛是早先设下的预言，就等着这个时代出来这样一位春娘，成为这个市镇的邪恶之魂。

现在，国王将这地赐给辉恩了，他名正言顺做了从绿春的邑主，一切这地上的活物和死物，都是他的，包括这肥腴鲜丽的肉体，这人尽可夫而葆光不坏的美物。

他已按照敕令解散了原先的委员会，重组了新的邑主领地管理处，那些贪慕肥肉的王亲与大官，只好望洋兴叹，艳羡而垂涎了。

七年了，这么算来，奇云龙木快要释放回家了。辉恩知道会有这一天的，但他告诉自己，走一步是一步，他也不能与萝黎长久下去，只要她男人出来了，就将他老婆还给他；至于他的三个崽，当然他要有安排，只是他总是拖后，不想这日子就逼近在眼前了。

"我带来的还不足你们吃吗？你母亲是怎么想的，非要找点苦头让你们吃！"辉恩怒气上来了，他上前夺下里乌的锄头，拍掉他身上的泥污，一把抓住他的手，牵着他就往洼地的房子那边走。

辉恩本来是要免掉奇家的劳役的，但新法没有下来，做不成减免一类的事，只好给萝黎金钱，只是萝黎将钱藏起来，不舍得用，说还是让崽子们做事，崽子们大了，体力够用，缴得起田赋。如果只让管道工和恶官的崽子做，也就罢了，如今这活儿摊到他自己的崽子头上来了，这叫辉恩真的难过起来。他的崽不能叫他爹，带着做奴的身份不能入籍，这就已经够扎心的了，难道还要真的像奴隶一般为主子卖命吗？他就是他崽的主子，爹是儿的主子，儿是爹的奴，这叫什么事儿！

萝黎在厨房里做蒸糕，荻玛在一旁帮她。辉恩进去的时候虎着脸，萝黎一看就晓得来由，于是对荻玛说："去，到外面去，不要站在这里。"荻玛洗洗手，擦净，便出去。荻玛一走，萝黎便一把扯下内裤，令裤头垂落地上，撅起屁股，直朝着辉恩，头俯在灶头上，定快快的，一言不发。她晓得她的屁股是撒手锏，随时领着辉恩的脑袋走。果然，这肉一露出来，男人的怒气就被阻了。起初，他想别转脸去，却不经意瞭了一眼。这女人那年在客栈初遇时，已经三十好几，身子甘美腴丽，如今尽管生了好几胎，除了产道熟润些，其他地方竟并无衰相，已然四十出头了，照样风流淫靡。这身子略过也就罢了，偏要看进去便拔不出来。那些青葱的，倘不先污亵了自己的念头，实在令人怯其生涩而止步；这四十出头的女人，长着二十出头的身子，秘处血气充盈，虎视眈眈，反倒叫人邪念丛生，欲罢不能。辉恩叫自己不要看不要看，偏就看了，甚至往细密处究竟了；又寻出借口，说就再做一次，最后一次，反正图个乐子，不如什么都丢开不管了，先一路到底，再做主张，又何妨呢？于是，扑通跪地，凑上去，两人在厨房的柴火堆里翻滚，先是女人呼天喊地，接着男人又做回小孩子，女人不停拍着他屁股安慰，直将他哄睡了，寻来一张毛毯将他盖了，起来将自己身子收拾干净，又转头去灶边给几个崽儿蒸糕。

晚饭的时候，大家坐在一张大桌子前一起吃。辉恩坐主座，萝黎坐在最下面，几个孩子两边排开，屈乌，杜乌，莎莎，里乌，荻玛和曲英，一共六个孩子。奇楚不在，去了美丽屋，他是老四。老大是屈乌，二十出头了。莎莎是老三，是女孩儿，也有十五六了，比泪儿稍稍大一点，泪儿这年也快十五了。除了辉恩，萝黎和孩子们都穿得花花绿绿，衣裳都是崭新的，都是辉恩从绿春市的大商场给他们买来的，城里人穿的那种时尚品牌的服装，不过，穿在他们身上并不合适，像是借来的，偷来的，或者受人救济赠予的。他们的神态气质，既不是城里人那么明快不紊的，也不是贵族那么端庄洒脱的，他们是庄稼人，与旷野打交道的人，身子骨自由奔放，却不得不套在几样固定的模式里。

辉恩与他们穿得不一样，沾着稀泥的旧靴子，磨破肘膝的呢衣裤。他每每来时，总拿着一根挂棍，本是镶金的黄杨木手杖，他用来挑一个大包袱，不知怎的就裂了，看上去像是别人遗弃的破烂货。他的包袱是一张旧毛毯，用久了边缘都脱线了，有一两处还撑破了。他这副样子，看起来像个吝啬鬼，也像一个不怀好意的过客。

他自己穿成这样，却给他们买新衣服，是为了自己靠近他们，又令他们靠近自己。结果，不伦不类的，与领地上的人都合不到一处去。人们见了他们，看主子不像主子，看奴才不像奴才，都躲瘟疫似的，离得远远的。

晚饭有土豆炖肉，烤鹅，发面饼，许多蔬菜和野荸子汤，这些大多是屈乌杜乌从田里和野外弄来的，也有莎莎和萝黎在畜栏里养的。因为主人来了，又添了酒。酒是辉恩拿来的，美丽屋酒窖里藏的法国干红。他们将辉恩看作主子，看作王爷，凡一家的命都是他赐的。萝黎也是这么告诉崽子们的。所以，主子与娘做爹做的事，他们也不觉着丢人，还满心感恩，心里都认他作爹的爹。周围的农户和场工，看他们也不一样，多少看他们高人一等，虽同是做奴的命，这家偏是得了恩宠的，可以随意一些。人的眼光，对着他们，含着羡慕与嫉恨，与他们隔着一层。有时那些周围的孩子们不懂事，会拿些石头和泥块掷他们，大人们见着便惊恐万分，又上门来赔不是，甚至还有跪倒在门前求饶恕的。有头脑的长者会对人说："离他们远点，这家妇人不三不四的，成何体统！"

饭菜的味道浓郁而爽野，佐以佳酿，大家都吃得很香。饭后，萝黎与莎莎、里乌一起收拾桌子，屈乌与杜乌拿着主子带来的雪茄在一旁学着点燃，荻玛和曲英绕着辉恩玩耍，一个骑到他肩上，一个坐在他膝头。这也是一家子，旧时的王爷在自己的领地里，常常有好几处这样的乐窝，一个女奴，一群奴崽儿，又一个女奴，又一群奴崽儿，与兽群一般，只多挂了遮羞装饰的丝麻罢了。辉恩作为奴隶的王爷，大可以买来幼妇，尽情这么玩乐，然而他占了别的奴的妻，主子占了奴才的便宜，偷着奴才的腥，这是不合规制的，即便拿到王室的台面上，也是见不得人的。又有什么办法呢？他这时起身走吗？忽然将这家的欢乐与慰藉抽走吗？他是这房屋的柱子，他的一半血液已融入这群可怜的活物。主即奴，奴即主，主奴在生命和命运里已然难解难分了。

"我给你的钱还少吗？不够你在家闲居饱足吗？"辉恩进到女人的卧室，靠在一张躺椅上，等着女人为他洗脚。

"大人给的真不少，只是我不能全花了。我要积攒起来将来用，将来大人会给我们释放证，我们一家去别的城市做自由民，需要钱呢。"萝黎答道，"大人不会一直与小的们在一起的，我们以后远走了，都要靠自己的。"

"我的崽子你也带走？"

"大人想留着，也好呢。我是怕大人不好管教，府上的人对他们不好也未准。"

"你让里乌下地，算是对他好吗？"

"我哪一个崽不做活呢？我怎么对前面的，也怎么对后来的。"女人说话时，莎莎端着木桶进来。

莎莎穿着短裙，光着脚，头发挽得很高，穿一件蓝的绸背心，乳房还没长饱满，乳头挺挺地顶着薄衫。这副样子，与她娘初次在客栈出现有几分像。辉恩从她身上移开视线不看，觉着女孩儿大了，多少要避嫌。

"爷，娘叫我替你洗呢。"莎莎说道，便去脱辉恩的鞋袜。辉恩往回抽了一下脚，又勉强伸过来。

他的脚上都是病，以前打仗走山路，骑马，蹚水，烂了又结痂，结痂又生湿疹，如今层层脱皮，趾甲也干涩脆裂了。辉恩是不想在这么清秀的女孩儿面前露出丑态，这是一双伸向萝黎怀中求安慰求治疗的朽足，不是可以在青春的面前裸露的。他的肉体，与莎莎在一起，相形见绌，那是残缺与完美对照，那是衰败与生机对峙。他显得多么可怜，像一个乞丐，还要硬扛着做爷的名分。他觉得自己卑微得无地自容，他怎么好意思在丰盛的生命面前逞强？

然而莎莎似乎完全不在意这些，她捧着他的脚，直接就贴在滑润的肚皮上。女孩儿服帖，周到，细致，唯恐自己做得不好，令爷生厌。他是萝黎的爷，也是这女人的崽儿们的爷，他在他的领地上，无论走到哪里都是最大的爷。他不晓得是什么力量让他在好的坏的丑的美的面前都至高无上，哪怕水嫩无邪一尘不染的女孩儿身子都比不上他这双烂脚吗？他的贱甚至在她面前都是贵吗？这是什么法则呢？这就是命运吗？

萝黎走开了，辉恩不知道与莎莎说什么，直到莎莎不小心将他趾缝里弄出血，他也不吭声。他只觉得她的手温软，她的心意匍匐，他起初可怜自己丑弱的心转而可怜起这个女孩儿的单纯专意。他有点想哭，他又无力悲哀，就这么昏昏沉沉睡去了。

他的脚修了，揉了，在烫水里浸了，又被擦干了，他半梦半醒地被移到床上。萝黎进屋来抱着他，随手将灯熄灭。暗中，他看不见月光。宋爱在暗中是月光，萝黎没有光，却有热气，团住他周身，如儿时的棉被覆盖他，温熏他。他在肥腴的女人垫子上躺卧，无比舒展。他所有的血管里都钻进舌头，每一处黏膜都被舔舐一番。他的软处被极耐心地呵唉呵护，痒痒的，渐渐滚烫起来，直至撇下一身的疲苶独立出来。又有软顺滑润的外围罩着，怎么罩着罩着又紧缩起来？好像有弹力的橡皮套抽吸着……他感觉到生疼，玻璃瓶嘴将他套牢，仿佛又有蛇嘴将他啮咬……他一阵难过，哭出声来。这声音怎么是一个男婴的？又像是一个女孩儿的？他在痛中被削成一支箭，搭在弓弦上被反复拉扯，直到他由一股失控的猛力被弹射出去，飞到老远，这便空荡无边，不知身在何处，死死地沉睡了。

迨他醒来，日光已经充满卧房，他睁眼看见一个女孩儿趴在他胸前睡着，她的大腿还跨着他的下身，太阳照在她屁股上，那是莎莎，而萝黎背对着他，也卧在一侧。三人都是光光的，互相肉贴着肉，没有一丝汗，身子难得那么爽利。他惊倒了，终于哭出来。他回想起夜间的感受，原来那软顺滑润的是娘，那紧紧的瓶嘴是女儿。这叫他想起在大城的日子，母亲带了陌生的男人来，也让辉吉安睡在一旁。他现在就是那个陌生男人，就是那个他憎恨并激起他志向、不惜以武装的方式去剿灭的男人，所有那样的男人！他如今怎会是他们中间的一员？

辉恩匆匆吃过早饭，收拾起他裹包袱用的破毯子，拿上他开裂的黄杨木拐杖，一言不发地走了。他回头往围栏处看一眼，见莎莎从矮牢里赶出几只羊，她夺拉着一件破洞的斜纹布短衫，那衫的颜色已褪去，淡淡的，与羊和屋子的灰淡融作一处，甚至她的脸色和发色也与乡野的颜色分不开，她也是一头羊，直立的羊，与身后的羊一道都归在他的仓里。而他，昨夜进到羊的身体里，这会儿出来了，人模人样的，踏上人走的路。羊归羊，人归人。你睡过一只羊，你就不驱赶这只羊了吗？

他朝坡上走出半里地，萝黎追上来，提着一个笼屉，道："新蒸的糕，你带去给奇楚和你的娃吃，盖着不透风，走到家该是还热的。"

辉恩接过笼屉，本想不理她就走的，可是一触到提手，感觉到热度，竟动了心肠，道："我与你在一起，总还有路折回去；你叫莎莎伺候我，让我万劫不复啊！"说罢，他嚎啕大哭起来，手里的笼屉掉落在地。

女人无话。

他便发狠，一脚踢开笼屉，蒸糕洒了一地，又将裹包袱的毯子撕裂，举起他的黄杨木拄杖朝路边的树干劈去，直将那拄杖劈得只剩下镶金的柱头，最后拿柱头向女人脸上掷去。

女人歪一下脖子，避开掷向她的柱头，仍然无话。

辉恩于是躺倒在地撒野，翻滚，蹬踢，将地上的积土扬起，搞得遮天蔽日。他是要女人来安慰他，疼惜他。然而，这一次，女人一动不动，任他颠狂。

他颠一阵，渐渐平静下来，缓缓支起身子，坐在地上哼唧。

女人上前揪住他头发，一个巴掌抽在他脸上，又一脚踢在他肩颈处，将他蹬出去，道："你个杂种，狗不如的东西！你与一只母鸡配种，能生下什么？鸡生下的蛋你不吃吗？你不打在碗里炒了吃吗？别的种你的种，生下的都是蛋，还能是别的什么吗？都搅在一起，和在一起炒了吃才好！你想放在筐里沤臭吗？臭了，烂了，扔掉，好过吃下去吗？你有你的命，我们有我们的命。你有本事不要作奸，你作了，生不下人崽儿，只是蛋。你不能可怜可怜莎莎吗？她的肉也发芽了，夜里自己睡在被窝里发痒呢！

我做你娘，也做你狗，要怎么就怎么，你不能顾惜一下我的崽儿吗？她是爷的蛋，她兄弟敢吃吗？那些田里做活的野汉子敢吃吗？你不吃，谁吃？你忍心看着这蛋生虫发霉吗？"

"我偷了奴的女人，再偷他的女孩儿吗？"辉恩爬过来说。

"偷都偷了，不如一路走到底。"

"你这意思是说，将来我还要将获玛吞下去？你个恶婆娘，你禽兽不如！"

"山里的鸟儿虫儿是自主的，我们田里的牲畜是套着枷的。"

"我不是答应给你们卸下那枷的吗？"

"那还有时日呢！先做一点好事吧，对我们好一点，求求你了！"萝黎跪下，突然哀求道，"莎莎也归你了，向你多讨点钱，日后去城里给我的男孩儿你的男孩儿买女人。"

"你究竟是为了她身子发痒，还是为了钱？"

"都为呢，我的老爷。行行好吧！"

这下辉恩无语了，他挥挥手，示意萝黎快走开。女人不动。他便点点头，捂着胸口，意思是明白了。他再挥手，女人还是不动。他便拾起一块石头，朝女人扔过去，正扔中她的奶子，女人疼得脸色煞白，忍了一会儿，拔腿就跑。

萝黎走远了，辉恩垂下头，身子瘫软，一时站不起来。

"我为什么得了爱情呢？我不如不要了，我守不住这爱情！上天啊，你将爱情从我这里移开吧，让我一路烂下去，过完残生吧！要么，你再添我气力，叫我从这噩梦里醒来，让我回到我的女人那里，从此不分离。我到底是欠了谁的债？是欠了我心爱的，还是欠了那些做奴的？我是欠了你的债吧，上天！我怎么才还得清呢？"

他就这么向天呼救，向天祷告，长久地不起来。

老板娘为萝黎的事向章大卫蒙抱怨："她如今千呼万唤也不来了，我这生意快做不下去了。"

"你不是还有南方来的那些姑娘吗？"大卫吃着茶，每日都一样，在午后小憩时来客栈坐坐，"那些更年轻，更水嫩。"

"谁不是为了那娘儿们来的呢？没有她，就好像没有主菜。"

"那你真该去跟大人诉苦了。自从邑主管理处成立后，他是名副其实的领主了，这地上每一样东西都是他的。你能拿他的女人出去做生意吗？"

"那是他的奴的女人，一个尊贵的爵士可以占着他的奴的女人吗？这成何体统？"

"你不会要求我以司法权起诉他吧？他修立的新法上星期已经下来了。国王亲自下的旨，几乎一条未改，下个月就可以实施了。你知道这意味着什么吗？这意味着司法的终裁权在他手里，即便按他的新法做的最后判决，他想否就否了。"

"难道日后领主可以随意睡农奴和奴工的女人了？"

"你难道没有让别人睡国王的女奴吗？市长大人，秘书大人，还有侯爵的公子，这些人偷国王的女奴，你不是胁从犯吗？按宪政的法律和王室的旧例，深究起来，你算拉皮条，胁从盗窃，二罪并罚。"

"偷窃是一回事，占着农奴的女人是另一回事。"

"天哪，你什么记性！难道你办那些事时，萝黎不是管道工的女人吗？"

"那个管道工回来了，我看他怎么办！"

"他快回来了，按刑期，今冬就到日子了。不过，他在里边犯事，或者还要加刑；也难说，他服役卖力，或可将功抵过，提前个把月回来。"

"这下如何收拾？"

"你个看人险的恶妇，真不是好东西。大人仁慈，已几次三番与我议过，要释放奴隶呢！"

"他要给管道工一家复籍？"

"都好几百年前没籍的，哪里找得回来原籍，怕是要新造籍。多年以前，议会有人提出《减少王室贵戚封地并试行全国土地改革案》，陛下率先支持，他废除了北方十六处封地，释放了领地上所有的农奴，当时就开了新造户籍的先河。所以，男爵倘释放管道工一家，尽可以让他们选择居住地，登记新的户口。"

"我脑子都快乱了。这是什么事儿！男爵与萝黎生的三个崽儿，将来也作为奴籍废除了，再去做自由民吗？你说他会留下他的崽子，还是会交给那个女人养？"

"你个碎嘴婆子，总爱嚼舌根子！别忘了，大人一直厚待你，他起先免你三年房租，后来又无限期免除你的租金，这还不好吗？"

"租金是免了，如今守着这一大片空房，一周三个住客都没有。我拿一个宝贝去换一座空房，生意交出去了，房子管什么用！"

"说的也是，眼下王亲和官员不来了，那些随员和跟风嗅味的也不来了，连锯木厂的订单都少了，交割、官司和杂务都不及以前繁忙了。这镇上冷清了许多。不想，我们碗里的饭原都是那个女人的屁股赏的。"

"往后怎么办呢？你得拿个主意。"

"这事关键还在大人。我要与他谈谈，看如何激发一种新的需求。需求是一切消费的前提。"

就在章大卫蒙与老板娘说这番话的第二个月，宋人的中秋节前一天，奇云龙木回来了。镇上的人看见长途车停靠时，车上只下来一人，那人脚蹬一双芒鞋，披挂着一条毯子，头上戴着尖顶的毡帽，挑着一个不大的木箱子，在站牌下的木椅上坐了一会儿，抽完一支烟，然后起身朝农场方向走去。认得他的人说，云龙苍老了许多，去的那年很强壮，腰板挺挺的，回来时已经佝偻，满脸都生着被刀刻出来的皱纹。

在这天之前，辉恩还去过洼地三次。最后一次去的时候，他发现莎莎的屁股胀出来了，比之前大了一圈。她就这么熟了，她的果儿也胀破了，汁液满溢出来流到外头，连那些公羊和公牧羊犬都嗅到了。羊儿跟她跟得紧了，那犬直往她身上蹿，那些与她接近的牲畜，凡公的都对辉恩有了警觉和敌意。女孩儿是雌性的，这个地上阴性的事物，但凡涌动起来，都有相似的能量，它们彼此呼应，不可分割，比如，月亮、野蕈、井水，某些作物和矿石，而它们的涌动必然激发阳性事物的不安。莎莎的兄弟们也不宁静了，表现得荒唐可笑。

萝黎说："爷尽可不管那些小子们，他们可以去偷别家的闺女、娘儿们或者寡妇，这是不犯规矩的。"

"你如何知道不犯规矩呢？"辉恩问道。

"主子有什么不适吗？"

"并没有。"

"这就是了。主子手下的女人都是主子的玩意儿，别人碰不得。男人就是另一码事了，他们自觅食，没有人会说话的。"

辉恩这才感受到一种千古之力，无法抗拒，也难以超越。他告诉自己，不如顺服吧，等萝黎的男人回转了，这力就会推他到别处。人陷在这力里，人其实就是这力的产物。人似乎从起初就被罪恶缠绕，没有人靠着自己的力量可以挣脱。人所能做的，或许是赎买，补偿。他想起那些农奴制时代的作家，他们都是农场主，与他一样，深陷在与女奴的情债中不能自拔。他们中自省的，出来鞭挞农奴制的罪恶，更激进的，也骂自己，说自己是这个制度的一员，也逃脱不了罪责。可是，这又有什么用呢？不论是农奴制的罪恶，还是作为农奴主的罪恶，一切自省和批判实际上都指向了制度，那么人呢？难道不是人定下的这制度？辉恩更深刻地追查到人本身的罪过，即不论你在何种制度中，类似的事情都会发生，罪孽并不因社会原因而改变，只是变相为一种形式，成为更复杂、更堂皇的借口。于是，他决定惩罚自己，决定拿自己的钱财、所得、健康、幸福等一切优越于他人的东西去赎买。他甚至觉得他不配获得爱情，不配让宋爱这么姣好的女子不恨他。

他将莎莎领到美丽屋，在正午的阳光下脱了她的衣服，在草坪上，在众目睽睽下作践她。

莎莎紧抓住他的脖颈哀求道："爹爹，求您给一匹布吧，好叫奴儿遮羞。奴儿的身子也是身子，不愿叫下人们都看了去，他们那是占尽爹爹的便宜。"

"你记住了，你爹爹是一个坏主子。他玩够了你，损坏了你，还要将你卖到妓院里去。"

这时候，章大卫蒙也在厅堂里看见了。这个正午，光天化日之下，美丽屋花园的每一袭窗帘后藏着多少双注视的眼睛！

"我等着众人拿石头砸我，废了我的爵位。你们都看见了，你们将我告到国王那里去吧，说这个恶棍白日宣淫，主不主，奴不奴，罚他下地狱吧！"辉恩赤条条站着，朝着四周喊话。莎莎在他脚下蜷缩着身子，狂乱地抓来草掩一掩。她不晓得发生了什么，她只晓得自己被主子毁了，已经全无人样。她开始啃草，拱土，像一头野猪一样翻滚。

"大卫，大卫，你过来，别躲在窗帘后面，我知道你在看呢！"辉恩嘶喊着，"你不是要激发什么新的需求吗？这还不够吗？我将这女奴给你，你领到老板娘的客栈去，好叫四方的老爷大官来玩她。她不比她娘鲜嫩些吗？就说是我允许的，千人可骑，万夫任压。"

辉恩说着，抓住莎莎的头发，一把将她揪起，令她的全身白肉展现在众人眼前。这还不够，辉恩又拿鞭子抽她，一鞭一道痕，边抽边喊："大卫，大卫，你还不出来是吗？你不出来我就不停手，直把这人抽死为止！"

大卫不得已，神色慌张，拿着一张毯子从屋里冲出来，将莎莎裹起，扛在肩头，背到下人的宿舍里。

辉恩赤身坐在厅堂上，身上还挂着莎莎的血丝。他喘着气，大汗淋漓，快要虚脱。佣人赶紧拿一件大衣披在他身上，他一手扯开。直到宋爱靠近他，他才转怒为悲。

"布恩，我可怜的布恩，你病了。一早你好好的，之前也好好的，一直就好好的，怎么突然就病了呢？"宋爱指示佣人将孩子们带走，一人走到布恩边上，为他擦拭脏物。

"我是个龌龊的人，我不配与你在一起。我现在非常难过，我恨这里的一切，花园，草坪，娘们，章大卫蒙，老板娘，那些晚上的月亮，甚至我所有的孩子！我连空气都恨上了！你们谁，拿把刀子把我捅了，我倒安息。"布恩从宋爱手中夺过杯子，将水一饮而尽，"为什么要有爱情？我得了反倒不能跌倒了，不能走错，一步都不能错，错一步它就消失了。如果没有爱情，我是否就不恨这些？因为有了爱情，我恨这些到底就恨到自己头上？恨我吧，恨我吧！你们所有人全都恨我，是否就赎了我的罪，让我回到原初的起点？你恨我吗？"

"你病了，布恩。"

"你只会说你病了你病了。我没有病！我好着呢！我还能把那姑娘连着干三次，干得她忘记羞辱，忘记鞭痛，直呼爹爹，求爹爹不放过她。我这么干，不招你恨吗？你以为我疯了才这么干？我每天都这么干，把人家处子之身不当回事，轻贱她，欺侮她，好像只有你是人，其他女人都不是人，只是我现在让你们看见我的另一面。我还不够混蛋吗？"

"我起先以为那些女人都是些药，种在我们农场里，为了给你疗伤，不想她们都是毒药，把我的布恩身体搞坏了，精神搞垮了。你一直是一名威武的骑士呀，你不能倒下啊！我去给你拿铠甲和剑盾，那些东西还跟以前一样，闪闪发亮。"

"可是我不亮了，我暗了。哪有一个武士不怜恤穷人的？其实我一直很骄慢，一直眼里看不到他们，我只看到你，看到我自己。一个宝儿，一面旗帜。我不当他们是人命，之前那样摆弄他们，如今这样摆弄他们。"

"可是你说过，'诗是升华呀！那恶中开出的花儿也是花呀'。你不是疼惜米尧吗？"

"我忘记我说过这些了。他来了，又走了。只有他有怜恤，我只是他的口，他借我说话。我曾经看见过下流，可是我以为那不是我，我是高贵

的，我和下流的人不在一处。其实我是下流的，我害怕高贵，因为高贵我
不能下流。高贵于我而言是一种病，如果说我病了，是早先前病了，我曾
因那高贵快要病死了。"

"他是谁？"

"那只鸟，红鸟。"

"那么，你不是因战败而要赴死，你是自己快要病死了。你的意思是
说，当初不如我就送你去死？"

"还不如当初就死掉算了！如今要活下来，活下来竟这么难！"

"爱情总不叫人死吧？"

"'爱情如死之坚强'，现在我懂这话了。"

当晚，老板娘就寻来邮务所的马车，拉着奄奄一息的莎莎去客栈。

当晚，马道旁的灯柱上燃起了火，将整个园子照亮，远近的人们都看
见了，好像白天的事根本不存在。那是情人的精血之火，从绿春的人都知
道，那是主子交欢的欲火，正如章大卫蒙写的："那高擎的灯柱又燃起了
欲火，尊者与佳人的身躯推动着风箱。这是天神的儿女降临吗？彻夜明亮，
通宵达旦！花卉和嘉禾也受到鼓动，冬日的风被推得远远的，在邻省的地
界边驻足叹息……"

第二晚，火炬复燃。

第三晚，火炬准时点燃。

第四晚，火炬照常点燃。

第五晚，火炬越烧越烈……辉恩忽然从睡中醒来，他看见窗帘被映红
了，起先，他以为是早晨的霞光，但窗外传来了嘈杂声，细听有尖叫的人

声，还有牲口的嘶鸣声。他起床，走到窗边，打开窗，他震惊了——狂风四作，砂石飞扬，整个园子全被火焰吞没了，所有的灯柱上都燃着火，火顺着柱石蔓延下来，有火球在草坪上滚，所有房子都烧着了，佣人们四处奔跑，马厩里的马逃窜出来，人们绝望地呼救。忽然，车夫指着草坪中央的主柱大呼："看，天哪，有人坐在上面！"

"那是管道工吧，前些天我在公路上见过他。看他，戴着尖顶帽。我认识他。"有人认出了奇云龙木。

果然是他，还是那身穿扮，脚蹬一双芒鞋，披挂着一条毯子，头上戴着尖顶的毡帽，与他回来那天刚下车时穿得一模一样。他定定地坐在柱子上的灯盘中心，对天啸歌，歌词难以听清晰，像是偈语，又像是古老的毒咒。他唱完这些，忽然划亮一根火柴，目光注视着火苗，然后往膝头一扔。顿时，火舌从他膝盖蹿起，腾地传燃到四周，又贴着灯柱冲下来，将整个草坪淹没。这是汽油被点着了。美丽屋的灯柱下的匣子里盛满了汽油，这汽油是由从绿春镇上的加油站通过管道输送过来的。他将所有储油匣子都打开了，又将花园四处的管道都扎破，趁着夜间人们熟睡之际，放油漏出来，渗透到庄园各地。

这火势太凶猛，不久就将整个美丽屋吞噬了。火焰在狂风中向树林方向飘去，渐渐将大片林子烧毁，整个农场的森林都陷入火海，直到天斧截山脉主峰的半腰。大约一个小时后，传来几声巨响，然后是更大的炸裂声。这是管道炸开了，最后加油站也被炸了，从绿春的人家也没逃过劫难。

这一夜，从绿春镇和美丽屋花园，以及周边森林、农场，都被烧成了灰烬。

第十一章

租客

人在平常中，碌碌昏昏；人遇事逢难，则思忖命运。所谓命运者，天命时运也。人，受命于天，置身于时空中。宋人的先知说："为不为者人也，遇不遇者时也，死生者命也。"这话的意思是，人在造物主的定律中有自由意志，做事遇时运遂人意，生死却由不得自己。古时候的圣人以为，不知命，无以为君子，君子一生于日常中静候天命的召唤，而小人却冒险去挑战命运，侥幸存活。那些坦荡而勇敢的人说："富贵倘能求得，即便替人牵马，我也情愿；如果求不来，不如遵从自己的爱好。"当人难测其命时，做什么都是徒然的，唯有顺性而忠于趣癖，可享平安。向神祷告的人，常以这样的祷词结尾："荣耀归于天上的神，平安归于地上的人。"

上天在日没之地，将命运交托三个女神执掌。她们的名字是克罗托、拉克西丝和阿特洛彼斯。第一位纺织生命之线，第二位衡量生命之线的长短，第三位切断生命之线。

上天在北方极地，将命运交托诺恩三姊妹。她们的名字是沃德、维尔丹尼和斯考尔德。在沃达尔生命之泉附近，有一棵生命巨树，她们一边浇灌这树，一边替人们罗织生命之网。她们依次代表过去、现在与将来。她们还饲养了一对天鹅，常常差遣天鹅飞向林中湖泊、江河溪泉，以双翼扬起清波，将未来的信息警示凡人。世间每人的命运之网都由她们编织，从东方高山之巅直达西方深海渊洋。网线如同毛线，色彩随时变幻，倘其中一条由南至北的纵线忽然变黑，那人就必死无疑。三姊妹按照天定的铁律行事，只是庄严地歌唱，传达天意，并不自作主张。沃德衰颓而疲惫，常回首张望，仿佛对什么念念不忘；维尔丹尼性情直率，目视前方，活泼而勇敢；斯考尔德戴着面纱，深藏娇容，从不以真相示人，她脾气古怪，常常将快要织好的网扯得粉碎，抛到空中随风飘散，令世间祸兮福倚，福兮祸伏，令众生雄中有雌，荣中有辱，白中有黑。

上天在红海之滨，将命运默示先知，垂下神谕，世人从经书中窥见真理。

上天在中土之地，使命运显现在龟甲、兽骨上，又创造文字，埋藏玉脉，以天文地理垂象示意。

那些顺从命运的人有福了，安然了，那些违抗命运的人有祸了，颠乱了。八百多年以来，人们在日没地挑战命运女神，企图扼住命运的咽喉，在日出地闭塞视听，辜负了春花秋月。静候命运的君子死了，剩下那些侥幸冒险的小人。这就像员工从公司跳槽，想到外面去自立门户。从上帝的公司里出来，凭着自由意志想独揽命运之神的一切活计，自纺线，自度量，自切断，这要多大的工程才能另起炉灶、重铸真理？人的智慧和盘算可以替代宇宙铁律吗？一个人的一生是局限的，万万人的万万生难道是无限的吗？一切具体加起来并不等于抽象，相对的事物层层叠加也难以覆盖绝对的唯一。结论是什么呢？结论只好是否定绝对的唯一，说这世上没有绝对，没有唯一真理。不这么说，如何维持下去呢？叛逆的人不想回头，证非为是，一路走到黑。然而，人的悲剧不是为非作歹，人的悲剧是先是已然，已经有为你全赎的人走到前面，在终点等着你。

那日傍晚，夕阳落下去时，绿春市里的许多人路过甘霖河岸，看见芦苇丛中有天鹅飞来，扑起河中的逆浪，水顿时向上游倒流。当晚，风暴就来临了，大火一夜之间吞噬了从绿春邑。

　　辉恩从一条路上走来，路上并无行人，也没有车子。空荡荡的路直通薄暮下的远山，路两旁竖着被雨水淋湿又被烈日晒干的电线杆，黑魆魆的，木头都裂开了。电线上有斑鸠鸟儿栖立，这里一堆，那里一堆，好像故意聚集来看他。辉恩觉出鸟儿嘲讽的眼光，它们不怀好意，似是要看他笑话。日头正直射着路面，周遭的水汽蒸发得很快，他干渴难忍。显然，周围没有人家，没有商店，也不见路旁有沟渠，他寻不到一滴水。他只好加快步伐，看能不能尽快靠近山脚，寄希望在那里遭遇一点人烟。

　　他昏昏沉沉，几近瞌睡。他不知道是因为饥渴而体力不支，还是因为疲惫而困意难挡，反正他快要瘫软了，眼睛也开始模糊，景物渐渐失去了色彩，显得灰黄灰黄的。突然，有一点明绿和艳红映入眼帘。他想，不是没有色彩了吗？这绿与红何以那么跳跃而强烈？啊，看来不是眼睛模糊了，是路上的景物真的失色了。那红和绿究竟是什么呢？他加紧了步伐，走得气喘吁吁，几乎要跑起来。终于走到跟前了，原是一辆自行车横在路中间，有女子身着明绿薄衫，脚蹬艳红凉鞋，骑在上面。他看不分明那女子，一会儿清晰，一会儿模糊。他努力聚焦，可是眼球不听使唤。于是，他小心绕过去，绕到女子的前面。不想，那女子将自行车掉个头，又越到他前面停住，横在路上，拦住他。

　　"叔叔，你又不认得我了吗？我是米尧。"那女子突然发话。

　　辉恩听是米尧，心里一怔，遂停下脚步，道："真是米尧吗？你怎会在这里？"

　　"我是来拦你的，你不要再往前去了，这路是通向地府的，你快快回头吧！"

　　"你怎知是通向地府的？你是从地府来的吗？白日当空，我能遇见鬼吗？"

　　"你快回去吧，回去是生路，向前走就是死路。"

　　辉恩再要说话，忽觉眼前一黑，像是眼帘被关闭，什么也看不见了。

　　他心里一紧，再睁开眼时居然看见了另外一幕。他躺在沙岸旁，一群人盯着他看，七嘴八舌在议论。他们说的都是他听不懂的外国话。

　　他被送到医院，警察和移民署的人也来了，后来派来了翻译，他才知道他身在浯国境内。他通过断续的回忆，在回答浯国官员的询问中，终于将事情连接起来。那夜美丽屋花园起火，他送宋爱去地下密室躲藏，返回上来正要去寻泪儿时，房梁忽然坍了，有佣人见他被压在木柱下，过来将他救出，并背负他冲到屋外，往草坪一侧林子边避火，突然有东西爆炸，巨大的气浪将他甩出去，他坠落河中，他记得入水时他抓住了船绳，然后就昏迷了。河水将船和他冲到甘霖河的中游，又到下游，下游处甘霖河进入大海的一处洋湾，实际就到了浯国的边境。他被海浪冲上沙滩，烈日当空，把他烤醒。

　　在浯国的医院住了两个多月，他恢复了健康，又通过一系列外交交涉，终于返回绿春市。他去市警署了解火灾，他没有在案卷里幸存者的名单中找到女儿和宋爱。他在一切可能的地方寻见一切知情的人打听，结果什么收获也没有。宋爱和辉芝宇没有下落，也没有人见到她们的尸体，或者说，一处封邑的毁灭，已无从查清许多人的生死，他的户籍下大部分的人都被标注"失踪"。

他回到美丽屋花园，见满目疮痍，遍地焦炭，劫后烧死的植被一直延伸到绿春市的边沿。章大卫蒙呢？老板娘呢？他的那些农奴和奴工呢？一个他熟悉的人都寻不见了。他唯一能做的，就是以极低的价格变卖这片焦土。另外，就是在警署留下联系方式，等生还的人和知情者找上门来。他找报社和电视台向王国全境发出寻人启事，可是杳无回音，石沉大海。

他现在除了卖出这片封地所得的金钱，别的什么都没有了。女人和孩子不知身在何方，以往生活中的储物和用品都化成了灰烬，甚至连王室封下的爵位也没有了——如果失去了封地，按王国的惯例，封号也自然勾销了。他根本没有什么行装，他只是穿着浯国人给的救济衣裤，两手空空地就登上了火车。他能去哪里呢？他只好北上去大城，那唯一能倾诉的只有蓝茵姐姐了。

蓝茵住在王家屯七号院，这里是大城北端古城墙遗址边的文教省宿舍。她觅到了一个好丈夫，是文教省歌剧院的音响工程师。她生下三个孩子，日子过得还算平稳。

辉恩到蓝茵家时已经夜里七点，蓝茵的丈夫还没有回家，因为剧院晚间有演出。

"哎呀，你来得不巧，我们刚刚吃罢饭。你想吃点什么，我去厨房做。"蓝茵对辉恩说。

"最好有点三绮露和米酒。我好久没有吃到三绮露了。"辉恩道。

"这里是北方，糯米不怎么好，我试着做一下吧，也有好久没做过呢。"于是，蓝茵就下到厨房去做三绮露。

辉恩与她的孩子玩，孩子问他有什么礼物带来吗，他两手空空，心中愧疚，他并不知道蓝茵已经有孩子了。他答应明天去街上买一些玩具来，他详细问过三个孩子各自喜欢什么。他与小孩子在一起，想起了自己的孩子，泪儿，里乌，荻玛和曲英，他也有四个孩子了，可是，如今他们在哪里呢？他在警署的案卷里看见他孩子的名字，边上都注明"失踪"，这意思就是生不见人，死不见尸。他忽然觉得自己就是一切灾祸的源头，他是一个造孽者！作为甘伯的他死了，战争中无数家庭因他而失去丈夫、儿子；作为男爵的他也死了，浩劫中整邑的人都葬身火海，甚至天斧截山脉中的野兽也成群成群烧死了。他看见案卷中有事后的侦勘照片，那些野羚羊在悬崖下蜷缩成一团，头骨和腿骨凌乱地纠缠在一起，那是躲避烈火又冲不出烈火的挣扎死相，还有森林中的一只巨鹰，它的翅膀烧焦了，可是喙中叼着雏鹰，似乎在做最后的保护。而他呢？无耻地活着，却没有护住自己的女人和孩子，他们至今下落不明，死生未卜。岂止是王国在兵燹中沦为焦土！岂止是封地在火灾中化为荒野！是他的心被烧焦了，他甚至闻到自己身上散发的焦炭味。

他还有什么脸吃三绮露呢！当蓝茵把三绮露和米酒端到他面前时，他说不吃了，不想吃了，然后就哭了，眼泪滚滚地涌泄出来。

他这么一来，蓝茵姐姐也难过起来。他们抱头痛哭，悲从中来。

"我也不好过呢！"蓝茵说，"我把思潘弄丢了，想起他我就心碎啊！"

"那都是因为我。思潘是我弄丢的。姐姐的心上人叫我弄丢了。"

"我不怪你。这是他要随你去的，他遂愿赴死，或者很快乐呢！是我难过啊！"

"都烧光了，我的心也被烧焦了，活着还有什么意思呢？"

"死生由不得你啊！人不想活，是不顺命，是与老天过不去，是骄傲。

恩，你是个骄傲的人。"

"我现在这副样子，还有什么可骄傲的？"

"所以你要活下去，听天由命。像姐姐一样，不是也活过来了吗？再说，妹妹不一定就不在世上了，你去她叔叔家里寻过吗？"蓝茵提到宋济，那个宋家在朝中当官的叔叔，"说不定她也在寻你呢，寻不着你，去投奔叔叔也没准。"

这话提醒了辉恩，他止住哭，缓过神气来，道："我怎就没想到她叔叔呢？我该是去打听一下他叔叔的住处，说不定她在叔叔那里呢！"

翌日，辉恩吃罢早餐，就急急去城中王宫大道的工部二署求见宋大人，不想署中看门的人告诉他，说宋大人前年就退休了，已不在朝中任官。他自是打听不得宋大人的住处，便只好悻悻然返回。蓝茵的丈夫劝慰他，说文教省的许多官员他都认识，他可以帮着去打听一下。他打听回来说，宋大人退休后去德国了，在那里买了庄园闲居，不常见到他回来。他得了宋大人在德国的地址，交给辉恩。辉恩于是往这个地址发去电报，询问宋爱的下落。他发了三次，都没有回音。他便决定去德国，亲自去查个水落石出。

他到德国，按地址寻到宋大人住处，却见那里门户紧闭，邻居说宋大人一家出去巡游世界了，要一年后才返回。他向邻居打听，问是否有叫宋爱的女子来过，邻居说宋大人家里未见年轻人，只有几个随从和佣人。这便作罢，他只好又返回大城。

既然没有寻到宋济，他便等待。等待是一种希望，等着等着，他居然希望宋大人不要太早回家，这样他的希望好长久一点，长久的未知，就是长久的没有死讯。他又给绿春市警署打电话，每月一次，每月那边的回话都是没有人来找他。他告诉自己，这样很好，这样至少没有宋爱不在这个世上的结论，非死即生。那么，就等吧，等那还活着的爱人有一天回来找他，突然出现在他眼前。

他等了一年，宋大人还是没有回来，与那边邻居通电话，说不见有人来开门。他还是照常给绿春市警署打电话，可是第二年，绿春市的行政级别提高了，警署上升为警务厅，原来管案子的人调离了，没有人再关心从绿春失火案，也没有人知道以前的事了，似乎这个案子在当地已经成了一笔糊涂账。两年，三年，宋大人依然没有回德国，他等得迷茫了，等得荒芜了，转眼年纪已经四十五六，半百快过，不知老之将至。

其间，他还想到姬姗，他侥幸以为，泪儿或者会去找妈妈。可是，这位内阁社会工作部的重臣怎么才见得到呢？再说，他的身份非常敏感，也有些许隐秘，当时从死因牢笼里出来，所谓甘伯已死，中学教师辉恩成为男爵的转变，只有王室几位至亲贵戚和秘密警察头目才知道。他不能贸然出现在姬姗面前。姬姗以为他早死了。他倘若进入执政系统的视野，那就是泄露了国家机密。一个叫辉恩的中学教师，要么在从绿春这样没人关注的小地方当隐居的男爵，要么在王国的民众中做一个普通人。于是，只好又通过蓝茵的丈夫去打听，看看姬部长家里有几个孩子，有没有新来的孩子。打听的结果是，姬部长嫁给了北方军区的一个将军，生下一个男孩儿，家庭并没有其他成员。辉恩转念又想，即使泪儿出现在她妈妈面前，她妈妈也不会认的。姬姗曾经与他断绝关系，又与那帮阵线中的叛徒一起出卖义军，目的就是将自己洗白，可以合法参政，而辉芝宇是她过去经历的活证据，弄不好杀子灭口的事她都做得出来。这么想来，辉恩又不希望泪儿去寻她妈妈，最好躲得远远的，哪怕独自流落街头。

　　他梦见他与宋爱住在一起。宋爱说要去见一个熟人，他想会是萨木尹吗？宋爱去了，久久不回来。他便打电话，宋爱接电话说吃过饭就回来。可是，吃过饭也不见人影，夜里也不回转，迨天明也没有回家。一天，两天……千呼万唤都不回来，一直没有回来。他觉得他要失去宋爱了，他的女人或者已经转爱别人。他在梦中哭泣不止，泪水将他泡醒。

　　他醒来后回想，他们是住在护城河边上一个小院子里，是宋人的那种封闭的院子，有正厅、厢房和影壁。反正终日无所事事，他便起身去护城河边走走，看看有没有那样的房子。他果然在河的北岸的树丛中看见这样的房子，掩隐在老槐树下，窄小的正门朝着河边的街沿，有黑瓦和灰墙，门板被刷成大红色，与梦里的情景一模一样。他敲那家的门，出来迎他的是一个年轻女子，看上去二十五六的样子，说是这里的租客，从房产公司租来的这所院子。他要来房产公司的地址，直接去那里问根底。房产公司的人告诉他，这所院子先前的主人是一对夫妻，男人和女人大概三十多的样子，说是要移居他乡，就出手卖了房子。他又问先前主人的姓名，人家翻出来卖房合同给他看，签名是罗浮生，是男人的名字。然后，就没有进一步的资料了。罗浮生是谁？又去了哪里？那个女主人叫什么名字？他再也查不到任何信息了。他思忖了一下，决定买下那所院子。人家告诉他租约尚在，未到期，不能买卖，说要不与租客商量，赔上一点钱，或许可以解约。他说，不妨让租客继续住在里边，他去谈谈看。

　　他又回到院子，找那个女子商谈。那女子名叫亭少蕊，是一家网络公司的主管，从中部大河省来的，在京城读书，毕业后就留在首都做事。

　　"其实，没有什么太多变化，只是你每月将房租交给我。"辉恩道。

　　"变化还是挺大的。本来我一个人独处，你进来了，就会打破宁静。"

亭少蕊说，"我没太多钱，只租了堂屋西侧的卧房和西厢房的一间，其他都是你的地方，原先关着，这下你都打开用，我连出入都受影响，有太多不方便。"

"我只是偶尔来看看，不过夜的。大部分时间你还是一个人住。"

"你买这个房子只是为了偶尔来看看？"

"等你租满日子了，搬走了，我再来住。"

"我一共签了五年，这才刚进来一年不到呢。"

"或者我退赔你一些钱，你可以找更好的去处。"

"我喜欢这里，不想去别处。"

"我的条件只是来看看，你答应了，就长久让你住在这里。"

"你要看什么呢？"

"我也不知道。"

"那么，你不许进我的房间，正堂的卧室，西厢房的工作间，都不许进。"

"好的。"辉恩答应她。

亭少蕊觉得很奇怪，这人为什么要看，看什么呢？她又问："你是做什么的？"

"我是一名教师。"

"你很有钱吗？花那么多钱为了看看一个院子？"

"我很有钱，就是喜欢这个院子。先前的主人也许是我失散的亲人，我要等他们回来，可是我联系不到他们。"

"那是一对夫妻。他们是你什么亲人呢？"

辉恩回答不上，只好说："至亲。"

"既是至亲，怎又说'也许'？"

辉恩回答不上，默然。

"你的家人也会过来看房子吗？"亭少蕊又问。

"我没有家人，独自一人。"

"就是说，除了先前的房主，你没有家人？"

"是的。"

"实话告诉你，我也是单独一人，所以我很忌讳有别人进来。"

"我会遵守约定的，不打搅你。"

"我们要立个文书吧？"

"立就立吧。"

"你那么有钱，可以减掉我一点房租吗？"

辉恩其实想说，不要她的房租了，白给她住，可是，又觉着这么说话唐突，于是便答应免掉三分之一的租金。

亭少蕊很高兴，遂立即寻出纸笔立文书。

辉恩依旧住在蓝茵家，偶尔去护城河那边的院子看看。这时候，歌剧院准备上演法国歌剧《卡门》，制作人正为找不到法语指导而发愁，蓝茵丈夫便与辉恩商量，问他是否愿意去为演员校正法语读音，是的，他的法语说得很好，曾在巴黎生活了许多年，他的第一份工作是谢木枝中学的教师，后来成为职业革命家，再后来受封获得王室的爵位，而如今居然成了无业游民，他想他应该有一个新的职业了，如果买了一所院子仅仅做一名寓公，看起来就好像一个隐形人，一个在王国日常生活中飘忽的影子，这个感觉令他心灰意冷。他真的需要一点热度，让烧焦的心长出一点新芽。

于是他去见剧院的艺术总监，谈起他在法国的经历以及学业状况，并在排练厅与演员工作了一个下午，总监以为他是一个卓越的人才，便与他签了三年的合同，并允诺给一份可观的薪酬。这样，他就成为歌剧院正式的法语老师，获得了一份体面的工作。

他还是喜欢讲波德莱尔，只是这年岁重温《恶之花》，心境全然不同。以往他所见之恶，都是社会的和制度的；今日他体会到的恶，竟是发乎自身来自性情的。那些美艳的肉体，不论是精致的、青涩的，还是肥腴的、饱满的，在他看来，都是罪恶的载体，似乎罪恶直追着美，逼迫着美，向一切美的事物讨债。恶是债主，花儿负债累累。他和姐姐都是俊美的种子，阴阳的两面，一枝开花，一枝葳蕤，那么，他和姐姐都是亏欠深重的人。姐姐以命抵债，他怎么偿还呢？他在莎莎身上显明了自己的债务，上天拿美丽屋花园之火勾销了吗？他不如死去，死在诗梳风车站锁在铁甲车上的那个夜里，死在宋爱来送他之前！可是，他活下来了，从死途上返回，又从火罚中幸存。他真的是峻拔、清癯、不失肃括而风趣的美男子吗？上天给了他那么多好处，风华、才情和胆识，他要怎么偿还才能还清这些好处？用江山和白骨去抵，用爱他的人的性命去抵，用连着他筋脉的骨肉去抵，这一世还剩下半生，上天让他一直活着，活许久许久，都用来抵偿起初秉承的天赋吗？他看不见抵偿，他一路看见的只是累债，一债高过一债，甚至连利息他都要还不起了。所以，他想躲债了，躲掉那些债务，做一个普通人。他试着不彰显他的好处，埋没掉自己的光华，或者干脆减损掉身上优越的部分，显得穷塞、愚笨、丑陋一些，这样，债主是不是就寻不到他，认不出他，终究有可能放过他？为此，他想把他的钱送给别人，捐出去，遗失掉。然而，他有太多的钱，哪怕烧毁园子、毁坏产业，那大如一个小国的土地，单单以极低的价格卖出换得的钱也是天文数字。这么大一笔钱送给谁去？怎么捐出去？人家要问你根底，只要追问根底，那就实际上又在追债。蓝茵不会要他的钱的，任何机构在不明底细的情况下也是不敢接受他的捐赠的，他去开办工厂加盟金融业投资艺术品，故意投了做亏，做亏又投，也是需要证明财富传承有序的，哪里会从天上忽然掉下来那么多资财呢？然而，他不晓得，资财就是从天上掉下来的，正如爱情从天上掉下来一样，人靠自己是争取不来的。

现在，他只想做一个庸人，找回他的爱情就满足了。可是，他又想多了。命运夺了你所有的，你是追讨不回来的；命运要垂临你添加你的，你也是强拒不得的。你转身要出离命运、躲避命运，抗拒命运，与命运搏斗一番，你看你会有什么结果呢？

令辉恩吃惊的是，小院里的每一样东西、每一处景致都是他梦中见过的。有一口井，粗砺的青石围着，很小的井眼，他记得梦里瞥过一眼，井水上浮着一片树皮，那树皮竟然还在；他与宋爱似乎是坐在后院贴着堂屋的长廊上说话，从那里望出去，远山烟雨蒙蒙的，近处的植物是南国的宽叶树，这会儿他来到后院，睹诸物无异，不禁一怔；又见到堂中的木桌椅、地毯和窗帘，亦与梦中所见不差分毫；他想去察看一下卧床，他记得床边拢帐子的挂钩是刻有一条卷龙的，然而卧室他是不许进的，他答应过亭少蕊，他心里闷闷不乐，想他和女人的床让他人睡了，鸠占鹊巢，好不吉利。

他开始有点讨厌亭少蕊，这丫头为什么在他的生活中插进一腿？论长相，她还不及给宋爱梳头的丫鬟，小小的身子，稀薄的头发，干黄的眼睛，从来也不会笑，嘴角耷拉着，一副人家欠了她的样子。每次去，她都在。

她不是说她在一家网络公司上班吗？怎么不见她去上班？辉恩晓得她在屋里，因为卧房和工作室总是会传来一些动静：一记放下眉夹的声响，一阵抽水马桶的下水，电吹风忽然又换挡了，或者偶尔又敲击键盘了，时不时也有音乐传出来，是那种贝司很重的爵士乐……只是到了饭点不见她出来吃饭。她是不吃饭的吗？有一次傍晚，有人敲门，辉恩去开门，见是送外卖的。他接过餐盒，正要转身，姑娘就从他后头钻出来，一把抢过去。她趿拉着拖鞋，那种大厚高跟、前面的亚克力罩面透着水晶光泽的时装便鞋，穿一件吊带，细细的吊绳有丝绒的光泽，还有一条牛仔短裤，下缘像是故意扯出毛边的那种——这些衣着都不是什么讲究的材料，却应着城里流行的风尚，合着年轻人暗示的潮流。她这身打扮，既不闲居，也不职场，仿佛去哪里都合适，出入夜场，吃路边摊夜宵，到公司处理业务，随便去哪里都入流，不扎眼，也不黯旧。她个子不高，这么穿，肩颈和腿脚显得比例匀称，那么多皮肉露出来，像是故意给人看的，又像是理所当然没什么好看的。这是现代社会的诡计，没有禁脔，一切都是开放的，一切却拒人千里之外。原来她的皮肤也是细腻的，毕竟青春有青春的优越，辉恩这么想。

她也不打招呼，拎着东西就进屋去了。

这是大城，与闭塞的中部和守旧的南国不同，人们正在努力与外部世界接轨，互联网、游戏机、外国音乐、外国电影充斥着生活的各个角落。为了在歌剧院工作方便，辉恩也弄来一个手机，常常摆弄不灵，便想着寻人请教。他坐在院中的石凳上，等着亭少蕊吃罢出来扔餐盒。他等了将近三刻钟光景，那姑娘终于露头，却不是出来扔餐盒，而是拿着一张门垫出来拍灰。她见辉恩在院子里，自觉不妥，便朝院门外去。辉恩待她回转，便叫住她。

"我的手机弄不明白，你能帮我看一下吗？"

亭少蕊扔下门垫，走过来接住辉恩的手机，道："这对你很难吗？你真是个奇怪的人，像是不食人间烟火的。"

"我是南方来的，老土得很。"

"南方人不用手机？"

"也有用的，只是我不用，最近刚接触到这玩意儿。"

姑娘很快就摆弄好了，交还他。

"你果然身手不凡，毕竟在网络公司上班呢。"辉恩趁机问她，"不过我每次来你都在家里，怎不见你去上班呢？"

"我是在家办公。这年月，什么都数据化了，可以云传资料，可以视频会议，不必都聚在一起浪费时间。像你们教书的，今后也可以网上教学了。我们公司正在开发一批教学软件，年底就会推出试用。"

"不过，我的工作未必用得上。我是给歌剧院上课的，我们要排练，是做现场艺术的，都是面对面的交流。"

"你是艺术家？"

"我不是艺术家。他们要演法国歌剧，我教他们法语读音。我是法语教师。"

"我刚才想，如果你是艺术家，就可以解释你的古怪了。可惜你不是。"

"我有那么古怪吗？我不过买了这样一所院子，就让你觉得我古怪吗？"

"你好像不在我们的时间里。"

辉恩打量她一眼，又开始注意她的细节。他想，其实她也是很可人的，娇小的，爽净的，其实并没有什么形容词值得形容她，只是与那些杂志上

简约的风格匹配，没有污点，散发着玻璃、冰晶和一切透明物质的刚性光
芒，也许这就是大城人的时髦，大城人眼中的美丽。是的，她身上有一股
劲儿，是漂亮姑娘才有的做派。辉恩或者有他自己一贯的审美认定，他一
时辨识不出她的美，却识得美的状态。只有被他人看作美的人，才有一种
别样的韵致和姿态。他要学会看懂她的美。

"我是一个乡僻的人，我也想学着做一个城里人呢。"辉恩说，"我
做演员的老师，你来做我的老师吧。"

"我能教你什么呢？"

"不妨教我用电脑，我免你的租金，算是缴学费，怎样？"

"真的吗？我教你电脑，你就免我租金？这听起来不错。"

他们就这么又立了一个约定，房东与租客成了学生与老师。为了方便
常来，辉恩买了一部汽车。他也没有汽车消费方面的概念，一出手就买了
一辆宾利，与泪儿那辆车是一种颜色的，明绿的，看起来像花花公子开的。
当然，他买明绿色的宾利，也出于潜意识，开着这色儿的车在街上行驶，
会不会哪天引来失散的女儿？

"你也太豪气了，随随便便就买辆宾利当自行车使，你不知道这
很贵吗？"

"真的很贵吗？一辆真的汽车难道不应该是这个价格吗？我曾买过一
辆车给我女儿当玩具，我以为真的拿来用的车自然要比玩具价高些。"

亭少蕊看着辉恩的车，眼睛都直了。辉恩于是知道，这姑娘喜欢钱，
钱能让她兴奋，让她忘怀。

第十二章

亭和先生

这是一个新时代吗？辉恩童年的时候，大城不是这样的。那时，男孩子要到寺庙去读书，女孩子在家里请私塾先生来教。那时,宫殿外围是寺庙，寺庙外围是王公府，王公府外面才是民居，城市一圈一圈的，最外面是城墙。如今城墙拆了，只剩下城门，作为景观放在那里让游人拍照。这是施行新政之后的国都，看上去越来越像一个西方城市。地铁和轻轨也开通了，连接着城市和远郊，还有高速铁路站，国际机场，真的已然与国际接轨。

辉恩知道这一切都是廉价的，比不上昔日王统治下的文明。他毕竟骨子里是一个政治家，他懂得怎么从一个秤盘里取一些东西装到另一个秤盘里，令两边在不增总量的情况下平衡。他原先要建立的甘伯地是这种平衡的极端，人要替天行道，人能做什么呢？真的能创造出新的东西吗？人再怎么折腾，不过是把宿命中原先就有的东西挪一下位置。他的宾利汽车很豪华，可是比不上原先贵族乘坐的香车，甚至都不能与男爵的马车相提并论。你如今买一辆车，需要十公分厚的协议文件做法律保障，而香车里的一个玉瓶子就可以换十几辆宾利，买这样一个瓶子根本没有人想到要做这样那样的合约，给一袋金币就可以了，好像什么都没有发生过，有人得了金，有人得了玩意儿，仅此而已。只是王统时代的高度文明是归少部分人享用的，一部香车要十几人抬，或者十几匹马拉、几十名兵丁拱卫，你不能蒙昧无知地说这样的文明落后于当代文明，你只能说这高不可攀的文明压在奴隶森森的白骨之上很不人道。这是赎价太高，过于奢靡，而不是不够好，需要改进。科技与当代政治给我们带来什么呢？带来数量、速度和效率，以数量、速度和效率挪移了重的那个秤盘中的分量，转置到轻的那个秤盘上来。实际情况是，文明的规格降低了，一个玉瓶被打碎了，大家分一些碎片聊以自慰。西方的当代文明是数的文明，远不及古老的质的文明。你可以说，新政后民众体面了，但你不能说世界进步了。一切进步，好比香车暖轿玉瓶金册，都是残忍而野蛮的，而一切退化会带来普及和公平。公共的东西都是低品质的，吉光片羽必是私密的。倘有公平，那必是尊卑各得其所，而不是尊卑无二，尊卑不分。卑微的人不可觊觎尊者的荣耀，尊者也不可强占卑微人的立足之本。辉恩想，如果再给他一次机会，他不会将富人的财产分给穷人，他会消灭霸权、剪除凌侮，令尊卑各归其位。贱的需要传播，贵的需要隔绝与保守。两者如何统一呢？唯顺乎天然，回归本来。他想起萝黎，想起莎莎，他做他们的主子、大爹都未必不妥，但他不可以偷他奴儿的妻女，这就是夺了卑微人的立足之本，是罪孽中的大罪。他曾经是为了杀灭这样的奴隶主去奋斗的，结果自己竟成了这样的奴隶主中最坏的一员。

他得到了报应吗？他因此而赎买了罪过吗？火罚是全部的了结吗？他真希望这是全然的了结——他已经与妻女失散，或者她们都命归黄泉了，也或者应了古谶，淫人妻女者妻女必被他人淫。他不再想与她们重逢的事了，他情愿堕入一个平凡而极速发展的公民社会，做一名当代大城市民，庸庸碌碌，自负盈亏。他受不起命运的摆弄，耸入云端，跌落深渊，他的神经快要崩断了！

他想，现在这样很好，在歌剧院做教师，面对一个大城中时髦的女子，去学习并认识这种生活中的福乐、美丽和价值。做什么英雄！做什么主子！大漠孤烟，不如芥草遍野。他不再等待，不再追寻了，他准备开始他的新生活。

亭少蕊想去歌剧院看看，不是去看演出，而是想探探幕后的名堂。辉恩便带她去。

"我不喜欢听歌剧，也不爱看那些情节拖沓的舞台表演，我是好奇那些艺术家的生活。他们究竟都是些什么人？"亭少蕊坐在车上，辉恩在一旁驾驶。

车绕着王宫行驶，要开到南宫门，那里才是歌剧院。王宫很大，周长有二公里多。辉恩小心把着方向盘，道："他们其实跟我们一样，只是艰难地按照传统的工艺去达到某种形式。因为，他们的老师就是这么告诉他们的，说歌剧是这样的，不是那样的。"

"有人去听吗？"

"听的人不多不少，一星期演五场，每场可坐半场人的。"

"哪里来的那么些好古的人？"

"博物馆里总是藏着珍品，歌剧现在是博物馆艺术。听嘻哈的人尽管多，但做嘻哈的人是穷人，嘻哈也是给穷人听的。如果说到市场，市场肯定是穷人构成的，人多才有市场。富人有几个呢？很少的富人掌握着很多的财富，去买一件穷人不懂的稀奇玩意儿。那玩意儿就是财富的顶尖。"

"这些艺术家都很有钱吗？"

"是的。不过不是你理解的钱的概念。市场不火热的东西，谁养得住？

没有深不见底的财富是没法玩的。"

"你说过你很有钱，你是不是就是这种有深不见底的财富的人？你的钱是什么样子的，可以叫我看看吗？"

"我给你看一只百达翡丽的表，你或者能懂；给你看十克拉钻石，你也能懂；但给你看释迦寺的阇耶跋摩时的经书，你就纳闷了。这么黄黄的，破损的，字迹模糊的东西，能值多少钱？"

"你的钱都是这样的东西吗？"

"哦，你提醒了我。我应该去换一些市场不热的玩意儿。我正发愁呢，目前这些钱都是数字，长长的数字。"

"我好像有点明白了。卖火柴和卖宾利是两样不同的生意。前者热闹，是薄利多销；而后者冷寂，却是一刀一块肥肉。你是怎么走上削肥肉的路的？"

"我被你问倒了。"辉恩不知怎么回答她，此时正遇一个红灯，他踩了一下刹车，"快到了，转过这个弯去，就到了。"

"还远着呢。"

"不远了，真的，转过去就是了。"

"那是我随你来，如果我自己来，就远了。"

到了歌剧院大门，看门人认识辉恩的车，就打开大铁门让车进去。辉恩将车停在大草坪上，带着亭少蕊就往剧场去。

他们穿过长廊、门厅，进到里面。观众席上黑魆魆的，台上正在合成，一进来眼睛不适应，几乎是伸手不见五指。他们坐到前面第三排位置的中间，看了一会儿台上的表演。

"你能带我到后面看看吗？"亭少蕊问。

"看什么？"

"看那些布景升降的机关。"

其实这些机关辉恩也不熟悉，于是便带着亭少蕊到后台乱窜，化妆间、道具室、排练厅，一路走过去。许多人见到辉恩都点头微笑，打招呼，辉恩觉得很有面子。然而，亭少蕊却感觉到一丝异样，她对辉恩说："他们与你隔着呢，原来你离他们没比我近多少。"

"这是什么意思？"

"你的钱能买下歌剧院吗？"

"那真的不算什么，可以买许多歌剧院。"辉恩很愿意提到钱，因为他晓得亭少蕊喜欢钱，一说钱就兴奋，"我这么说，也许你不相信。"

"不，我相信的，是他们不相信。"

"他们根本不知道我很有钱。"

"难怪呢！他们小瞧你了。他们都是些很傲气的人，哪怕管道具的大娘，都冷眼看人，把我们当货物看呢，一路走过来，谁都在盘算我们的价格。"

"这是名利场，没名气的人在这里不吃香。"

"不只是名气，他们更看重地位。"

"你真的很有眼光，你一眼就看穿他们了。"

"他们在台下都穿得很随便，一副不修边幅的样子，拿着个保温杯，好像生活都已经被他们过旧了，其实，他们藏着掖着，假装轻松，假装朴素，跟你的做派很像。大凡有钱人都这样吗？"

"这么说来，我比他们更虚伪，藏得更深……"说着，忽然辉恩一脚踩空，从一处高台上落下去。他从来没到过后台，如果不是为了讨好亭少蕊，他是不会到后面暗处来的。

过来几个场工，急急将辉恩扶起，搀他到化妆间，将他平放在沙发上。他崴了脚，左脚的趾骨摔断了。

亭少蕊开车送他去医院，包扎好，又送他回院子。

"原来你车也开得不错。"辉恩躺在堂屋的矮榻上说。

"学会英语，学会电脑，学会开车，这三样是立足大城必须的。我大学时就考了执照，工作后一直开公司的车，只是不开回来。"

"你喜欢车的话，我就将这辆送给你，我再买一辆。"

说到这里，亭少蕊忽然变了脸色，道："你凭什么送我这么贵的车？你是房东，我是租客，有房东随随便便送辆车给租客的事吗？你想什么呢？"

"我没别的意思，我只是感谢你。今天要不是你将我送去送来的，我摔成这样，一个人对付，要受多大罪！"

"都怪我不好，要去看后台。谁晓得你也没去过那里。"姑娘语气缓和一些了，"你这般伤痛，怕是回去一个人也弄不好，不如就住在这里几天。我去收拾一下东厢房的屋子，给你搭一张床。"

"这不给你添麻烦了吗，你送我回去便好，我有朋友照料呢。"

"在这儿住几天也不妨的，反正我不去班上，我可以帮你的。"

辉恩这便住下来，盖女孩儿的被子，用女孩儿的碗，吃女孩儿做的饭。

渐渐病好了，辉恩心里感激，对亭少蕊说："我将这房子送给你，你就一直住在这里。"

"为什么？"

"我想谢谢你。"

"除了钱，你没有别的谢法吗？为什么什么事你都勾连到钱上？"

　　辉恩想说她喜欢钱，又觉这么直说不妥，便改口道："我也不知道怎么表达，想谢你，结果得罪你了。我不懂你，说了蠢话。"

　　辉恩很沮丧，亭少蕊反倒笑了，比得了钱还高兴。

　　辉恩也没提搬走的事，就这么住下来了。

　　又过了些日子，亭少蕊说："你就真的赖在这里不走了？你究竟几时回去？我看你脚好得都可以蹦起来了。"

　　"如果你不反对，我想一直住在这里。我不是对你无用的，我可以开车接送你，也可以学着做饭帮衬你。我喜欢看见你，你在院里走来走去的样子很好看。"

　　"你不是来看房子的吗？怎就要看我呢？"亭少蕊不知怎的，害羞起来。

　　"我以前没看懂过你这样的女人，我慢慢有点看懂了。"

　　"你不许想入非非。你太老了。你不要以为你很有钱就可以诱惑我。"

　　"我只是看看，不会有别的想法。"辉恩说着，拿出他早就准备好的FENDI的紫貂皮大衣送给女孩儿，"这个你不会拒绝吧？"

　　亭少蕊眼睛发亮，禁不住伸手去抚大衣的边缘："这个难道不是诱惑吗？"

　　"这个不是诱惑，这个是讨好你。我很会讨好人的，你慢慢会知道的。你一点都不想看懂我这样的人吗？"

　　"我看你不是个坏人。"

　　这便谈妥了，房东和租客，老师和学生，男人和女人，住到了一个院子里。

辉恩告诉蓝茵，他要走了，要搬出去，到他自己买的那个院子去住。

"也好，日子终要过起来的，什么消息也等不来，不能干等着。"蓝茵说，"你寻个人与你同房也好，你那个租客看来对你不错。"

"她未必肯呢。她说我太老了，不要想入非非。"

"女孩儿喜欢年轻英俊的，你岁数实在比她大许多，但仍然看着英俊。这样的英俊，是王者的派头，她到哪里去找！"

"我送她一件紫貂大衣，她收下了。"

"我说你有些蠢吧，你干什么要送她紫貂大衣呢？你送她一瓶名牌香水刚刚好。她是那种本分孩子，她的浪漫都是她可以相信、将将够得着的，太远的太大的，会吓坏她的。虽说你是穷孩子出身，可你拿着王室的钱在外国读书，又领着千军万马到处打仗，出生入死，英雄气概，你实际上是不懂小民的心思的，尤其不懂安稳生活中顺民的想法。你有一点钱，生活优裕，长得英俊，这就足够了，对老百姓家的女孩子来说，就算攀上了好人家。至于她说你太老了，其实是托词，或者还不相信好事临头，她需要一个证明。"

"我怎么才能证明呢？"

"你要理性一点，按照世俗规则的理性，认可世俗规则的理性，不要想改变什么，也不要突发奇想。尽管当前实行宪政，王统与议会并行，但王室的生活离平民越来越远了，民众只是遥望一下王宫，它实际上是死的，只是一件漂亮的外套，搁在博物馆的橱窗里，看得摸不得。所以，你也不要将做王爷的那套带到大城来，这个会被人笑话的。那女孩儿没有笑话你，反而疑虑你，说明她比一般人还是特别些。"

辉恩打开手机，将亭少蕊的照片寻出来给蓝茵看。

蓝茵看着说："哎呀，这在我们大城可算是大美人了。现在都流行这般气质，要玲珑的，内秀的，冷冷的，不乏可爱的，终日拿着一股劲儿，特把自己当回事儿。”

“我正在学会看懂她。”

“人不能长得像禄拜那样，也不能像宋爱那样，高不可攀，很令人有挫折感呢！人美三分足矣，让丑人以为可以靠近，这样才真实。你看现在电影里的明星，个个像欠了她似的，一张张哀怨的村妇脸，丑美丑美的。”

“你是说她丑吗？”

“她不算丑的，但般配不上你。你是古戏中的王子。长成你这样，是一种暴力，你的模样已经足够摧毁她们了。”

“姐姐也暴力得很。”

“所以，以前在夜场里也不吃香，客人都躲着我，像躲避瘟疫似的。”

“姐姐是怎么安顿下来的？能否指点一二？”

“女人的办法多，描一描，遮一遮，把那些他们看着不实际的光掩一些便好了。这个也是我后来嫁人了才懂的。”

“就是把自己搞落魄一点？”

“是这个理儿。但你那个小姑娘不那么简单，你要稍稍给她一点幻想，回到谢木枝中学时代就行了，一个风流倜傥的教员，受过西方教育，有诗意，对人生有规划，不要对她说你的经历，一句都不要提，最多就是一个寓公的样子了，扮演一个不幸的贵族，家道中落，曾经浪荡，如今闭门思过，暗图再起。你要是告诉她甘伯地的故事，她会大小便失禁的。收起你王子的光焰吧！”

“美是一种暴力吗？”

“美，实在比刀枪还利些，直戳人心窝。”

"姐姐曾说我骄傲，我现在要放下来，去追大城最时髦最漂亮的女人，这是我赎罪的功课。"

"这话听起来一点都不谦虚。咳！时髦是有缺陷的女人求的，经典完美的女人都守旧。"

"那是因为时髦便宜些吗？"

"一杯牛奶冲稀一点，大家就都有得喝。时髦就是那稀释剂。"

"你这么说，我就懂了。这是政治。"

"老天要你将宝贵的和下贱的分别出来。"

"这样有什么用呢？"

辉恩疑惑，这时他并不晓得，先知的书上有这样的话，神告诉先知说："你若将宝贵的和下贱的分别出来，你就可以当作我的口；他们必归向你，你却不可归向他们。"

辉恩从蓝茵那里搬过来，也没有几件行李，不过是些新买的衣物和书籍。亭少蕊为他将东厢房顶头那间打扫干净，就是他曾养伤搭床睡的那间，顶靠着堂屋。堂屋西头是女孩儿的卧室，东头还有一个隔断，挂着锁，像是储藏室，亭少蕊说她从没进去过。本来辉恩想住在堂屋东头这间的，又怕这样靠女孩儿太近，起居多有不便，于是作罢，这便不去开锁，再说钥匙也不知在哪里，买这房子时，房产公司交出了一大串钥匙，唯独没有这间的。

辉恩买了一台电脑，开通了网络，他也进入互联网的世界。他又买了一些简单的家具，都是奶白色或者灰白色的纤维合成板打制的，书桌，书柜，衣橱，几张椅子，一张餐桌，一张单人床。他忘记买被子了，就凑合着继续盖女孩儿的棉被。他每夜从被子里嗅出一丝馨香，那种草本植物的花蕊中淡淡细细的馨香。他熟悉各种女人的气味，但从未闻到过这样的气味。这是含情而并未发情的气味，发情是骨香，她没有发情吗？没睡过男人吗？是不是独居久了，身子还原到处子的状态呢？反正，这股馨香很吸引他，他不知道自己在夜间是不是也散发出麝香。他想，大城的时髦女人是干净的，他总要寻出一些脏点才得以进入。女人内里的脏处与外表的纯净激烈地冲突，形成不可缓和的张力，他越看她纤尘不染的面貌，越想她深藏不露的难堪，他吃准了她肯定有一处软裆，哪怕很小很小，他也决心追踪到底，一把揪出来。他愿意被这般张力撕扯，令自己再度昏头，以这样新的昏头来替代曾经的无数次昏头，昏昏而昭。他告诉自己，这就是他现在最好的选择，归于简单而平凡的生活，降伏一个不堪他一击的小女子，然后在她全然交出自己后呵护她，疼惜她，不欺负她。他现在渐渐懂了，当代人有一种互相抱团的强势，用来撑起一种坚硬的体面，看起来纯洁无瑕，但内里的虚处比旧时的贱民还不如，如果绕过了这强势，转到后面去踩住尾巴，就像离群掉队的羊，瞬间落入猎人之手。他追这个女人，并不难在女人本身，而是难在她所处的群体，所谓社会和文化的铜墙铁壁，他要么冲垮这壁垒，要么将她诱引出来。他不可归向他们，他们必要归向他。这不是他原先的战争，这是一次偷袭，得手后自得其乐，因其乐而见证其身后的大能，这大能在起初就已先得胜。

从隆裕花园到王国的战场，再到美丽屋花园辽阔的庄园，他的驻处历来是大而无当的，然而，即使是君王，难道一时可睡卧两张床吗？收拢的空间也许将人心也收得更近些，只是这时候他们在狭小的院子里相隔得比王国的南方北方还要远，他们中间横亘着一条大河。

住在一个院子里，变化多少有一些，至少称呼变了。辉恩称她亭老师，她称辉恩先生。呼亭老师，她不能拒绝，称呼久了，干脆只叫一个字，亭。先生不能叫成先，也不能叫成生，只好依旧叫先生。这是辉恩的诡计，他为这声亭费尽心思。这样虽说隔着一条河，却可以相对而直呼了。他打算一步一步挪过去。

"亭，我在网上看到了中国的变化，我想带你去中国看看，你愿意随我去吗？"辉恩说，"我们不能老是缩在屋里不出去，久了要发霉的。"

"这个主意不错。我也想去外国呢。"亭说。

"我订了去上海的机票，也订了那里的房间。"

"你还没征得我同意就预订了？你也不问我有没有护照。"

"你从未出过境吗？"

"没有。那你有护照吗？"

"我的那本早过期了，是原先去法国读书时办的，眼下得重办。按现在新政的规矩，护照该怎么办呢？"

"要去原籍的警署办。我得回大河省办。你的原籍在哪里？"

"我本是大城人，原籍自然在大城。"辉恩想起来，他到谢木枝中学任教前，户籍一直在大城，之后虽说经历那么多，但作为辉恩的公民身份并没有变更过。按说，大城的辉恩还是合法公民，这个户籍应该还在。他目前的身份证是绿春市的，在绿春他递交国王御批的文书，本是办的男爵的身份，火灾后从浯国得救回来，因出售封地而变为平民，也就是说，他应该有两个身份登记。他想，为了安全起见，他还是回绿春去取护照，正好亭也要回大河省去办。

他没有将这复杂的隐情对亭说，只是送亭去火车站，约好回来的日子。这期间，他又去了一次绿春，在新升级的警务厅很顺利就取得了护照。然后，两人在大城会面，一起去中国大使馆办签证，他们得到在上海虹桥机场入境的两个星期的旅行签证。

他们在上海瑞金路的瑞金宾馆入住，办登记时，亭说租一间房就够了，不必办两间，这样省钱。

他们进了贵宾楼的行政套房，一间厅，一间卧室，还有一个向着草坪的阳台。卧室里放着一张大床，像是为情人和夫妻安排的。

先生有些尴尬，不知亭的意图。

亭说："我们就睡在一张床上吧。"

先生道："不如订一号楼的贵宾套间，那里有两间卧房，比这宽敞得多。"

"何必花那些冤枉钱。在这里挺好的。"

"你不担心我夜里想入非非吗？"

"其实你要想，我怎么管得住？只是不要动手动脚。"

"你会后悔的。"

亭并不搭理他，一个人走到阳台上。那里有一张桌子和两张躺椅，她择一张坐上去，伸个懒腰，几近喊出来："真舒服啊！"

这时候下雨了，雨水打到阳台上，飘落在亭脸上。她也不移动，微闭双眼，享受旅行中的安憩。

"先生，你也过来坐坐，我们在北方久未淋到像样的雨了。"亭喊先生出来。

先生出来，拿来一瓶红酒，替亭斟上，将杯子递给她，顺势碰一下她的指尖。她接过杯子，一饮而尽，又要，又斟上递给她。这样，喝过几巡，亭暖洋洋、昏熏熏的，人在暖酒和冷雨的交织中，血脉异样地偾张。

先生从浴室中拿来毛巾，为她擦干头发上的雨滴，擦着，并抚摸一下她的头，放下毛巾，又握她的手，说："你的手好暖啊！"

亭也不抽手回去。先生便更大胆些，凑过去亲一下她的耳鬓。亭居然回转头，稍稍仰起脸。这是要人吻她。先生吻她，闻到了骨香。他熟悉这香线，顺着线路就滑到亭的胸部。不想，亭推开了他的手，忽然坐起，愠怒地别转身去。他又追过去抱她，她挣脱出来，生气地说："你怎么那么粗野？"

"你没被人抱过吗？抱一下粗野吗？"

"我不要你抱。你这是占便宜。"

"那刚才……"先生想说，刚才还亲吻了呢。

"刚才是刚才，现在是现在。"

先生适时打住，退回去，赶紧转移话题，说："时候不早了，我们出去吃饭吧。我听说这里的煎包子很不错的。"

"我真的饿了，我们快走吧。"亭也好像忘记了刚才的事，显出馋饿的急切。

他们吃罢包子，又去了南京路的恒隆广场，先生在那里给亭挑了一袭短裙和一双闪着玻璃光的凉鞋。这之后，他们又去了静安寺附近的舞厅，在那里又喝酒又跳舞，直玩到子夜。

回转旅店后，先生倒头就睡了，亭去浴室洗澡，大约洗了半个钟头，又吹风，又贴面膜，又往身子上涂油。等这一切停当了，她才钻进被窝。先生触到她的身子，忽然惊醒了，他不想让她发现自己醒了，故意轻轻发出鼾声。他估摸着亭睡安稳了，便假装不经意地凑过去，热乎乎地贴紧她，想糊里糊涂地越过界线。亭感觉到了，也醒了，便往外挪动身子。亭一挪，他就紧追上去。亭又挪，他又追上去。亭突然坐起，他想完了。

他干脆也坐起，说："求你了，让我抱抱。"

"我去外面沙发上睡。"亭抱起个枕头就往外跑。

先生追出去，说："我也睡外面。"

他挤到沙发上，将亭顶到紧里面。

"我快被你憋死了！"亭挣开他，"那你睡这儿吧！"

亭并不回卧室，而是进到盥洗室里。她抓起一件浴衣，铺到浴缸里，又找来一条毯子，就蜷缩到浴缸中睡。

一会儿，先生不弃，也进到浴室里，翻身跃入浴缸，压在亭身上。亭愤怒地抽了他一记耳光。

"好吧，好吧，别生气，我不动了。"先生起来，跨出浴缸，到外面酒柜里又拿来酒，斟上，将杯子递给亭，"喝酒吧，我们一起喝酒，我不会再碰你了。"

先生想，亭喜欢喝酒，喝糊涂了再抱她也不迟。

亭喝了许多酒，越喝越高兴。先生酒中几次试图趁机摸她，都被她打回去了。

"我就这么喝着，喝醉了也不睡。你太不老实了。我果然后悔了。"亭含含糊糊地说道。

"我说我们去贵宾套间分房睡吧，你不听我的。你现在光着大腿，分明是引诱我。一个男人与一个女人同处一间，同睡一张床，还能做什么？"

"怎就不能老老实实睡呢？"

"反正没做什么人家也以为我们做什么了，还不如干脆就做了。"

"我后悔跟你出来了，原来你不安好心。"

"我是喜欢你，亭，真的喜欢，好喜欢。你就答应我吧！我会对你好的，很好很好！"

"你休想！"

先生忽然扔掉酒杯，站起来，打开淋浴龙头，水就哗哗地洒在亭身上。

"就叫水把我们淋湿吧，湿得透透的，你的身体我的身体都看见了。"

他们穿得很薄，果然水就将身子映出来，女人的胸乳和下身都显出来了。

"我什么都看见了，你还不愿意？"先生看着浸泡在水中的亭，又伸手去碰她的胸。

亭已经醉得丧失了气力，却还是推开了他的手，说："我淹死了也不愿意。"

先生被怔住了，这下他生出愧意，觉得自己这样很不好，强人所难，意趣索然。于是，他抱起亭，劝慰道："好了好了，都是我不好，我心思那么歹毒，伤害小妹妹了。我们不弄了，去床上好好睡，我保证不碰你。"

先生拿来干爽的浴巾，不得不将亭脱光，又替她擦干净。

"我闭上眼睛不看，什么也看不见，只为你擦干。不擦干不行，要感冒生病的。"

于是，亭只好任他摆布，任他擦拭身上任何一处。

这以后，他们在上海继续旅行，玩了两个星期。先生再也没有越界，亭也好像忘记了那晚的事。不过，亭愿意让先生牵牵手，也偶尔可以抱抱，轻轻地吻一下也不拒绝。

他们走在街上，看上去像一对恋人，只是夜间同床而分被，没有行男女交欢的事。

第十三章

新人与故旧

亭的哥哥来找她，这是一个粗短身材的男人，黑黑的脸膛，耳朵和手都惨白如纸，好像是装上去的，不是身体原先的部分。按照宋人相书的说法，这种长相的人是贼相，或窃或赌，鬼缠身，一半是死的，死的那半在白天出来，活的那半倒是在夜间行走。这样的人，昼伏夜行，并不与常人活在一处。

先生在院门口与他打了个照面，之后亭就将哥哥领进屋去，屋门紧闭，两人在里面窃窃私语，有时传出来男人的吼声，有时有东西摔地的声音，先生还听见有几次亭哭了，有一次亭尖叫起来，用身体撞门，门撞不开，人好像又被拖回去。

先生几次想进去，他猜亭碰到了麻烦，可是每一次走到门口似乎内里又很安静，好像什么都没有发生。也许他们知道他要进来，故意停下争执。先生想，这是他们的家事，他不合适介入。又想，这个男人真是亭的兄长吗？不会是别的关系？亭不会有别的事情瞒着他吧？

终于有一天男人露脸了，他怒冲冲出来，摔门扬长而去。先生立即进到亭的房里，是西厢房的那一间，好在男人从未去过亭的卧室。

先生见亭伏在书桌上抽泣，便问："他是谁？他打你了吗？"

"你不要管，你出去，出去！"亭起身，抹干眼泪，歇斯底里地推先生出去。

“我不放心，怕你不安全。”

“我的事你不用管，你以为你是谁，什么事都摆得平吗？”

“要不要报警？”

“他是我哥哥，他来看我不行吗？你想怎样？”

先生于是咽下去，退回自己的房里。

他终究忐忑不安，想弄清楚这是怎么回事，便出了院子，去寻那个男人的踪迹。他去汽车站看看，又到地铁站寻人影，什么线索也没有，便又回转，见院里没有动静，晓得那男人没有回来。是不是他走了，不再回来？他还是很不放心，又出去到周围的饭馆酒吧找找。不想，真的在邮局附近一家饭馆门前看见那个男人。那里门前有个小院子，围着栅栏，门口有几张露天餐桌，那男人正独自坐在一顶阳伞下买醉。

先生走过去，坐到他面前，说：“你是少蕊的哥哥？”

那男人认得他，便回应：“是。你有什么事吗？”

“你们好像吵架了。我能帮上忙吗？”

男人倒也口无遮拦，将事情一股脑儿倒出来。他说杏儿的弟弟叫人捉去做人质了，杏儿就是亭，在大河省老家的村里，家人都这么叫她，她原名叫亭杏妮，杏树结实的时候生的，少蕊是她考上大学后改的名。家里一共三个孩子，杏妮是老二，他是老大。他在村里开棋牌室，遇上不讲道理的，不付赌债，反污他欠债，将他老爹打折了腿，又将弟弟掳去当人质，说不还钱就撕票。他还讲了很多，诸如一家人如何含辛茹苦，种棉花，一车才一百二十块，拿一大半供杏妮读书。他说多了，先生反倒不信了。这令先生想起自己的弟弟，那个在他被捕的时候与他脱离干系的弟弟，那个不断管禄拜要钱管他要钱去赌去吸毒的弟弟，他猜亭的哥哥差不多也走上这路了。

他突然打断谈话，说："我还有一管'弗雷克'，分你一半，借此消愁。"

弗雷克是毒贩子的黑话，就是一种可卡因稀释粉末。一说到弗雷克，那男人眼睛一亮，先生便吃准自己的猜测没有错。

"哎呀，我忘了，好像已经用完了，找不见了。真对不起。"先生假装掏衣袋，里外翻个遍，"这样吧，我借给你一些钱，不算多，你先拿去用着，敷衍一阵再说。"

先生让他坐在原地等着，自去银行取钱。半个多小时后，先生回来，拿一袋金瑞尔给亭的兄长，足足一百块纯金圆，道："我是亭的房东，按说她还欠着我的房钱，只是明年我要开一家网络公司，你妹子是个有用的人才，我用得着她。这钱算是我预支给你们家的，以后从她的薪水里扣。你不要再来了，我不想再看见你。你不要想可以讹诈我，也不要想讹诈你妹子。我既一次性能给你那么多，必是比你有手段的。你再来，我就送你去警署，你这样的，我见多了，我兄弟也是这道上的，我也可以让我兄弟收拾掉你。懂吗？"

亭的兄长本想先生说"不算多""敷衍一阵"，那看来这位先生是财主，将来有的是机会来敲诈，可是被先生这么一说，心里害怕起来，毕竟他是小地方人，没见过大世面，再说看先生这副不怒自威的样子，实在摸不透根底，弄不好是个大官，得罪不起，于是便速速将整袋金币抓牢，揣进怀里，满脸堆笑地说："谢谢先生，感恩先生，您是我再生父母，来生但求报答您，此生再不踏进大城一步。我妹子做一辈子工都挣不来这些钱，就算我把她卖给您吧，您怎么用她都行。"

先生让亭的兄长与他一起返回院子，说赶紧收拾东西，与你妹子道别，快快回去吧。

亭的哥哥一蹦一跳地走进院子，去与他妹妹说了几句话，不待亭醒过味儿来，拿着包袱就要走。走时向亭和先生鞠躬，道："哥哥走了，从今往后不再来了，杏儿遇上这样的好人真是有福气，我替爹娘放心了。祝先生长命百岁，官运亨通。"

事后，亭一句话也不与先生说，自躲进屋里不出来。先生也不去打扰她，只每日给她安排饭菜，送到门边，待她自取。

先生想，她是个苦孩子，她遭家里人逼迫与他自己和姐姐遭逼迫是一样的。然而，他们各有其命，所得所失，大不一样。先生此刻只想逼迫这一桩事，非要在这点上与亭扯上联系，这样，他便有同命相连，相依为命的感觉了。

亭在屋里憋了三天，到第三天晚上，忽然来敲门。先生开门，见她穿着从上海买来的短裙和闪玻璃光的凉鞋，头发也梳过了，嘴上点了一抹浅浅的口红。

先生问："你要外出吗？"

"不呢，我是来找你的。"亭难得笑一下，这会儿朝着先生露出笑容。

"你想喝酒吗？"

"不想。我要清醒些才好。"

她站在屋中间，一直盯着先生看，打量他，琢磨他，看一会儿笑一下，又看，又笑。

先生被她看得有些尴尬了，说："你坐吧，不要站在那里。"

"你先坐下。你闭上眼睛，不论发生什么都不许睁眼。"

先生点点头，就好好坐在一张椅子上。

亭掀开裙子，跨到先生身上坐着，又将先生的裤子解开，一把抱紧先生，不密的头发将先生的头颅掩盖了。

先生想推开她，却被她浇灌，淋湿，滑入沼泽。

"你兴奋一点好吗？你不是很要我的吗？"亭的语音是散乱的。

"不要这样，亭，我的宝贝亭，让我先出来，我有话对你说。"

"还说什么呀！我都是你的人了。"

于是，再无言语，两人滚落在地，混在一处。

草草事毕，先生还是觉得愧疚，道："你怎就愿意了呢？是因为你哥哥的事吗？"

"我还能做什么呢？你对我好，我也对你好。我不能欠你的。"

"我之前欠你了吗？"

"你没想欠我，是我想错了。"

"这么说，你愿意嫁给我？"

"我嫁给你。你要答应一直对我好。我会老的，将来就不好看了。"

"我比你老许多，还没等看见你老，就死了。"

先生不得不去找回大城的原籍，好在警署的人都换了，办公地点也迁到新建的大楼，所有资料都数据化了，新的警官什么都不知道，只点开资料库，寻到辉恩的姓名记录，就出具了未婚证明。先前辉恩与姬姗结婚，是由他自己建立的新政权颁发的证书，那本旧黄历早就沉到史书的角落里去了。

两人在民政事务厅办了登记，领得合法结婚证。布恩与宋爱并没有结婚，也未有婚礼，辉恩与姬姗结婚时也没有举办婚礼，这次先生与亭结婚却隆重地办了婚礼。他的诗句中曾承诺："我会回来的，那是凯旋，在不久的将来迎你做新娘。"他没有凯旋，他失败了，他背诺了，他迎了别家的女子做新娘。他在这之前就已经背诺了，他曾想在孩子长大以后，用他和姬姗的婚姻来祭诺言中的婚礼。好在姬姗先背弃了他，当前的婚礼，仅婚礼而言，是无须祭奠的。

这是典型的婚礼，是那种西洋古典风格的婚礼。

先生请歌剧院的剧照摄影师为亭拍婚纱照，在歌剧院的大草坪上，以喷泉、水池和廊柱式建筑为背景。为亭做的婚纱有十二套，都有长裾，一直可以拖到剧院门口。每件衣服和裙子都是手工绣花的，蔷薇和碎花的图案，围绕花朵的草叶线条工整而流畅。亭的鞋子从皮靴到凉鞋到春秋时尚便鞋，应有尽有，足足装了二十个箱子。亭还得了许多珠宝，有天然无烧的红蓝宝石，多彩的刚玉，宋人喜欢的通透明绿的翡翠，娇艳欲滴的海螺珠，哥伦比亚无油浸染的大颗粒祖母绿，婚戒是十克拉的公主方 D 色无瑕钻，还有一对沉甸甸的梨形纯钻耳坠，这是从古董店买来的，原先俄国公主的遗物，手镯也很迷人，镶嵌着一排排小粉钻和小蓝钻。

剧院的一级化妆师给亭装扮，大姊五十多岁了，见过的美人一船一船的，她的手笔的确不凡，她可以将亭那种野雏菊般的幼稚村气化为天然的纯洁，啊，纯洁不是闭塞，纯洁是百毒不侵的孤独，深深打动你，而闭塞看起来纯洁，与时尚为谋，借几个标签假装特立独行。豪华是需要纯洁做底子的，倘失去了纯洁，在势利和庸鄙中铺张，就会恶俗，粗鲁。

亭站在那里，行走起来，回眸一笑，坐上马车，露芳足而屈卧，都传送出诗句，她的展示成为一部露天的歌剧，剧院的管弦乐团展开扇形的阵仗在一旁演奏一段段婚礼的组曲，这是她的节日，但却是先生的梦想。辉恩曾经想象的婚礼是凯旋者的婚礼，那是纪念碑式的，也许游吟诗人的史诗和各路英魂的降临才是底色。然而，他也有一个世俗的版本，他想他为什么不是一个在大都市里有头有脸的先生呢？为什么不能有体面阔绰的婚礼呢？他结婚了，将一生中最重要的福气凝聚在这一刻。现在他做到了，得到了这样的福气。他说："多美啊！人是必要结婚的，我从来没有一个婚礼，因此我颠沛流离。"他对每一个给他祝福的人说："谢谢你，谢谢你，我今天太高兴了！"

这年他四十六岁，亭二十六岁。新郎和新娘，新婚燕尔。他因着比他小二十岁的年轻新娘而再次年轻，成为一个真正的新人。谁在这天不把他看作一个新人呢？在世俗生活中，人是这样新起来的，美丽的婚纱，坚实的誓词，蘸着晚霞的酒宴，远近熟人都来沾一点喜气，喷泉、水池、人文艺术、修剪平整的玫瑰花丛，一时间获得了创造和存在的价值。人们似乎在日后的岁月里不能轻易违背这种价值，由这种价值注入过的契约变得神圣而牢固。

你是新的，没有用过的；我也是新的，没有用过的。从现在开始，我们慢慢旧起来，但现在我们是崭新的，谁也不会说、也不许说我们是旧的。婚礼是一次定义，将不论新旧的东西定义为新的。当然，所有的人都相信这是新的，如果不信，所有人就在抽所有人耳光，所有人就都在否定所有人的存在。我这么定义是新的，你这么定义也是新的。我们攻守同盟，谱写壮丽人生！

剧院的同事由此知道先生很有钱，他的故事崭露出合乎他们需要的情理的版本——国王的小舅子，从绿春封邑的男爵，因为一场火灾将领地卖给了周边的侯爵，现在是没有封号的贵族，拥有万贯家财，闲来无事在歌剧院做法语指导。当然，国王封了哪个王妃不重要，肯定不是辉吉安，一定不能是辉吉安。朝野上下，谁还记得那美珠子禄拜？那可怜的辉吉安？

　　那么，现在他可以将他的钱拿出来了吗？他仍然不可以。因为，他拥有得太多了，那数字不是常人可以想象的，这婚礼的排场只不过是冰山一角。钱，依然是辉恩的麻烦，似乎这钱成为他的罪证，总离不开他，总要指向多年前他举事的奇迹，也总要指向奇云龙木焚毁美丽屋花园的旧事。如果他不将义军隐埋的宝藏交出去，他的麻烦会更大，那财富甚至可以买下半个国家。

　　现在他只需要他卖地所得的一小部分钱就足够了，就足够他做一个歌剧院同事相信的没落贵族，做一个大城财富排行榜上的大佬。那些多余的钱倘要是还给国王就好了，这个世界上或者只有国王能明白他的心思。他还有机会面见国王吗？就他们两人，说一说他现在的苦处和心境。他多么希望再有一次在哈姆萨御苑中的谈话啊！面对着正门和窄门，睿智的国王由窄门退出，这时候红鸟飞临，领着他走今后的路。

　　这时候发生了一件事，既是一次机会，又是一次令心若死灰的重击。

　　蜜月期刚结束，房产公司的人上门找先生，说原房主售屋时吩咐，有一个箱子委托照管，他们来取，要寄存到银行里。来人拿了堂屋东头那间隔断的门钥匙，打开就进去了。果然有一个沉重的橡木箱子，搭扣上没有挂锁，随手就可以翻开。那人搬不动，请先生帮忙抬一下，结果跨出门槛时坠落了，里面东西撒了一地。先生一看，那竟是他的东西，剑盾，铠甲，铜靴和一个小包袱。他惊得一时说不出话，直挺挺地站在门边发呆。

那人正要将东西捡起来，辉恩道："不用捡了，还是放在原地吧，这些破铜烂铁太重，移动运输都不便，恐有不测，不如托我保管，我们立一个文书，你委托我，我做责任承诺，并附加遗失损坏的赔偿条款。"

来人看都是一些旧物，似也不甚贵重，又想搬运需要人手，确实麻烦，便同意辉恩的主意，当下就立了文书，又将钥匙交付辉恩。

那人办完这些，正要走，想起什么，说："原先的房主曾说，不准哪天会回来取的。你切切要看管好。"

"是男主人说的，还是女主人说的？"辉恩问。

"这个我不知道，因不是我经手的。我只是听说。"

那人去了，布恩独坐在隔断间里发闷。这定是宋爱无疑了！她与一个叫罗浮生的男子住在一起，然后将房子卖掉走了。她嫁给那个男人了吗？她或者也寻他寻得苦，终无音讯，便死了心。她原本出现时，是来为他送死的，难道他死以后她就这么随随便便嫁人了吗？她如何确准他是死了，生不见人，死不见尸，怎就相信他死了？他是她爱得要死要活的人，虽如何也不至于那么轻率就忘掉一切的。他难以叫自己相信他所得知的，但事实分明就是这样。难怪他会做这样一个梦，就像曾经梦见蓝茵一样离奇，那是姐姐的幽魂托梦，这次会是宋爱托梦吗？死魂会托梦，生者也会托梦吗？他倒情愿这会儿宋爱死了，如果还活着，倘之后见面，如何相对！她嫁人了如何面对他？他娶人了又如何面对她？命运不会开这样的玩笑吧！有一点可以肯定，火灾那夜，宋爱逃出来了，还带出了他的东西，那是当初放在美丽屋花园的密室中的，密室另有通途通向外面吗？那么，辉芝宇呢？辉芝宇会不会也还活着，与宋爱在一起？这事太蹊跷了，布恩想破脑袋也想不出结果，想着想着，眼泪滚落下来。他的心原本被那场火烧焦了，这下叫这口箱中之物给压成了灰。这时，他忽然想起国王的话："心都碎了，还怕国土破碎吗！"如今他心若死灰，还怕人生如灰吗？

昨日新婚燕尔，今日如坠深渊。一墙之隔，那里有生的欢娱，这里竟是一座坟墓。他对再见宋爱，重逢爱女，已然无所畏惧；他对活着，已然寻不到意义。可是，他听到了电吹风的声响，从堂屋西头的卧房里传来的，如今这也成了他的卧房，是他和亭的新房，那里摆着他们的婚床。是的，那边拢帐子的挂钩上刻着一条卷龙，与梦境中所见无异，那日他见到时，不过是诧异，这会儿与箱子联系到一起，才恍然大悟。鬼使神差！究竟是有一种不可抗拒的力量将他带到这里的。神迹并不隔着界河，梦醒原来都是实在，实在的虚相，虚相的实在。难道那不停换挡的电吹风是一件实在之物吗？武士的铠甲会生锈，俗家女子的电吹风也会腾云；光天化日之下行走的是鬼，阴风惨惨中来往的是人。这个世界的秩序被颠倒着排列，怎样才能参破命运的机密轻重？人所能做到的，都不是他想要的，不如迎接那面临的，尚有先设的轨道上的平坦。

谁领你做辉恩，又做布恩、甘伯，如今成为先生？你是先生啊，是亭的先生！你怎么能做死灰呢？叫那青春的女子落空？

他从箱子里拾起那个小包袱，展开看里面裹着的金册，那上面是他的名字、出生年月日和御林军中阶位。他是右卫，就是都督下的第一副将，按理来说，如果王室没有重新任命，那么他现在仍然是一名王国的正式将军。一个失去了爵位的将军，一个在歌剧院担任法语教师的将军，倘若执此金册，能进宫面见国王吗？他太想见到国王了，想与他谈谈心。于是，他准备一试，准备铤而走险。

他去找蓝茵，想通过她丈夫打听一下宫中的情况。正好，蓝茵丈夫的表弟在御林军中做事，这便打听到一些线索。

哲塔王已经很老了，他几乎闭门不出，将自己圈囿在禁中北门内的御花园。大太子叫人为他建了一座小木楼，在御花园的鸳鸯湖畔。他每日早起，念经，写一点回忆片段，中午用过膳后午睡一两个小时，然后就研究香丸制造术，傍晚时分出来到湖边散步。陪伴他的是两个童妃和枢密院的几个秘书，武官和兵士不许靠近他，只在花园外围设防。辉恩凭借他的金册是可以从任何一个宫门进入的，只是身着戎装便不能进御花园。于是，他选择送水节的傍晚时分进宫，他推测这天国王因着节日心情会放松些。他穿一身便装，向守卫递过去金册，就顺利进去了。因为是送水节，宫里人非常忙碌，按传统，护城河与宫内湖区都会有赛舟活动，为此，来来往往的人并没有太注意到他。在御花园门口，他遇见穿重甲巡逻的士兵，他闪了一下他的金册，士兵便立正向他行礼，也不询问，就任由他入园去。花园里比王宫其他地方要宁静，似乎并不在节日气氛的笼罩下，湖上有一艘花舫在缓缓漂移，辉恩猜，国王也许正以这样的方式在庆祝节日。有艄公和御厨在码头上忙碌，借一叶轻舟将餐饮送到花舫上去。辉恩过去与领班的搭讪，说："我远道从天斧截山来谒见圣上，这是我的金册，劳烦您递给陛下，他见此就分明了。"说罢掏出一个小匣子，里面装着二两海珠，顺势就塞到领班的兜里。

领班会意接下，道："大人是从绿春邑的男爵吧，多年都未曾见您来朝贡，这回是趁着过节来尽孝的吧！别人不晓得陛下有多少亲戚，我全晓得的，我在宫里行走多年了。听说从绿春遭了火灾，大人家里安然无险吧？"

"那是往事，现在一切都好。"

"那便好。"领班接过金册，也不翻看，等轻舟过来了，就赶紧上船，去向国王报信。

一刻钟光景，船就回来了。领班在船上远远向辉恩招手，辉恩就知道国王答应召见他。

上得花舫，一名侍女领他进到舫厅，从一面翠玉屏风后面踏着木楼梯上到二层，国王在一间暖房里正等着他。

哲塔王见到辉恩，便嘱咐身边的童妃退下，他要单独与辉恩说话。

"啊，我的兄弟，你还好吗？长久没有见到你了，你也不来看我。"国王说。

"向陛下请安。承蒙您的关照，我还活着。"辉恩向国王微屈身子行礼。

国王赐座，辉恩坐下。王问："你饿了吗？要吃点什么东西吗？"

辉恩见到国王面前桌子上的搪瓷盘，里面像是盛着炒饭，不觉隐约有些饿意。这是大城人吃晚饭的时候，他原只一心想见国王，并不曾想到要避开饭点，便顺势回答："真是有点饿了。"

于是，国王摁铃，侍女便进来。王吩咐侍女："给这位先生准备晚餐，与我的一样。"又向辉恩说话，"我只爱吃长粒米，就是我们南方出产的那种。对了，你在南方住过很长时间，应该也知道这种米。我小时候在释迦寺读书，寺里对待王室的孩子和穷人的孩子并没有分别，一到吃饭时间，大家排排席地而坐，每人发一个搪瓷盘，就像这种。"王说着，指了指面前的盘子，眼光像珠子一样落到盘里，"然后，执事的僧人就拿勺子给大家分饭，就一勺，平平的，如果他喜欢你，或者会稍微高出一点，只是隆起一个小坡，不能是峰尖，太过分了，别人就要嚷嚷嘀咕的。那饭粒，粒粒分开，夹着蛋丝，用虾子酱炒的，放一点点油就够了，每粒看上去都是油汪汪的。后来，从寺庙里出来，到得宫里，什么山珍海味都吃过了，还是不觉得有炒饭好吃。另外，一定要装在搪瓷盘里，金的银的都不好使，唯独这种盛饭才香。"

"这样的炒饭，诗梳风街头的摊贩都会炒，加一片薄薄的酱肉和几根酸豇豆味道更好。我也喜欢吃呢。不过，我常要再添一碗番茄鱼片汤，加几叶紫苏的那种，淡淡清清的，做得好的，连一点鱼腥味都闻不到。"

国王又摁铃，叫来侍女，吩咐说给先生熬一碗鱼汤。

辉恩感觉到暖意，他之前从未这样看过国王。他是谁？一个统治者的总头目？一个腐朽制度的代理人？一个强占了他姐姐的大嫖客？他的敌人？民众的敌人？或者在愚者心中他至高无上，他圣明英智，他是全体臣民的再生父母？这会儿看起来好像都不是，王与他吃同一种搪瓷盘子装的炒饭，王在寺庙里的经历他也有过，他是那个总是会分到高出勺口一小坡的孩子，如果他们坐在一起，他想，王是那个不起眼的矮小的男孩，是那个始终倒霉的同学。他忽然感觉到，王看他的眼光是钦羡的，王钦羡他，也钦羡姐姐。王的位置那么高，竟也钦羡他们姐弟，要挤到他们的餐桌上分饭吃。王不以宫里的钟鸣鼎食为贵，王要拿这些来讨好他们。

"您真的喜欢这样的饮食吗？"辉恩问。

"由不得我喜欢不喜欢了，我想吃这样的长粒米，已经种不出来了。种田人如今都到大城来，田园荒芜，狮虎横行乡里，蛇蝎出没垄间，王国的人全都挤在市里，那么大疆土尽弃为荒野。他们用化肥、激素催熟谷子，用香精浸染米粒，甚至改换了原来的种子，希望一夜之间亩产万斤。以前领主有肉吃，佃农和农奴没肉吃，如今大家都有肉吃，但猪已不是之前的猪了。大家追求平等，尊严，奉观念为神灵，要一概正确，与观念严丝合缝才称心。观念你懂吗？就是人编排出来的说法，比如爱情，也成为观念，男女平等到分不出彼此的地步，生物也须雌雄不辨，日月要求于昼夜间同辉。如果不正确，就是旧时代，仿佛都是我的错，我分出春夏秋冬，我安排下高低贵贱。他们希望推倒重来，人人都当主子。上个月内阁呈上来法案，要废除金本位，说黄金不好用了，难以抵付人们创造的财富，财富太多了，要以信用货币结算。什么信用？就是以观念做信用。过去说，有人点石成金是巫术，这下一念千金，比巫术还离奇呢！人们开始怀疑造化，憎恶造化分出的品秩，用科技取代造化的伟力，扬言明年就要实现永生了。这一切不是以巫术的名义，恰是以理性的名义。你以为我吃炒饭是怀旧吗？如今只有御花园有五亩地用老种子种粮，这米一百瑞尔一斤市面上都买不着。这可比他们的什么米其林三星的酒宴要贵得多！内阁的人在搞群体迷信，这叫拜观念教，用进步的神话障人眼目。我没有看见什么进步，我看到的是拉低标准来充量，用时尚的谎言来取代高贵的本质。人不认命啊！你拒绝命运，自负盈亏，也出离不了天道的秩序，你就这样两清了，无尘无埃，像没有来过一样，成为虚空。这样倒是可以，但虚无的存在，毫无意义。"

"我不能在他们的观念中找到我要的吗？"

"你在你的观念中落空了，你还不晓得观念的虚空吗？他们的观念也是观念，不是别的什么特别的出路。一切观念都是价格，而不是价值。观念愈大，赎价愈重。"

"价来价往，反倒无欺？"

"这是万物的起点，循此不偏，必归王道。你说，骑马的和牵马的谁贵呢？固然是骑马的贵。然而，那本该骑马的却落到牵马的地步，世道便沉沦了。所以，你要让牵马的骑马，你是错的。可是，你令德归其位，你就对了。世界的缰绳本该归在骑马的手里。你是骑马的，可是，你率领的那些人本就是牵马的，你想颠倒骑马的和牵马的，你必要败的。其实，你比我更会做王，你天生是一个王者。"

"难道您不是君命神授吗？陛下一族不是万世一系吗？"

"有神意，也有人意。到我这里人意多些，甚至差强人意。你和你姐姐都是王者根底，但是，你们都不顺天意。她放弃了，你也放弃了。"

这时候，侍女与厨子推着餐车进来了，他们在辉恩面前放好盘子，盛上饭，又摆好汤碗，舀一勺鱼汤在碗里。置妥，便退下。

"你要善待他们，不可欺侮他们。这就足够了。"国王看着他们的背影说，"我想这么做，也一直这么做，可是，出离宫墙之外，我就做不到了。我的权力一直只有这点范围，所以，我索性就退到御花园来住。"

"我要把钱还给你。"辉恩将他在从绿春的事和眼下在大城的近况前前后后都与国王说了一遍，又接着说，"我既放弃了，我要这么多钱做什么？目前对我来说，已经重得拖累了我，使我不能轻便生活。我将地卖了，也没有封号了，名不正言不顺，一个平民是不能花出去那么多钱的，即便捐献出去做慈善也不行。"

"可是，我怎么拿回来呢？我没有任何名义和权力去剥夺一个公民的财产。"

"你对我足够好了，我只需这些钱中很小的一部分，就可以几世都衣食无虞了。"

"你不想做点事吗？"

"我还有什么事可做呢？"

"你不是在歌剧院吗？可以由歌剧院与王室的名义成立一个机构，来整理和研究古典艺术，并资助艺术学院的学生去世界各地留学，我来任命你担任机构负责人，当然，你想不做事挂一个名头也行，这样，这笔钱就有合理用途和支出名目了。"

"我何以受此重任？"

"你是法国留学回来的，受王室赞助的学者，所学专业是语言和艺术，如今为王室效劳，有何不妥？"

"不至于再牵扯到往事吧？"

"你害怕过往的经历吗？害怕人家认出你是我的亲戚吗？"

"不然。我是怕我的罪孽。这钱就像罪证一样一直都追着我。"

"如果是罪证，那么你是销毁不了的。这里消除了，那里还有。罪证从来都不会是孤证。"

"那我怎样才好？"

"快吃饭吧。凉了就不好吃了。"王劝他吃饭，"你吃吃看，我的厨子做得怎样，比得上诗梳风的摊贩吗，我可是费心将他们调教得不偏左右了。"

话已到此，打了个结儿，辉恩也不再言语，尽顾埋头吃饭。

王已吃歇，在一旁拿了一把阮弹奏起来。他见着辉恩，心里高兴，直好比也透视到吉安。

王的歌唱道：

又到花明月暗时，

画堂南畔故地，

今日佳节送水，

迎来葳蕤熠熠。

葳蕤熠熠辉颜，

如见故人面，

弦弦掩抑声声叹，

翻疑梦，相悲各问何年！

第十四章

地铁月卡上的一寸影子

先生回到院子，将近午夜时分，亭早已睡下。钱既交出去，先生如释重负。他将院门紧闭，似是将往事都关在外头，那好的和坏的他都舍弃了，他要静静地过另一番人生。

月光投在院中石板路上，投在碗口大的深井里，他在井沿坐一下，吸一支烟，回一下神。这一刻，过去的不再回放，将来的未及展望，时间化作了空间，月就是月，霜就是霜，鹧鸪就是鹧鸪。先生长吁一声，自叹道："就这样了，我要休息！"他走过太多的路，经过太多的事，他如今停下来所需的气力，一点也不比曾经出发时用到的少。他从井中掬起月光，又放下月光，找那片漂浮的树皮，没有找到。他确信那片树皮真的不在了，他的心才落下来。他计算着井的深度，希望深一点，可以将月光藏住，留得久一些。这是北方的秋天，雨水被送走了，草木肃静下来，人身体也万分爽利，凉意透骨，鼻子里闻到的芳香并没有一丝湿气。他以前以为地球是圆的，这会儿他宁愿相信大地是方的，平的，让圆的转动在方的静止面前悔恨。天圆地方，亘古如是，平面的世界何其好啊！事物应当在平面中由远至近，事物不应当在立体中循环相撞。远一点，再远一点，那才是离逝，离逝得无影无踪，令世人都寻不到你。

先生入得房来，褪去外衫，紧贴着亭躺下。他的生茧的脚触到亭丝滑的趾面，亭也不躲，任其摩挲。他想在上海的那晚，他贴近，她挪开，又贴近，又挪开。此时，他轻拥她，她竟不拒不迎。他们的节奏没有预告，只消靠近，近了，就渗出爱意，热度一点点升高，要很谨慎，很轻柔，不知不觉就沸了。今夜，先生畅然，换作自己的节奏放送，亭本欲伴睡而接，却抑不住欢愉，心直跳到嗓子眼儿，翻身过来搂紧先生脖颈，先生受此激励，便决意使出些手段，不想刚一用力，女孩儿便莫名呻吟起来。先生闻声而进，女孩儿竟已坍倒，蜷缩起身子，别转脸去。先生闻到一股异味，一摸被里，全是湿的，污的。她原是失禁了。

亭在一旁哭泣，先生停在空中，下不来，也上不去，不知如何是好。他想，她哪经得住他！女孩儿是一弯溪泉，浅浅的，尚盛不下危樯大舟，他将来一定要对她更好些，不要弄疼她，不要伤害她。豆点儿的灯苗，受不住狂风；游丝细线，岂可粗重翻拨。先生埋怨自己武士身胚，半人半神的英雄体魄，只不过挪一下腿，就踩坏了路边的一枝雏菊。英雄当配美人，凤凰须占高枝，如今非要与俗家胭脂凑姻缘，怕是连形制规格都相差十万八千里。他是见过大美人的，按他心中的规格，她的屁股那么小，身材那么不匀称，可她在平常老百姓中也是一个美人呢！这好可怜的。他的热烈，对别人就是暴虐；他的一声叹息，对别人就是惊雷。一头雄狮要矮下来，缩起来，学做一条温良的细犬，让寻常人家的小妇人牵着，这幅图画在先生眼里或是美景，在无关者的眼里实在是荒唐。可他如今要这荒唐，他一边压着自己弱一些，一边又期望慢慢将女人养得强一些。他告诉自己，说她身体不好，精神不够强健，要多吃一些，渐渐引她受一些刺激，当然，不可太过分，不要像萝黎那样，到得宋爱的三四分就可以了。这也不是为了苗壮，只为多少受得起他一点就好。

"都是我不好，我弄坏你了。"先生在一旁劝慰道。

"你是对我好，我原先不知道男人有那么好呢！"先生把被子换了，又替亭擦干净，一切污秽都看不见了，亭才放下心来说这话。

"没伤着你吧？"

"没有。我没事，只是一头冲上来，我架不住。"

"以后我会小心的。"

"你真是太好了，我的先生真是太好了！"亭抱住先生不放手，反复亲先生，不停。

可是，以后还是这样，先生无论多么小心，亭还是失禁，有时一碰就不行了，弄得先生每夜都换被子，给她擦身洗浴。为此，家里添了许多床被子，一到白天就洗被子，晒被子。

"我还是生一场病吧！"先生对亭说，"这样我们身体才相当。"

"你怎么说这样蠢话呢？别的女人求都求不来，只怪我消受不起，没有福气。"

"相当了，才是福气啊！"

"我情愿这样，好叫我离不开你。每天都死一次，我快要爱上你了。"

"你不爱我吗？"

"你有多爱我呢？你只是疼我，特别疼我。"

亭的心思是这样的。

她倘遇着她中意的，她什么都不会想，就跟着那意中人走了。然而，生活中并未见得就遇上中意的。那中意的是什么呢？意中人不过是趣味相投、性情相合的人，好比一件贵重的宝贝，你心甘情愿舍掉重价去赎买，无所谓盈亏损益，得着了就是赚到了。然而，中意也不是爱情，爱情是死价，唯天意恩允才会得着。在人世中，最贵的，不过就是性情之爱了，梅兰竹菊是一族，葱薤韭蒜是一族，驴唇不对马嘴是痛苦，蜂雄蛱蝶雌是两路。人海茫茫，到哪里去寻你称心如意的人呢？你守住自己的趣味性情，或者有缘邂逅；你守不住自己的趣味性情，渐渐等得不耐烦了，或者看着别人是这么寻着的，自己也依着别人的行径去凑缘，那么，到头来，那个合着你根性的人也认不出你了。大部分的人因着命格的局限，都守不住原初的禀赋，多的是人拿着这禀赋贱卖，换一点温饱暂度饥寒。这便是人世的辛苦和不易，人为着地债而流尽汗水，方得果腹续命，这是《创世记》中神对着原罪的始祖下的诅咒。既如此，人不思悔过，反倒强硬，越穷塞贫弱的越强硬，与命运对抗，与造化周旋，捏造出偶像来生闯别的出路。国王说的观念，便是当代人的偶像。他们树了财富的观念，成功的观念，爱情的观念，等等，并匍匐迷信，不能自省。观念的爱情是什么？它好比一种宗教，许诺平等、尊严、忠贞、纯粹、男女间一尘不染，若有一丝杂质，不如纵身悬崖。这听起来似乎也关联到死价。难道迷信不正是以信仰的方式妄图取代信仰吗？将死价付给虚妄，恰是比重价、贱价的买卖更愚昧的托付。人不托付上帝，自负盈亏，倒也罢了，人将自己全然托付一个观念，不是白白送死吗？以往的历史中，乱力怪神，是看得见的一尊尊偶像；如今的世道中，名目繁多的观念以理性的名义交织在一起，成为一张无形的罗网，惑人心魂。这就是习俗，换言之谓文化，其虚亮的结果被沾沾自喜地称作文明。

亭既遇不着意中人，便投靠观念神，按这门宗教的规则去量价格，男人老了是亏价，男人令肉身爽悦是盈利，男人有钱有才有势又多些筹码，这些统统加起来竭力与中意画上等号。起初就中意，那么白给还倒贴；起初看着缺憾，那么算计就不得不细密。观念教是一面旗帜，用来遮挡生活的失败和不如意，而她东张西望，比着他人染脏蒙蔽，丢了自性迷失不醒，已然无法以原初的禀赋结缘，只将一切不堪都推给他人。至于先生有那么多钱可以填满她的不足，并不是她不想要，而是她不相信。那些婚礼上的珍贵珠宝和华丽衣裳，她藏起来了，小匣子外套大匣子，纸包装外裹布包装，牢牢锁在柜子里。她没钱时尚且买些有噱头的闪亮时装穿，如今有钱了反倒穿得暗暗淡淡灰头土脸。先生叫她打扮得精神点儿漂亮点儿，她说那么好的衣服舍不得穿，每每拿出来看看就心满意足了。她只想拥有，却并不要享受。她拥有了，就放心了。

她如今拿一个计算器，日日加减乘除，算算先生哪样缺她了，有无背叛她，有无忽视她，有无大亏欠的地方没有加倍补偿；她是不会亏欠别人的，的确她不想白白接受先生的馈赠急急就支付了。只是这样算，那样算，都是一笔小账，先生陪着她玩，收缩自己的当量，力图合上她的容量，希望她能赢，能胜出一筹。辉恩原本得着爱情的时候，想着做甘伯，如今甘伯做不成了，罪重难偿，竟又追求爱情。宋爱是付出一切，直到付不起也没有追到爱情；他截指断臂，削足适履，将鲲鹏之体硬塞入瓦瓮，是否就追得到呢？

国王的圣旨下来了，王室从几个文化机构抽调一些专家，与歌剧院合作，成立一处叫作"御音教坊司"的机构，专事培养年轻的音乐人才，为他们提供学费赞助和高端教育，所选学子都须身怀绝技或资质端丽的，辉恩被任命为云韶大夫，从三品，主掌司内一切事务。他如今废了爵位，却得了官职，作为有哲塔家姓氏的望族执事人，在京城也算显赫风光。做官了，待遇就不一样了，司里为当家的派下厨娘、佣人、秘书、巡护一行人，辉恩说宅子太小，容不下这么多人，只要了一名厨娘和一个巡护，秘书就让亭代了，这样夫妻一同上班下班，也相处得紧密些，巡护也无甚大事可做，只平日里开车，做一名司机。国王拿出一笔钱，王室也出一点，这样就先有了基金，然后以基金的名义向各路诸侯征金募银，辉恩便顺势将自己的巨款捐了。这事亭不知道，司里的一般人也不晓得，由财政官经手办理。财政官是哲塔王的心腹，太后家的表亲，为人忠厚老实，做事谨慎。他收了辉恩这笔款子，缄口不言，事情做得滴水不漏。辉恩给自己留下一笔，大约占总额的千分之一二，加上歌剧院的月薪，还有如今领到的大夫俸禄，也足够这辈子恣意挥霍了。

亭这下做了先生的正经夫人，也算官太太了。先生是王的舅子，她就是舅子媳妇，也便归入王亲国戚一族，这叫她一时不知所措，恍若隔世。她与先生一道收拾出东西厢房的空屋，迎来厨娘和巡护，他们一人分到两间房，供睡卧和起居。亭全然不晓王室的规矩，直按做公司主管的方式使唤他们。这两人在王室各处行走，伺候大人贵妇，一方面被娇纵惯了，一方面又奴性十足，这里面的奥妙和黠慧是亭捉拿不到的。于是常常气不打一处来，便迁怒到先生头上。

“你给我把他们都辞退了，”亭说，“他们那架势，真不知道我是主人，还是他们是主人。”

“这可辞退不得，这是圣上赐下来的，要感恩戴德呢！”先生道。

“不如去保姆市场找，那里有的是手脚麻利、态度诚恳的。”

“哪还有人出来做保姆！你是幽居深闺，已然不知世事变迁。如今农民都进城了，他们第一代站稳了脚跟，第二代就算城里人了，先前越是吃苦的，这会儿养儿育女越是纵溺，那些孩子连件衣服都洗不明白。全城的人差不多都不开伙，新建的房子连厨灶都没有。你嫁给我之前不也吃外卖吗？再说城里的穷人，拆迁、改造旧房都得着不少补偿款，闲在家里也可以吃一辈子。我们王国一眨眼就没有穷人了，真的没有了。那些还需要社会关心的，都是老弱病残，家里没有后生照顾的。你忘记上个月我们回大河省探亲看见的吗？村里青壮早就不见人影，连老的也被接走了，剩下的都是病瘫或者脑筋报废的人。你爹娘还在那边，是因为你不愿意接他们来。"

"难道没有人愿意做工吗？"

"这叫逆向失业潮。做也罢，不做也罢。新一代的小孩子没有财富成功欲了，人人渐成玩家。你看外面那些高楼，刚建不到十年，就空空荡荡、漏水漏电了。昨天我去邮政局大楼，那边电梯都生锈开不动了。"

"这不是经济要衰退的节奏吗？"

"亏你是做互联网的！现如今谁还做实体呢！大家都在网上开店，信息发达，交流通畅。"

"那总要有人生产的吧！"

"以往市场需要人口，只好靠集聚，大家凑到一块儿来建城市，生产销售一条龙。如今买东西不需要逛街，只消键盘点一下，生产商又何苦聚在一起呢？不如靠近原料出产地建厂，换句话说，在哪里建厂不一样啊？还少去许多城市生活的成本。未来，线上是集市，线下就是农村，不论大城还是大河，都是农村。"

"你怎么忽然知道那么多呢？"

"你教会我用互联网，我天天在手机上刷啊刷啊，不动腿脚就逛商场，很开心呢！"

"这么看来，我倒是落伍了，快成家庭妇女了。"

"家庭妇女好，不愁吃穿，心理无负担，无压力。时间要慢一些，慢一些才长寿。你看龟何以活千年，就是慢啊！"

"我随你做教坊司的工作久了，转眼居然也慢下来，比你还慢些。这么说来，先前王道的那套还不无道理。"

"我们都是乘现代化大船的人，如今搁浅了。说不定国王善败而后得胜，比我们智慧呢！"

"你一直是王室的人，何时乘过现代化的船？"

"你带我上去的呀？你怎忘了？"先生这么说，故意将甘伯地的往事按下不提。

世界变化太快，对亭来说，看不懂的事情一桩接一桩，对国王和先生来说，反倒因缓得释，既然曾经慢了、错过了，当下也就见怪不怪。

只是接下来遇见一桩事，令辉恩骇倒、愕窒。

教坊司招生，考官报上来，说来了一个女孩儿，桃李年华，歌唱得极好，设形容，揌鸣琴，揄长袂，蹑利屐，目挑心招，令人神魂跌宕。辉恩于是嘱人领那女孩儿来过目。女孩儿来了，果不其然，生得肌滑肤润的，衣裳不蔽处，凡外裸之踝腕颈腰，皆有明光袭来，龙游寅跃，流风回雪，视之令人羞愧，竟不敢多瞥一眼。

辉恩叫她唱一曲《红配绿》，那是遭大城人讥笑的口水歌。女孩儿也不拒，振弦玲珑，张口便吟。其声离离，其情葱葱，一句便惊倒四座，如此恶俗之调被她唱得牵筋动骨的，仿若天音落凡，蓬荜生辉。

歌罢，女孩儿道："大夫怎不叫唱一曲《念奴娇》？"

"哪曲《念奴娇》？"

"团玉。"

"那你唱来！"

于是女孩儿唱宋人的《念奴娇·团玉》：

素娥睡起，

驾冰轮碾破，

一天秋绿。

醉倚高楼风露下，

凛凛寒生肌粟。

横管孤吹，

龙吟风劲，

雪浪翻银屋。

壮游回首，

会稽何限修竹。

今夜对月依然，

尊前须快泻，

山头鸣瀑。

吸此清光倾肺腑，

洗我明珠千斛。

只恐婵娟，

明年依旧，

衰鬓先成鹄。

举杯相劝，

为予且挂团玉。

辉恩听得悲从中来，似遇故人，旧情阵阵萌发，不知如何收场。

女孩儿忽言："大爹爹不认识奴儿了吗？奴是莎莎呀！从绿春邑奇云龙木家的莎莎。"

众人见大夫与女孩儿相熟，或欲叙旧交谊，遂纷纷避退。

辉恩领莎莎去书房。落座，看茶，迨侍从尽退，言归正传。

辉恩问："家里人还有在的吗？"

"都死了，全烧死了，只我逃出来了。亏得爹爹将我卖到客栈，那日，老板娘差人送我去会侯爵，方得幸免。"

"屈乌、杜乌、奇楚、里乌、荻玛、曲英都不在了？"

"奇楚在爹爹府上，奴儿不知他下落。其余都烧死了。"

"你娘呢？"

"也没了。"

辉恩长吁："我与你娘生的崽儿都死了，我与别人生的孩儿也寻不见了。罪孽啊！这分明是报应！"说罢，便哭出声来，泪水涟涟，一时止不住。

莎莎起身，拿茶几上的手巾与辉恩拭泪。

"你是如何到大城来的？"辉恩问道。

"侯爵疼惜我，报请王室给我释放书，我就出来了。"

侯爵便是买辉恩地的主，他多少也知晓一些从绿春的事。

莎莎接着说："我在城里一家歌厅做招待，来客多的时候，歌台上节目不足，老板就让我上台凑数，客人喜欢听我唱，我就改了营生，开始唱歌。有歌剧院的指挥来玩，听出我的本事，就推荐我去花音社录唱片，又在多处与人搭戏，渐渐入了歌舞这行。前些天，那指挥说王室成立了御音教坊司，叫我过来试音，不想就遇见了大爹爹。"

"这是天要我遇见你啊！我对不住你，在你身上行了恶事，这可如何是好，如何是好！"

"爹爹休要这般说话，孩儿遇见爹爹是大福气，日后得着培养，或者出人头地呢。"

"你不恨我吗？"

"有甚好恨的？我本是爹爹的奴，你要对我怎样就怎样。如今我一个亲人都没有了，遇见爹爹我好高兴的，哪怕再将我卖掉也情愿的。你以往对我好的时候，我牢牢记得。我生是你的人，死是你的鬼。"

"你果真不怨我吗？"

"不怨。"

"如此便是对我的大恩了！愿受我跪拜，辉恩于此谢罪了！"辉恩跪下，莎莎惊惶，竟不知所措，"如今你我行不得男女之事，你入我府里来住，做我女儿，我真心待你如骨肉。我亲口去与你小妈说，爹爹已娶了新的女人，你日后认她做娘。我曾经毁了你的家，这下要给你一个新的家。"

莎莎从惊惶中醒来，搀扶起辉恩，道："承蒙爹爹不弃，我漂泊无定踪，这便有了着落。孩儿谢谢爹爹。"

这时已距火灾四年，辉恩四十七岁，莎莎二十岁，亭二十七岁。

先生回到家里，将今日考堂上的相逢奇遇与之前在从绿春的往事都说与亭知晓了，只是抹去了与莎莎行男女之事一章。亭与先生虽说同在司里上班，却并不一直在一处办公，所以，亭未见今日堂上之事。看官们千万勿要小看亭的器量，想前面这样那般写尽了这个时髦女子的狭小，此番遇见莎莎这盘棋，必是不会善罢甘休。人非草木，倘灵光照到心里，即便路旁粒卵大小，也不是粒卵的尺寸了。但当莎莎进门，亭瞥其绰态，就晓得她是个风流女子，先生与她的事，便心知肚明。然而，灵光照亮的心怀，还有什么盛不下呢？爱情在别处都没有来，谁竟想到，爱情于此间蓦然垂临！

亭对莎莎说："不要叫我妈妈，这样对你死去的娘不尊重，不如叫我小妈，叫他大爹爹。"

亭这么说，是想给莎莎一个家的真切感受，她必须做莎莎的妈妈，又不能夺了莎莎对亲娘的情感，那么索性就随了旧规矩吧。旧规矩又怎样呢？既然出自爱，有哪样规矩能大过爱的？

亭让出西厢的办公室，改做莎莎的卧室。莎莎就这样住下了，真的做了先生和亭的女儿。现在，他们一家三口，加上厨娘和巡护，五个人住在院子里。

自从厨娘和巡护住进来，每日晒被子，多有不便，眼下莎莎又来了，对爹妈帷帐中事，不得不回避，于是，先生嘱人将堂屋的北墙凿开一扇门，直通后院，又将院子两旁原先通到后院的甬道给堵死了，这样便每日在后院晒被子。亭失禁一直不好，先生便断定这是一种病，多方去请医问药，索来许多方子给亭吃。吃了许久，也不见好，想刹车不做，又停不下来，毕竟亭才二十七岁，青春风华，正在兴头上，潭子越浅，越想往深处扎，弄得先生惆怅万分。好在亭真的爱上了先生，每日娇缠不休，两境虽殊，情义是一。

亭与莎莎像是前生有缘，两人形影不离。莎莎唱得那么好，谁也挡不住她的道，一路冒尖，不久便当了歌剧院的头牌。她形貌也生得不凡，叫人见一眼便难以释怀。于是，歌剧院盛极一时，四方观众趋之若鹜，听得懂歌剧的、听不懂歌剧的都来，只为见一眼，听一嗓。莎莎被编排进许多经典剧目中去，每日排练演出不断，亭就给她做饭送饭。她不吃厨娘那一口，厨娘弄的都是宫里的名堂，莎莎吃不惯，莎莎爱吃百姓的家常菜。亭先前不下厨房，只记得少时在大河省吃过的几样菜，不想随手做出来，恰合莎莎的口味。

两人处久了，无话不说。莎莎不曾念过书，说话办事仅凭性情，常常口无遮拦，大爹爹长，大爹爹短，亭居然不在意，不嫉愤，与她一道分享这一份爱慕赞羡。爱是什么？爱是怜悯，亭怜悯莎莎，从莎莎身上又怜悯到先生。她望着这女孩儿，直就想到她的身世，又联系到先生的苦楚，眼泪抑不住就滚滚落下。她知道先生对她好，百般依顺她，她想报答，可是她自知水浅，这么浅如何报答汪洋大海？知浅者的心灵空虚，那神圣的光便照进来，令她心疼。她如今再也不是硬着头皮的杏妮，想在大城自力奋强，谋一个光鲜的地位，她如今像一个无助的小姑娘，坐在青草蔓生的台阶上，孤苦伶仃的样子，进退两难，无路可走。有过路的乞食者看见她，过来讨吃讨喝，她将所剩的最后一枚瑞尔交给他。那乞食者便祝福她，要她得福。那人是创世者，为人负重受罪，他接过亭的瑞尔，他知道亭认出他来了。凡认他的，必得永生。人不是因为自己的善举而得救，人是因为认得他信托他而得救。

　　布恩听见后院林子里有咳嗽声，便循声而去。这时候，光色晦暗，分不清是白昼还是黑夜，乌云密布，沉甸甸的，天重得快要掉下来。云外透出一些辉芒，借此可看清一二。谁会进到院子里来呢？两边的甬道封死了，唯一的进出口是堂屋北墙新开的门，莫非有人翻墙而入？听那咳嗽声干涩，乏力，像是上了岁数的妇人发出的。一个老妇人，怎纵身轻跃攀墙？布恩稀奇，想探明究竟。随着声源，进到灌木丛中，并不见人影，四围一片寂静；又走一程，进到宽叶林里，见到龙血树，忽又有咳嗽声自东边传来，便改路往东，东边是一片桉树林；过了桉树林，又遇芭蕉；芭蕉后面是椰树林，林地是沙碛，直伸到远处旷阔之地；又听见一声咳嗽，这便似乎靠近了，布恩急急向前，到达旷阔地。啊，原是一片沙滩，连着一湾沼泽，更远处是稀疏的芦苇和湛蓝的大水，这看起来像一个大海子，三面分布着密密的林子，一面无际，通向天边；沼泽中有一处旱地隆起，果然有人站在那里；布恩下到泥沼里，艰难地朝旱地走去，走着走着，半个身子陷下去，快接近时，淤泥和水草将他缠紧，动弹不得。

　　布恩向那人求救："拉我出来吧！"

　　那人递给他拄杖，他抓住一头，渐渐升起。那人猛用力，一把将他拽出，他倒在旱地上，气喘吁吁。

他抬头看那人，果然是一个老妪，须眉如雪，白发鹤颜。

"你又认不得我了吗？"老妪道。

"你是谁？这是哪里？我分明入到院子里，怎就到了海子边？"布恩疑惑。

"我是米尧啊！"老妪叹道，"这里是阴阳界，幽冥之地，往前就是死，退后就是生。这处旱地不在生死中，共八尺见方，为你我相会而设，一旦云散去了，天光大白时，就会消散无迹。"

老妪扶起布恩，替他拭去脸上的泥污。老妪很有力，身健容姣，只是发毫白了。

布恩问："那年我在客栈看见你，又在黄泉路上遇见你，才十六七岁的模样，这会儿才过去十来年，你的头发怎就全白了？"

"人死，屈为鬼，伸为神。你应诺了我的字条，我的魂无悔无怨，并无屈曲之恨，便抵达仙界。然而，我是不可以泄露天机的，我偷着来会你，拦你死路，必要折抵仙界的寿数。上回你淹在水里，我来托浮你出水，受罚被夺了青春。"

"你的容颜看上去并不老……"

"那是因为爱心不死。"

"我这回又要死了吗？"

"你将失去你最宝贵的，我怕你一时想不开，会随着那逝去的去寻死，便来告知你一声。你要晓得，姐姐没有死，她一直等着你，不日她将来寻你。"

"我看见那箱子里的铠甲和剑盾，那是她留下的物证。她如今究竟在哪里？那个叫罗浮生的男人是谁？"

米尧并不言语，微笑着摇摇头，身子渐渐淡化，从下到上，先是脚没了，然后是腰，然后是胸颈，最后是脸和长发，虚化了，又透明了，一截一截消散在空气里。

俄顷，并没有对话者遮挡他的视线，旱地前是芦苇，芦苇前是大水，大水前是天际。

先生醒来时，坐在院子外的石阶上。日头明晃晃地照在他身上，暖洋洋的，充满着生气，一丝无有死亡的恐怖。天，仿似一下被抬高了，那阴沉得要重坠下来的气氛断然消逝。他想，他原是做了一个梦，在梦里遇见了米尧。然而，他怎么就坐在院门口呢？他明明好生生睡下，怎会在睡中出来呢？这时，院子里忽然传来撕心裂肺的哭声，那是莎莎在哭，不一会儿，又传来厨娘和巡护混乱不清的动静。

有人推门出来，那是莎莎。她扑通跪倒在地，一把将他抱住，说："爹爹，爹爹，小妈死了！"

亭死了吗？她怎就死了？辉恩想起夜间与亭在一起睡，她照例失禁了，可是，这回她并不别转身去，而是紧紧搂着他，不放过他，虽如何污泄也不要他停。他于是趁势一路到底，直把自己累得散架，才停歇下来。一停歇，也不及处理衾被，倒头便睡去。

亭真的死了吗？被他弄死了吗？

"也不称称自己几斤几两，小鸡崽子想吃天鹅肉！这下嘟儿屁了吧，爽利白净，玩完！她以为她是谁呀？对我们下人颐指东西的，下巴颏都顶到脑门上去了！你以为你嫁给先生了，就是王亲贵戚了？哪有那么便宜！龙是龙，虫是虫，生来啥样，死了也啥样。你大河村里来的，插根葱当头花使，满身蒜味韭菜气就来了，坐锦垫，穿绣鞋，你不配！瞧瞧，瞧瞧，满床的屎尿啊，真金实银的，这哪儿还是大夫宅邸呀，这分明是公共厕所啊！成天要自己男人洗被子，晒被子，真不要脸啊！没这金刚钻，就别揽那瓷器活儿，还犯贱犯骚，你骚得起吗你……"里边传来厨娘骂骂咧咧的碎嘴话儿。

莎莎听着，噌地就站起，一把拽出自己腰间的皮带，恨恨地往地上一抽，道："这死婆娘，看我扒了她皮，扯烂她那张臭嘴！"

"算了，人死黄泉难扶起，出气有什么用？"先生拦住她，又问，"他们是怎么进到卧房里去的？"

"早起不见爹爹和小妈，吃罢早饭也不见踪影，我便去敲卧房门，敲不开便直推门进去，见小妈瘫在床上，推她也不醒，摸身子，已经凉了，探鼻息，已经断气。我情急就哭喊，他们就来了。"

辉恩这才起身，推门进院，对着厨娘说："得了，别再嚷嚷了。我的女人都死了，你还骂声不迭，太不像话了！不为尊者讳，也为逝者讳，人死为大呀！"

辉恩挥挥手，示意厨娘和巡护退下，他要与莎莎一起进卧房，给亭擦洗身子。

莎莎见爹爹听到这番恶言恶语也不罚下人，气不打一处来，上去就扇厨娘一个巴掌。这厨娘贱骨烂髓，也不敢反嘴，悻悻然退下。她直就敢欺负亭，却不敢不从莎莎一丝。

莎莎问爹："怎就放过她？"

辉恩道："喜极生悲，悲极释然。我一点都恨不起来啊！"

亭这就走了，她留下的丽衣美裳、珠玉宝石，还没穿戴几回，都妥妥地收藏在箱橱里。辉恩看着这些，耳边响起厨娘的话，"她不配"。她不配吗？辉恩多么想让亭亭用这一切，她怎么就不配了？可是，亭去了，撇下这些贵重的东西，撇下她贵重的先生，无力地松手去了。如风如灰，悄无声息地来，悄无声息地去。她终于没有享到什么福，她终于小小的、淡淡的、野雏菊般的，经不住风浪，也受不起奢华，只按着她自己的规格悲喜、欠偿。这些既不归属她，必然就害了她，不如转给配得上拥有的人吧！于是，辉恩将亭的遗物给了莎莎，说："你小妈受不起，正是这些东西压垮了她。你拿去吧，你是晶骨珀血的身子，你会借到这些宝物的助力的。"

他们在一起时，也没有留下照片，亭和他的手机都换过新的了，原先结婚前和婚礼上的照片都找不见了，去问拍婚纱照的摄影师，说当时也没得着意思要急着冲洗，直就将储存图片的硬盘交给夫人了。于是，辉恩就找硬盘，从卧房找到厢房，从院子找到教坊司的办公室、书房，都没找着。一切图片，都神出鬼没般地消失了。

他只找到亭的一张地铁月卡，这卡上有亭的一张一寸照。亭穿着一件深色的衬衫，剪一头齐耳短发，单纯的笑容，自作聪明的眼神。这是亭在这个世上唯一留下的影像，一个影子而已，要依托地铁的月卡而存在。辉恩将这个影子牢牢地藏好，生怕照片旧了，黄了，破损了，他的可怜的亭全然融化了。

他的爱人，他的活生生的给过他爱情的女人，现在只是一寸大小的影子。爱情再次冷冰冰地遗弃了他。

第十五章

鸾都花在行动

　　她在楼下的小铺子交了六十个银瑞尔，她给的是现金。她将手机关掉
了，也不用任何电子支付。她嘱咐老板每日给她送两次饭，放在楼门口的
变压盒上就行。她住在十二楼，她从上面往下一看就能看到，然后坐电梯
下来取。这样，店铺老板便不知她所在的具体楼层。

　　这里是王家屯的一个平常小区，与蓝茵家只一墙之隔。她切断了与外
界的一切联系。

　　这个房子是三室两厅的大套间，原先是用来存货的，除了她，没有人
知道具体位置。现在，她只好躲在这里，如果她不主动联系人，也没有熟
人认出她，谁也找不到她。

　　她不知道下一步该怎么办，也不清楚哪些自己人还安全。她已经在这
里藏了三个星期了。三个星期以前，王国发生了惊天大案，现任首相宁索
兴被杀了，这是一个叫"鸢都花"的组织干的。当时，首相正在去首相府
上班的路上，车队经过老城墙内银行总部的大楼时，遭到了伏击，警卫队
八个卫士六死一伤，另一个逃逸，撇下首相一人在车上。他被抓时，蜷缩
在座位底下，脸色惨白。鸢都花的人得手后，给保卫总局以及内阁网站去
了信，意思是要求释放鸢都花组织的二号领导人，如果不按要求释放，则
坚决撕票，没有任何谈判余地。他们将宁首相关在郊区一座废弃水电站的

地下室，每日令他抄哲学著作并写读后感，每夜派人交替轮番审讯他，要他忏悔恶行及醒醍心理。这样，经过十多天残酷的折磨，可怜的宁被推进一辆小轿车的后备厢，一排子弹射进了他的脊柱、心肺和大脑。这是一辆豆绿色的甲壳虫。

宁索兴被弃尸后，警察来到了水电站现场，通过行凶者遗留在车上的煤气卡找到了线索。于是，组织的几位领导人被捉住。他们千算万算，只这件事大意了。他们想到了毁灭指纹，想到了消除各种残留痕迹，唯独没有想到开走汽车！

她逃出来了，逃到王家屯这家储货间。她门窗紧闭，一步不敢跨越雷池。这天，铺子里送来炖羊肉，因油水太多，怕渗到餐盒外面，老板用当天的《大城晨报》裹了一层。她吃罢炖羊肉，正要扔掉餐盒时，看见报纸上一个标题——"御音教坊司辉恩大夫亲率歌剧院全体进宫为陛下祝寿"。

辉恩吗？是辉芝宇的爸爸吗？啊，这是一条重要信息！看来辉芝宇的爸爸还活着，要想办法找到他，一定要找到他！

她乘出租车到教坊司门口，她不能步行，也不能搭乘公交车或者地铁，为的是尽量避免有人看见她。她站在教坊司对面的公共小花园里，透过灌木丛看教坊司的情形。她看见有许多大人带着他们的孩子进出，又发现这些人都是从花园西侧的一家饭馆里出来的。于是，她进到饭馆，坐在最不起眼的角落。有服务生过来问她要吃什么，她翻开菜单，点了两样最贵的，服务生果然立即对她客气了许多。她趁势打听那些进出教坊司的父母和孩子，服务生告诉她这是招生季，许多有才艺的孩子都来碰碰运气。她问大夫会亲自主考吗，服务生说，大夫平时很少来，但据说每次招考季他都会亲自主持。她又问怎么进考场，服务生说，实际上饭馆是教坊司的招待处开的，二楼就是招生办和客房，专为方便远道来的考生和家长设立的。

吃罢饭，她便去二楼，填了表格，交了报名费，这就按时间段分派，当天就可以应试了。她被安排在下午四点进去，这时是一点，还有三个小时。她买了钟点房，在房里等到三点三刻才下楼。

到得考堂，有人按编号叫到她，她来到考官面前。考官问她姓名，她说她叫睦月库。

是的，她，就是睦月库，挤奶工的女儿，这年十九岁了。

"谁叫睦月库？"考堂上忽然有人问。

睦月库循声望去，见说话人坐在考官的中间，正是辉芝宇的爸爸，教坊司的大夫。

"是我呢，老爷！"睦月库喜出望外，不慎按照美丽屋的叫法叫老爷，还屈身行了主奴礼。

辉恩起身，让身边的助理带女孩儿去书房见他。

于是，睦月库离了考场，随助理去书房。

到得书房，助理下去后，辉恩道："你还活着，那么，芝宇呢？"

"泪儿也活着呢。奇楚也活着。我们三人那晚都逃出来了。"睦月库道。

"你们是怎么逃出来的？这些年又是怎么生活的？"

"那晚我与泪儿在一道，起火时，我先被惊醒，便叫起泪儿，一道逃命。那时通道都被堵塞了，火势很猛，我们出不去。来到密室门口，遇见奇楚，见密室门开着，慌乱中就下到密室里躲藏。躲了许久，也不见人来，就摁动壁炉后的一个机关，打开暗门，顺着通道出去了。那个通道我们三人以前一直走的，可以通到公路上。出来后，我们见四周火光冲天，知道事情严重，泪儿说，不如返回密室，从那里取一点东西，一起逃到远处去。我们拿了食品和枪弹，食品都是以前为了开车远行储存好的，没想到这会儿派上了用场。泪儿的汽车一直就停在公路出口处的，我们将取出的东西装到车上，就开车驶离了从绿春。"

辉恩想起当时他将宋爱带进密室，听睦月库这么说，他推测孩子们在他走后才进到密室，因为密室的门是他开的。

"后来呢？"辉恩问。

"后来我们再回美丽屋时，见到一片废墟，就四处打听老爷和夫人下落，人家说，人都烧死了。我们都很难过，在从绿春各处晃荡了几天，最后什么也没找到，就只好离开去外地了。"

"泪儿现在何处？"

"爹爹，这下大事不好了！"睦月库和奇楚平时也叫辉恩爹爹，辉恩曾经嘱咐他们，说既来到府上，就算他的孩子了，"泪儿和奇楚都下到大狱了，爹爹要救救他们呀！"

"怎就下到大狱了？"

"爹爹不晓得劫杀宁首相的大案吗？这事是我们干的。"

辉恩闻此，惊得说不出话来。王国上下，谁人不知劫杀宁索兴案？这么震天动地的事，竟是辉芝宇干的，他的女儿辉芝宇！

睦月库将劫捕、虐杀宁首相的详细经过讲给辉恩听，辉恩沉默良久，又问："你们这个鸢都花组织究竟是干什么的？有什么目的？"

"我们本只不过做做生意，想积一笔钱，去北境买一片荒野，在那里建一个年轻人的国度。不想，在做最后一单时，奇楚被捉住了。"

"你们做什么生意？"

"劫钱庄，卖弗雷克。"

弗雷克，就是亭的哥哥和辉恩的弟弟要的东西。

"你胆子不是很小吗？连猫都怕的，怎就干上这营生呢？"

"我还是怕猫，倒是不怕人了。猫其实比人可怕，人的事只要去做，也就做了，没有坎儿是过不来的。"

"你们都经历了什么？"

"我们自从绿春出来后，先去到南方的马德望省，泪儿说去山里寻她的养父。可是，我们到山里寻不到原来她住过的村子，农民都进城了，荒弃的村子叫官府收去改造成影视基地了。这便来到诗梳风，在诗梳风各处打转转。我们住在一家旅店里，房间在五层楼，正朝着对面的银行大楼。一日，我们看见有三人进银行抢钱，警察追来，将银行包围。泪儿突然说，我们带来的弹药该派上用处了，于是便拿出枪，朝楼下警察射击。泪儿枪法太好了，我们之前随着她玩，也练得好身手。我们全力开火，警察根本不是我们对手，被打得稀里哗啦。我们下楼去，与抢劫的那三个人合为一伙，打了一阵，劫钱的人将钱都装好搬上车了，就示意我们随他们一起撤退，我们就上了自己的车，尾随他们走了。他们是些讲义气的人，这事以后，他们就带我们上道，一起干劫钱庄的买卖。后来，我们做大了，就独立出来，到大城这边经营。我们在夜总会结识了一帮做弗雷克生意的人，发现卖这玩意儿比劫银行更容易赚钱，就成立了鸢都花，带着大城的一帮年轻人一起干。泪儿是头，奇楚负责押货，我管储存。半年前我们在郊区卢卡镇与晃木格格的人约定交易，不想他们那边混进了警署的线人，警方对我们这次约会的细节了如指掌，早就设下埋伏圈，我们遭遇了伏击，突围时，奇楚为了掩护我们逃离，留下来断后，结果就被捉了。泪儿为救奇楚，这才想出劫首相的计划。"

"劫就劫了，何必杀了他呢？"

"泪儿说，官府不放人，耍滑头，不如干掉这个无赖，再图别计。"

"你们下手也太狠了，做事也太粗心，怎可留下汽车在现场呢！"

"泪儿与奇楚好，谁想害她的男人，她什么都干得出来。"

泪儿与奇楚好，他的女儿与他的奴隶的儿子成了情侣，辉恩想，这难道是命运的安排吗？

这下如何是好？倘姬姗晓得了会管吗？即使想管，恐怕她的法道这时也不顶用。这可是要案大案，顶到天了，一点都不比当年甘伯地的事小。惊惶之余，辉恩又为女儿骄傲，果然虎父无犬女，泪儿的的确确是他的根裔。他别无选择，他拼死也要救出泪儿。他忽然觉得自己又有了价值。他本是一个王，屈曲做一名男爵，如今又屈曲做一名不三不四的云韶大夫，他的爱人下落不明，他的妻子只剩下一寸幽影，眼下他的女儿来寻他了，生死间千钧一发，他的死既换不来爱情，不如换一条性命。也许泪儿会得到爱情，她不是与奇楚好吗？她甚至不惜毁掉王国去换她的男人。

辉恩毕竟是甘伯再世，但凡决意做一桩事，是无须像凡夫那样踟蹰计量的。他须臾间便有了主张。

他去王家屯找蓝茵的丈夫了解时局，对于内政，他长久不关心了，可是，他的从政天赋告诉他，这件事唯有利用政治力量才可以寻见生机。

他离开政治的旋涡已经有十二年了，那时的联合政府连续执政两轮，目前已换届，宁索兴是新一届内阁的首相，他是保守民众党的领袖，代表王国境内的买办利益，为外国势力服务。宁上台后的政策，很不得人心，主要是调整了以往有左翼倾向的社会福利制度，在医疗和教育方面大大削减投入，为此，民众又转向支持原先的人民阵线。宁是一个有铁血手腕的人物，他的死，是整个保守民众党的损失，一夜之间，该党内部分裂，大有树倒猢狲散的气氛，于是，不到一个月，举国上下，政党纷起，重组多党联合政府的声音甚嚣尘上，有人甚至向王室和议会提议重新举行大选。辉恩想，这时姬姗必然不甘寂寞，他是了解她的，尽管她随着上一届政府结束执政也退下来了，如今定然抓住宁索兴案大做文章，必会有所行动。看来，他是想错了，姬姗不但有能力救出泪儿，而且也绝不会放过这笔大买卖。

他决定去见姬姗，他终于只好露头了。

他得到消息，姬姗将在一个国际大学妇女联合会的会议上代表阵线发表演讲，地点在沃科索酒店。他通过教坊司工会的人获得入场券，于会议召开那天按时前往。

姬姗还是老样子，虽年近半百，依然激情不减当年。对于一个从政的人来说，四十有加的岁数尚属青春，正当年华。她只要靠近权力，嗅到权力的味道，立即兴奋难抑，掩不住的野心霎时就点亮双眸，如炬的目光扫射全场。她的演讲很精彩，节奏和气氛都把握得恰如其分。她从武装斗争到执政掌权一路走来，已然练就了一身娴熟的政客本领。

会议中，辉恩适时递上条子，他注意到姬姗展开条子时脸色有几秒钟恍惚，接着迅速扫视全场，眼神很快就落定在他身上，然后又移开，仿若无事，继续她的宣讲。

这条子上写着："652师。诗梳风市玛丽图真大街寒云巷租客。"652师是安卡在游击战时的代号，只有义军最高层几个领导人才知道，而寒云巷，是他们年轻时候幽会的地点。于聪慧而敏锐的姬姗而言，这两个信息已经足够了。天哪，这意味着什么！

演讲结束后，是听众提问环节。当主持人说，还可提最后一个问题时，过来一个年轻人，凑近对辉恩耳语："夫人请你先去停车场等她。"说罢，递过来一张卡，那是乘二号电梯去贵宾停车场的通行证。

辉恩下到停车场，等候大约七八分钟，又见那位年轻人，他打开一辆商务车的车门，请辉恩上去，道："你随我走，一会儿夫人要见你。"

年轻人驾车带辉恩离开酒店，一路上并不说话。汽车直奔西北城郊而去，沿着河堤向前，直达香柏山脚下，又顺盘山公路上行，接近山顶时穿过一个隘口，翻越过去又下到一条狭长的谷地，在一片柏树林的深处停下。那里有一座西式的矮楼，像是一处会所。

辉恩在客厅大约坐了四十分钟，姬姗才来。她着一身苹果绿的短礼服，光着背，穿一双暗红色的皮拖鞋，她的肤色较以前更白更细了，臀很大，体态肥腴而紧致，看上去精力旺盛，非常滋润。她的眼神还是那么年轻，面部没有一丝皱纹。这是一张铺满锦被的暖床，四围缀着流苏和坠饰，她整个人就是一间可以融化掉一切忧虑的卧房。这样的肉体，是思想的敌人，是埋葬灵魂的坟墓。

"我猜你就是藏起来了，可能一辈子都不会露脸。"姬姗坐下，拎神提气地斜对着辉恩，"你看上去苍老多了。"

辉恩注意到姬姗的小肚子，那里鼓鼓的，衣服包得很紧，却有一股嫩劲儿要透出来，他一时什么都不想了，直想伸手去摸一下。他又看见当年那件掩不住肚子的皮衣，肚脐露在外面，有细密的珠玉一样的光泽将目光聚焦。他在脑子里狠扇自己一记耳光——啊，男人和女人就是那样奇妙，只要有过肉体亲密,总是难以彻底隔绝,无论心如何硬了,身子还是认账的。

"将军真是好福气,怕是什么女孩儿也夺不走他。你如今做成一个真正的女人了。女人就是女人,可以将男人淹死。"

"你那么瘦,没有人照顾你吗?"

"我妻子刚死,我现在鳏居。我在御音教坊司做一个不三不四的小官,前些天我去给陛下祝寿的报道你没有看见吗?"

"真的没有注意到,如果先看见了,我会吓死的,或者我会认为是另一个人。"

"还有比这更惊险的事会吓死你。"

"什么事?"

"宁首相那个案子,是泪儿干的。"

辉恩于是将甘伯地之后的事都说给姬姗听,又将辉芝宇和鸾都花的详情和盘托出。

"你女儿正在将军的手里。"辉恩已经打听到关押泪儿的地点,正在北方军区的军事基地的大牢里。因大城在北方军区的辖区内,这样的大案军方不得不直接插手。

"根歇什么也不知道,他只是按程序办案。"姬姗道。根歇就是她现在的丈夫,任北方军区司令,也是阵线的党员。

"我不会傻到来求你丈夫释放芝宇,我是来献计献策的,多少为你们夫妇出点力。"

"怎讲?"

"鸾都花不是一个贩毒组织,而是一个激进的进步组织,代表着民众的利益,对宁上台以来的倒行逆施不满,以暴力方式清算保守民众党的卖国行径。"

"你是要推阵线入深渊吗？拿这样一个恐怖激进组织与阵线的政治诉求关联到一起，是什么用心？"

"如果民众知道鸢都花是为他们除害，会发生什么？"

姬姗突然站起，在厅中来回走动。她显得焦躁不安，又看起来兴奋不已。

"他们会游行，示威，要求当局释放英雄！"辉恩继续说道，"而你们可以借此推动大选，获得绝对多数的选票，再度执政！"

"他们怎么知道鸢都花的政治目的？"

"我们曾经是怎么干的？宣传机器是用来做什么的？语言的事实永远大于事实的事实！"

"恩，你不愧是政治家，哲学家，你本该是我们的领袖，你最终还是我们的领袖。"

"按逻辑，当局必然公审鸢都花的要犯。怎么定罪，怎么叙事，都在专案组笔头下。"

"泪儿会配合吗？"

"你是她娘，我是她爹。知子莫如父。你只是忘记你有这样一个女儿了，忘记不等于不知！"

"恩，我错了。孩子会原谅我吗？"

"你需要得到我的原谅，而不是她。她什么都不知道，她以为你死了，失踪了，或者有难言之隐离开了。"

"你是来原谅我的吗？"

"原谅对你来说不值几个钱，可能半小时，可能十分钟，你波动一下就过去了。所以，我们不要谈什么原谅不原谅的。我们说好了，我接着做我的云韶大夫，她离开王国永不回转，你继续与你的将军玩弄国家政治。"

"在你眼中，我是一个卑鄙的人吗？"

"不，你很美，比先前更美了。你是一个美丽的女人，而我已经衰老了，我是旧时代的遗物。"辉恩以欣赏的眼光看着姬姗，"大戏就要开场了，你快快去准备吧！"

说罢，辉恩推门出去，走到外面草坪上，对着那个送他来的年轻人招手，说："小伙子，过来，送我下山！"

他的从容与闲定，正是一个领袖的样子。他仿佛又回到甘伯地那战争的岁月。

根歇的人带他进入御史台北墙下的地堡，这里是十世纪以来一切死囚的牢笼，是罗贞陀罗跋摩二世建造的，如今归属北方军区的军事管理委员会。他和莎莎一起进去的，穿过五道高墙，过了一处寸草不生的砖地，然后顺一个可以通过一辆卡车的坡道进入一扇铁门，又乘电梯下行，大概有四五层深，这才到得那古老的地堡。

他们一共捉住九个鸾都花的人，都关押在单独的囚室。囚室的门很低，要躬身进去，里面放着固定的石桌、石椅和木制的单人床，有便坑和碗口大的泉眼，这些都是古老的设施，估计沿用了一千多年。王国内真正的古迹怕是已经不多，然而，这座监牢却完好地保留了原先的面貌。

幸好，军方历来独当一面，不把内阁放在眼里，所以，内阁属下的警事总厅的专案审讯组还没被许可进入军事禁地，也就是说，这几个要犯目前只是关押，被严加防范，而尚未被提审。

莎莎被带去见奇楚，辉恩来到辉芝宇的监房。

辉恩进去时，辉芝宇正在睡觉，睡得很香，仿佛什么事也没有发生，她只是隐修或者度假。

领路的人并不跟进去，他们得到将军的手谕，送到即止，不闻不问，稍后按时接走探监的人便可。

辉恩坐在床边，见女儿大了，生得楚楚纤弱，愁态万端，一点不像姬姗，倒是像极了她的姑姑。他记得禄拜少女时就是这个样子，非静非动的，总是先动了他人的心。他姑姑会手执冲锋枪，将成群的钢铁般的警察扫倒吗？这太不可思议了！辉恩轻轻抓起泪儿的手，摸到几处茧子，那真是常年握枪的人才有的，他不禁落下了眼泪。哪家如花似玉的女孩儿会没事拿着杆枪在大街上晃荡呀！她杀人如麻，不过为了果腹。如果不是因为那场火灾，她何以走到今天这个地步？

她今年十九岁了。

泪儿醒来了，见到父亲，并不吃惊。她轻声细语："爸爸，我知道你会来的。这像是梦中，但我清醒得很，这不是梦。"

"我还活着，没有被烧死。你看着也好好的，天不灭我们呢！天既那时不灭，今时也必给你留路。"

"新妈妈呢？她还好吗？"

"我没有找到新妈妈，但是我已经晓得她还活着。她终会来找我们的。"

"你是怎么进到这里的？"

"你亲妈妈帮着我找来的。她又嫁人了，生了弟弟，她的男人是将军，这里正是她男人的地盘。"

于是，辉恩将前因后果都讲了一遍。泪儿冰雪聪明，一说就全懂了。

"莎莎也活下来了，她去探望奇楚了。她会把我们的计划告诉她弟弟的。你不用担心。"辉恩道。

"有一件事不知能不能办成？我们几个需要通气，否则将来审问时会有漏洞。"泪儿忽然想到计划的细节。

"这个交给我办。我会让他们安排的。"

"那就不会有什么问题了。你放心回去吧，待我出来，我再去看你。"

"你害怕吗？"

"我怕。但我晓得你会来的，我相信命运不会简单就将我送死。我原先离家时比现在怕多了，怕到头就没有那么怕了。其实，在打斗中，我已经死过好多次，每次将死又不死，就懂得活着不是因为自己的本事。这次出去后，我就不需要打斗了。我已经烦打打杀杀了。"

"你恐怕还要在监里待一些时间，我给你拿来胡塞尔的《现象学原理》，我听说你们关押宁首相时令他抄写哲学书，估计你喜欢哲学呢。不过，这本有些难啃，正好消磨时间。"

"章先生教我读不少书，我最喜欢哲学书。我将来出去回到你身边，想去大学读哲学系。"

"你不如自己办一所大学。我听说你们想买北境的地建一个国家，这个想法很好。你们的钱够吗？"

"睦月库都藏好了，买地应该够，只是最后一笔交易没做成，奇楚倒被他们捉去。"

"好的，我知道了。这笔钱我给你凑上。爸爸还有不少钱的。"

辉恩说完这些，起身与泪儿告别。他拍拍女儿肩膀，又亲她面颊，然后推开牢门，屈身钻出门洞。

他带去一个录音笔，刚才与泪儿讲话，他全录下来了。这是他的撒手锏，谁也不知道其中秘密。

辉恩和莎莎走后不久，军事监狱突然接到命令，要求大清洗，大扫除，说是地堡陈旧，卫生条件太差，为防止鼠疫，必须消毒。于是，犯人被集中赶进大浴室，也不分男女，都赤裸着淋浴，每天一个小时，连续两周。这便给鸢都花的九名要犯提供了充足的会面时间，他们借此串通口供，将日后侦讯与公审的台词都编好，并反复排练，做到万无一失。

与此同时，人民阵线紧急召开全国代表大会，分析形势，制定新时期政治任务，向议会和王室提交举行全国大选的议案。姬姗找来亲信，要他们暗中散布鸢都花劫杀宁首相的另一个叙事版本，这便激起了民愤，境内六十多个城市的民众上街游行，要求释放鸢都花组织的在押领导人。火药桶顿时被点燃，局势一发不可收拾。阵线趁势适时适度支持民众，一边呼吁加紧公审，一边叫嚷无罪释放。事情闹了一个多月，直发展到全国罢工罢课，民众要求解散政府的地步。根歇抓住事态的沸点，召集几个军区的首脑开了一个秘密会议，绕过内阁，强逼议会通过全国戒严令。因为一旦戒严，就不得不动用军队，不得不启动战时法令，将军们由此便可掌握大权，日后哪怕选出新首相，组成新内阁，也必然生出一个军政府性质的政权。

最高法院、检察院和警事总厅合议，为尽快平息乱局，立即公审鸢都花九名领导人。

当公审终于落到量刑环节时，辉恩去到御花园面见哲塔王。他隐去了他与姬姗的交易，只说辉芝宇是他失散的女儿，希望国王以王室的威望干预司法，网开一面。

哲塔王说："恩啊，你的女儿我是要帮的，我是她姑父啊！她也是王室的人。好在你的爵位废了，她怎么做也是一个平民的作为，否则就是王族对宁首相下手了。外面没有人知道这层关系，公审名单上侄女也是另一个名字。这是她的绰号，还是她一直在组织中的化名？"

"这个我也不清楚，但人们都叫她瞿桑公主，以为瞿桑就是她本名了。"辉恩答道。

"这样好，这样你也省得露头了。"国王说，"我看按律应该处以极刑，毕竟是杀人案，而且杀害的对象是民选在任首相。我们要按理办事，又要顺应民心。民众选了宁索兴，民众也抛弃了宁索兴。他们可以前后不一，他们是子民；朕不能朝令夕改，朕是万民之父啊！"

"既要处以极刑，又要放任自由，圣上怎么帮这个忙？难道暗中释放？"

"明人岂可做暗事！死，是极刑；终身监禁，也是极刑。终身令一个人处于绝境，难道不是极刑吗？什么是绝境呢？囚禁就是绝境啊！但囚禁的方式是不同的，不令出拘禁之地是囚禁，不令入自由之境也是囚禁。"

"陛下的意思是……"

"永久驱逐出境。永久就是极致，永久不得入自由之境，就是刑罚。这也是一种极刑，好比去了地狱。按我们的传统，百姓心理上认为，只有故乡和王国才是人间。人被阻隔在自由之境以外，难道不是囚禁吗？"

"正好，她想去北境买一片地呢。这样，将她赶出去，倒是真的成全了她。日后，她就真的成了瞿桑公主，或者还做成瞿桑王，再小的国家，其主也是人君。"

"判决书可以这么写：'处以极刑，永久驱逐出境，终身不令归返。'

先开宗明义'处以极刑',这样就定性了。"

"陛下果然圣明。这些年与您打交道,方知高山仰止,景行行止,瞻之在前,忽焉在后。陛下的学问是学不来的。"

"你的女儿像你。你要建甘伯地没有建成,她或者在北境就建成了。日后她若立国,我们两国可以缔结邦交。倘建交了,岂有不让国君来访的!"

"时间真的是利器。跟着时间走的,都将灭亡;消磨时间的,必定得胜。用时间换空间,用空间改时间。陛下教我保守的秘诀,辉恩此刻有所领悟了。"

辉恩起身告辞,正要走,哲塔王追上一句:"我听说,你的前妻是人民阵线的领导,就是上一届政府的姬部长。"

辉恩无语,他知道没有什么瞒得过国王,他因受命上天而先在,一切都先于你们!

判决前,辉恩怕事情生变,又去香柏山见姬姗。

辉恩拿出录音,播放给姬姗听,道:"你这个人,连住宅地址都不肯让我晓得,每次见你,只约在这个随时可能消失的地方。你做人险得很,我非拿一样撒手锏制约你不可。这是我在地堡中与泪儿谋划的详尽记录,拿出去给人听,真相大白于天下,对我们父女无所谓,对你们夫妇定是彻底的毁灭。你休想夺了去,也休想杀人灭口,我已做了许多备份,也在互联网云端存了,倘我遇不测,也另有人可以泄露。当然,没有人会泄露的,只要我们按原计划实行,就安然无事,一切都会很美好。"

"你不觉得你这么做很小气吗?"

"我是成全你,因为我不想白白认识你。你是美丽的,过去美丽,现在美丽，将来也美丽。你印在我心底，不要褪色，不要毁坏。"

"对了，我忘记告诉你，你妈妈死了，葬在香柏山北麓的公墓里，她活着的时候每年我都会去看她两趟。你那个弟弟以为你真死了，后来就缠上了我，我一直转钱给他，开始是讹诈，后来他也渐渐明白事，不来烦我了。这已经好几年了，我再没有他的消息。"

辉恩无语。

"你不想去看看你妈妈的墓吗？"姬姗将墓地的地址和墓的号码抄在一片纸上，递给辉恩。

辉恩从姬姗那里出来，直接就去北麓的墓地。他远远看见有一个人在一座墓旁坐着吸烟，一支接一支。那人脸色彷徨，戴着一顶破草帽，身子佝偻，身边放着一个铝制的大罐子，像是盛食的器皿。他一直盯着那人看，直等他走了，他才挪步。他走过去看，看见那座墓的碑上有母亲的照片，于是他知道那人就是他弟弟。

他没有去追弟弟，他择另一条路走了，他告诉自己，他已与母亲作别，不会再来了。

判决那日，九名犯人听完判词，从法庭被直接带走，押往死牢。半月后，瞿桑公主与她的同伴，在军警看管下，被送出边境关卡。

辉恩将护城河边的院子卖掉，得钱兑换成美元，存入银行，加上之前剩余的存款，他将他所有的钱一并打到泪儿指定的外国账户上。

他带着那藏着剑盾与铠甲的箱子，搬到大城东区瑞甸公国的林雪平去住。他在那里租了一套公寓房，开始过简朴的平民生活。

莎莎嫁给了歌剧院的指挥，偶尔会去看大爹爹，也偶尔出国去看弟弟奇楚。

一年后，《参考消息》转载了一条塔斯社的报道，说鲜卑人的故地上有一新国成立，名字叫瞿桑与奇楚联合王国。这时候，几乎没有人读报，也几乎没有人再记得那个瞿桑公主。

辉恩坐在花园的长椅上，这时候有鸟扑翅，将宽叶树上的鸾都花抖落下来。一阵花雨突至，花瓣厚厚的，重重地打在他头上。他捡起一瓣看，心中一惊，他认出了禄拜、泪儿，还有宋爱。她们是一张面孔，又散发着同样的气味，有血腥，有蜜香。

第十六章

林雪平

爱情是什么呢？鸾都花一落，它就来了。

鸾都花是宽叶植物，在北方的大城是没有的，在北方大城的瑞甸公国就忽然有了。这是讲故事的人生造的。难道布恩和宋爱不是生造的吗？造物主生造了一切生造情节的人。万物万事既来源于起初的生造，那么，就没有自然存在的状态，一切自然都是发乎生造的。唯天是自有永有的，其余都是他有暂有的。暂有与暂无，对于真理来说，都是虚无的。人若欲见真理，必于无无中生有。

瑞甸王国，原在日没地北方，国中刁民起事，欲弑君篡权，君逃逸至日出地，得哲塔王庇护，王赐大城中东区供容身，名瑞甸公国。大城市民呼废君为昏公，故又名东城昏公国。昏公国内有林雪平、延雪平、赛纳、亭纳四镇，概沿用故国旧地名，以志纪念。布恩住在林雪平一处公寓内。

一日，布恩坐在公寓楼下花园长椅上，有邻居家的男孩来告诉他，说有人找他。他随男孩回去，家门洞开，是的，每次他下楼散步并不锁门，家徒四壁，没有什么可以偷的，那装着铠甲和剑盾的箱子那么沉，谁搬得动呢？来人是宋爱。她站在厨房的过道中，背对着光，自又散发出光。外面是阳光，她是月光。她露出的臂膀和胫腿，是几道光柱，遇见宋爱，就是与月光相遇。这时，布恩四十八岁，宋爱三十六岁。三十六岁的女人是最丰盛的女人，如果将女人比作一座园子，那么，这时候所有的花儿都开了。命运先已设定这一天令他们重逢，一个女人，一个真正的女人回到布恩身边。

"你终于回来了。我一直在等你，我本该早死了，因为你我还活着。"布恩抱住宋爱，轻轻地抱，怕冲散了月光。

"我晓得你不会死的，只有我可以为你送死。"宋爱伸手去摸布恩的头发，他的头发稀疏了，遮不住女人的手指。

"伯伯，伯伯。"男孩轻拉布恩的衣角，"我要走了。"

布恩这时才想到应该给男孩一点奖赏，摸一下口袋，空空的。宋爱便掏出两个银毫子给男孩，不慎掉落一个，布恩弯腰去捡，瞥见宋爱的脚，她还是穿着一双香木屐，足趾酥润，似是玉珠。这还是原来那双香木屐吗？从他们相识到现在，已经整整二十年了。那年他二十八岁，她十六岁。十六岁的鞋，盛着三十六岁的光华，这鞋是不坏的容器，人间道路上的尘埃并沾不上去，所到之处，一切便洁净了。这都是因为爱情的缘故，爱情既可抵挡死，则必有永生的力量。

小男孩走了，屋子里空空荡荡的，阳光、月光和风贯穿窗户和门，布恩适才蹲下未起，此时索性匍匐在地，他静静亲吻女人的趾、踝、胫、膝，他亲遍每一寸肌肤，他君临天下，宋爱才是他的国，他的甘伯地。他多么熟悉他国中的山川河海，他问自己，有没有年轻时候未曾到过的地方。熟悉也是陌生啊！熟悉，是因为曾经不熟悉如今熟悉了，如今的熟悉难道不是一次新的开始吗？他有些承受不住这种熟悉的感觉，真的吗？这女人的国度全然属于他吗？他可以任意驾驭、终生为王吗？曾经离散的年月，他是亡国之君，亡国之君甚至不如丧家之犬，他在叫辉恩而不叫布恩的那些日子里，真的还不如一条狗呢！狗一样的辉恩，王一样的布恩，中间没有普通人的阶段，他做普通人很失败，这就是他的命运。一个江山之王和一个爱情之王，都是王。王就是王。布恩是一个名副其实的王。

他们两人躺在地上，风正把一帘窗纱吹落，飘到他们身上，将裸身覆盖。

"你是怎么找到这里的？"布恩问。

"那日你送我进密室，又返回去找泪儿，我久等你不来，就上去找你，见火光冲天，所有出口都堵塞了，烟气将我呛得睁不开眼，渐渐又将我熏倒，我晕厥过去。等我醒来，发现睡在屋外草坪上，边上躺着女佣，是她将我救出，可是她被烧断的梁木砸伤，失血过多死了。我四处寻你和泪儿，寻不见，就去大城投奔叔父。待我住定了，就又回美丽屋寻你，人家说男爵将地卖给了侯爵，我去侯爵府询问，侯爵说你卖出地后就走了，并没有留下联络方式。这下我安下心来，我知道你还活着。我向侯爵要卖地转账的账号，他说记不清了，要我去银行查。银行告诉我，王族之间的大额转账不留痕迹，当时办完就会销毁记录。这就断了线索，一丝连接都没有了。我既找不到你，就向侯爵提出，想寻几件旧物带回去，侯爵说，想找就随便找吧。我于是雇人将废墟掘开，找到了那个装铠甲和剑盾的箱子。"

"你怎不去找蓝茵姐姐？"

"那时都是你与姐姐联络，我并没有记下她的地址。后来在大城我也打听过她，但是并没有得到什么信息。"

"我在绿春市警署留下讯息，也在报纸电视做过寻人广告，你都没有听说吗？"

"警署后来上升为警务厅，原先管案子的人都找不到了，没有人说得清火灾的事。我也不敢公开声张，怕暴露你的身份，让人联系到甘伯地的事。不过，我在警务厅找到你的身份登记，原先的男爵改为平民，只是住址还是从绿春美丽屋，并没有收录新的住址。这让我确实相信你还活着。我想，你会来找我的，你会找到我叔父家的。"

"看来是我们错失了。"

宋爱接着说："在大城，无所事事，常去沙龙，想着从那些消息灵通的人嘴里淘觅一点音讯。不想有一回去沙龙，见到萨木尹，他已是大城警务厅的厅长。他遇见我后，就死死盯上我，不断到叔父家来纠缠，甚至要动用警力将我捉去。正好叔父那时退休了，就带我去国外旅行，萨木尹又派出秘密警察追到国外。叔父说得罪不起这个人，劝我不如嫁人以自保。"

"那个罗浮生是你的男人吗？"

"他是我名义上的男人，他是婶娘的侄子，我当时只好嫁给他，他们家是军方的人，这样，萨木尹就不敢来骚扰了。不过，我们相敬如宾，并没有亲密过，他只是为了保护我才这么做的。我们在护城河边买了一处房子，我将铠甲和剑盾藏到那里。住了一阵，还是不放心，浮生说不如将房子卖掉，一起去中国，那里比较安全。我们就去到北京。两年后，传来消息，说萨木尹倒了，浮生就回国了，我一个人留在北京。今年叔父病了，从国外回到大城，我就回来看他。前些天，我去房产公司问那个箱子，他们告诉我那院子卖给你了，并将箱子交付你托管，说你后来又将房子卖了，但他们提供给我你现在的地址。"

"是的，我卖院子时，提出继续保管箱子，他们就要去我的新地址，又要我续约做了保证。"

"真的太离奇了，上天居然将我的心愿和踪迹托梦给你。可是，又为什么不让我们当时就相见呢？"

"怕是我的罪债太重，要一项一项还清呢！"

"泪儿在哪里？"

"泪儿去北境了，他与管道工的儿子奇楚在一起，说是要建一个国……"布恩这便将泪儿与鸾都花的事一一说给宋爱晓得。这时，他们的国还未建成，塔斯社的消息是在这之后传来的。

他们就这样相拥躺在木地板上，一直说话，有说不尽的话。

新郎的歌

王女啊，你的脚在鞋中何其美好！

你的大腿圆润好像美玉，

是巧匠的手做成的。

你的肚脐如圆杯，

不缺调和的酒。

你的腰如一堆麦子，

周围有百合花。

你的两乳好像一对小鹿，

就是母鹿双生的。

你的颈项如象牙台；

你的眼目像希实本巴特拉并门旁的水池；

你的鼻子彷佛朝大马色的利巴嫩塔；

你的头在你身上好像迦密山；

你头上的发是紫黑色。

王的心因这下垂的发绺系住了。

我所爱的，你何其美好！

何其可悦！使人欢畅喜乐！

你的身量好像棕树；

你的两乳如同其上的果子，累累下垂。

我说："我要上这棕树，抓住枝子。"

愿你的两乳好像葡萄累累下垂；

你鼻子的气味香如苹果；

你的口如上好的酒。

新娘的歌

为我的良人下咽舒畅，

流入睡觉人的嘴中。

我属我的良人，

他也恋慕我。

我的良人，来吧！

你我可以往田间去，

你我可以在村庄住宿。

我们早晨起来往葡萄园去，

看看葡萄发芽开花没有，

石榴放蕊没有；

我在那里要将我的爱情给你。

风茄放香，

在我们的门内有各样新陈佳美的果子；

我的良人，这都是我为你存留的。

这是《雅歌》中的唱词。

宋爱说过，她是她恩叔叔的地土，要让他靠。那年在囚车上，她说，甘伯只剩下最后的田土和臣民了，那就是她。

然而命运的旨意不是这样的，命运让甘伯交出王国的疆土来换取宋爱。他若要王国的疆土，只有三分其一；他倘要归向宋爱，却可以得到全部。宋爱是辽阔无边的，是晴朗日子里整夜整夜的月光，照着一半的地球，那一半的地球属于他。谁有强力可以敌过福恩垂赐呢？虽千军万马，纵抵尽财货、人生，都流归空虚。你不该有的，都夺了去；本该属于你的，你全然躲不掉。你的每一根丝毫都被数算过了。

这故事讲到这里，并不是江山美人的取舍。宋爱不啻为美人，她的质地是重宝，她与布恩加起来是爱情。江山的顶端是重宝，很多江山未必换得来重宝；而得着重宝的人，未必得着爱情。爱情是生命和交出生命。要么爱，要么死。

　　辉恩本该早死了，因为没有爱情，因为在没有爱情的日子里突降的爱情稍纵即逝（亭的觉醒是提醒他），他快要衰竭了。宋爱再来时，他已干枯，他的身形缩下去了，比女人小，他站不住，他无法直立面对女人，他要蹲下去，匍匐在女人身下。啊，穿香木屐的女人，一直是原先的样子，"王女啊，你的脚在鞋中何其美好！"那香木屐，盛满月光的香木屐，盛满丰盛的阴柔。这是丰盛的女人，不是妹妹，不是那枚果儿，不忍离枝，也不晓得汁液胀满将要溢出。丰盛是饱满盈足，可以自控。丰盛是自由。

　　"耶路撒冷的众女子啊，我指着羚羊或田野的母鹿嘱咐你们：不要惊动、不要叫醒我所亲爱的，等他自己情愿。"

　　现在布恩还有什么不情愿的？上天赐福给人，也赐自由意志与人，叫你自己醒来，自己情愿。情愿受福，就是呼应。爱情起初是呼，这次是应。上天的问，如今有了答。人生大凡如此，青春时期的问题，到最终需要交出答卷。存在不是自择考卷，存在是在原先的考卷中答题。是故，本质是先于存在的，存在是虚无的。人的悲剧正在于无法逃避本质。看客们不要只看见得着爱情的福气，难道你们不为做人的悲剧而唏嘘吗？做人终究是没有选择的，人只是真理的幻影，只是真理的见证而已。如果你晓得做人自主的归宿是造物主的旨意，那么，一切悲剧也只是妄念人和徒劳者的悲剧，剩下的是全然的喜乐。

　　那邻家的男孩儿又来了，问："你们家今天有客人来吗？"

　　宋爱回答他："我不是客人，我是女主人。你是为迎来主人而得着奖赏的。"

"还会有主人吗？"

"不会有了。男主人和女主人，就是全部。当然，只要主人在，你会一直得到奖赏的。"

宋爱这么说，为的是每天都给男孩儿两个银毫子。因为他是预表，他是爱情失而复得的预表。男孩儿是爱情的预表，爱情是恩典的预表，恩典关乎救赎。

布恩说："我是一个人来的，现在又是一个人。当一个人的时候才遇见你。一个人在谢木枝中学，一个人在囚车上，一个人在林雪平。我本以为一个人是孤苦的，无助的，快要衰竭的；我现在晓得，孤苦、无助和衰竭多么好啊！人自作的强盛多么可笑，人本是软弱黯淡的，这时你才照进来。"

人总是爱强盛的样子。这时的宋爱难道不是强盛的吗？彼时的布恩难道不是因为强盛而招引宋爱的吗？天预设了男女中强盛的人彼此相爱，又用强盛把他们击倒。人本是空虚的，空虚的人盛满了神的光，这才有了爱情。性情中的强盛是为了见证没有什么可以强过天赐的爱情。性情的相爱不过是彼此喜欢，彼此投缘，渐渐骄傲起来，以至于强到嫉恨的地步。穿香木屐的女人，因为虚空而承受爱情，爱情将性情再次点亮。是的，爱情不过是借用人的身形，谁虚空，谁就美丽。

"我原本什么都给你了，却失掉了你；我这时只不过随便过来看看，竟又遇见你。"宋爱说。

"我又活过来了。四十八岁，我的精血已经枯干，我的心里有哭声，就一直带着哭腔坐吃等死。我撒手了，无所谓了，等得到你也罢，等不到你也罢，任自己干瘪下去。然而，我又活过来了。上次是那样活过来的，这次还是那样活过来的。我叫人命绝，自己也屡屡将要绝命；我令人心碎，人也令我心碎。活着的死会好过死了的死吗？这是更重的惩罚！"

"你是说那个和你住在一起的女人吗？"

"你已经晓得了？我不敢告诉你呢。"

"房产公司的人说起你们住在一起的事。"

"我和她结婚了。我娶过两个女人，却没有娶你。"

"我就是你，你就是我。你如何娶我呢？"

"我既活着又见你，必是得着了庇护。我还需要什么保证吗？还有什么放心不下的？那些反倒是枷锁。"

布恩闻到了骨香，宋爱闻到了麝香，这气味比任何时候都要浓。上天赋予他们爱情，也并不使他们缺少性情中的品色和愉悦，只是上天不喜欢人的誓词。

情爱是场挣扎，婚约是桩买卖，唯有爱情是顺服得来的恩赏。如果顺了人的性，不如顺了世俗的习；如果顺了世俗的习，不如顺了天的意。

星期一剧院照例休息，莎莎和指挥来看大爹爹。布恩去或不去教坊司都由他自己说了算，这天便不去，在家里等莎莎来。

莎莎得知主母回来了，也为着特意来看主母。

这年莎莎二十一岁，指挥三十二岁，可谓才子佳人，新婚燕尔。

莎莎穿戴亭舍不得也来不及用的行头，那天选了一枚粉红的海螺珠戒指，一双湖蓝的凉鞋，一件绣花的白色肩挂和一条玫瑰色碎花的没膝裙。

她将整个五月都搬进了屋子，她所到之处都有氤氲之气，缭绕着走廊、客厅和餐室，久久不散。

宋爱在厨房做饭，不让莎莎动手，说："你花朵一般的，不要沾上油烟气。"

莎莎与指挥于是坐在客厅，跟大爹爹说话。

"排练演出之外，你平时做什么？"布恩问莎莎。

"自大爹爹去年教我念书识字，已能读下许多书了，夫君又教我一些音乐理论和史学，眼下倒喜欢上静坐在家里。"莎莎答道。

"你是个顽皮的孩子，漫山遍野跑惯的，如今也坐得下来，真是难得。"

"也去游泳爬山呢，偶尔骑马。"

"像她性情中人，一旦读书，比我们这些从小关在书斋里的，倒要敏锐深透许多，我渐渐自叹不如。"指挥插话道。

"大凡有天赋的人，都不必从学堂里出来。聪慧的人起初就知道，他们需要的不过是一种说法，这朝怎么说，下朝又怎么说。混世界的秘密是语法，却不是语义。有语义的一直有，没有语义的凭他掌握多少语法都是苍白。我们莎莎是天人，百年难得一见。"布恩说。

"她也还顽皮呢，喜欢恶作剧，常常捉弄导演和乐团，故意在台上唱跑调，还即兴加词改词。不过，大家抑不住喜欢她。天宠之娇，没有办法。"指挥心怀怜爱，钦慕地看着莎莎。

这些话，宋爱在厨房里都听见了，因厨房与客厅连在一起，一扇隔门敞开着。

吃饭的时候，布恩与宋爱让新人坐主座，他们分坐下面两旁。

"主母的菜好吃，这是我第一次吃。"莎莎说。

"以后常来，我常给你们做。"宋爱很高兴莎莎喜欢她做的菜。

这屋里因宋爱的到来而生光，如今又来了莎莎，好比多了一颗钻石，将光散射出来，更为耀眼。

天才总是有特权的，谁想到为奴人的女儿，被卖到客栈陪睡的女孩儿，原是上天宠爱的缪斯神。宋爱与布恩，月光与葳蕤，此间都不如聚光聚色的钻石。莎莎认布恩作大爹爹，认宋爱做主母。莎莎是他们的荣耀，宋爱是布恩的荣耀。

饭后，布恩与指挥去阳台吸烟，宋爱与莎莎坐在屋里说话。

"你现在那么开心，似乎忘记过去的事情了。"宋爱说，"你原谅你爹爹了？"

"没有忘记呢，主母。然而，命里有好坏，得着好了，翻过来想那些坏的，竟也好了。"

"你是有大能的人，大概有力量像你一样的人都需要极大的苦痛来牵引，没有那些苦痛，美丽就消散了。"

"有人觉得那是苦痛，我觉得那是特别。我这么对别人说，他们会说我不害臊。可是他们想求还求不来呢！"

"你不怕别人说你不害臊？"

"我喜欢无羞无耻。"

"你先生也知道这些吗？"

"他说，正是因为这些才爱上我的。"

"你真的很美，我看久了你会哭的。"

"我懂。可是，我就是靠这个才唱得比别人好。因他们没有苦痛，也不能把苦痛升华，他们被自己淹没了。"

"造化怎么造出你的？我看见那手，从远古到现在，多么奇伟啊！"

于是，宋爱感到自卑。在莎莎面前，宋爱自卑了。她原以为她将一切都给了男人，她无所畏惧。她凭什么不畏惧？她相信己力，想仗着自己移山倒海。莎莎就好像钻石，一面钻石的镜子，将她照清晰。她是空的，一无所有的，她的光，唯来自那手。

一个卑贱的卑贱者，得了爱情，得了亭那样小家碧玉承接不住的光华，也得了以天籁引领众人的权柄。

林雪平镇只有两条街道。一条宽阔，通向外部；另一条狭窄，伸入居民区。狭窄的那条，街旁布满了商店。有宋人开的珠宝店，店面不大，橱窗却很雅致，里面摆放着莹润剔透的美玉。布恩每每从教坊司下班路过时，都会朝橱窗里张望一下。他总是被一弯翠镯吸引，那镯子圆条的，像宋人古画里画的一样，满满的绿，有一截露出晶白的底子，仿若春水涌涨，快要将雪岸淹没。他总是说："宋爱戴上会好看的。"那时，宋爱还没有来，他每见一次自己就这么在心里说一遍。如今，宋爱来了，他定然要带她去看看。

店家是一位古稀之年的老妇人，是北日耳曼人，当初随着昏公来大城避难的，虽说是西人，却很懂宋人的文物，因她先生在世时，曾是斯德哥尔摩学院的汉学家。老妇人认得布恩，她记得布恩每次路过她店都要凝视橱窗半天。布恩要妇人拿出那只镯子给宋爱戴，宋爱戴上，果然圈口正好，不晃荡，也不紧缩，像是与生俱来的。

"我买了。多少钱？"布恩问价。

"这应该是无价之宝，水晶般的底子，活绿的颜色，一丝瑕疵都没有，是早先前清代皇家的遗物，我先生从北平的古董商那里得来的。除了这个镯子，还有耳坠、戒指、颈挂，是同一块料子做出的一套。"

"那便更好了。她是宋人呢。宋人的东西归给宋人，天经地义。"

"先生果真要买吗？"

"果真要买。"

"这只镯我要两万个金圆。少了我不卖。"

"我可以先付给你一千个金圆，其他以后慢慢付，不超过一年付清。行吗？"

"那就归你了。我认得你的，你是教坊司的大夫，是尊贵的先生，你不会不付钱的。"

布恩已将所有财产都给了泪儿，连他的汽车也卖掉了，这时候他只有教坊司的俸禄可拿，一月有两百个金圆，一个金圆值一百瑞尔。他积攒了一些钱，一共才一千个金圆，现在打算全掏出去。他想了想，倘按俸禄计算，一年不吃不喝两千四百个金圆，差不多要十年才够数。一年支付，从哪里得钱呢？或者可以从薪水中预支一部分，也可以管蓝茵姐姐借一点。那么剩余的部分怎么办呢？他想到把他的铠甲、剑盾和金册卖掉，去找拍卖行代理。

"这是不会有人买的，我知道的。"老妇人说，"尽管它值许多许多钱，但现在的人不贵重它，说说而已，除非王室的人为了装点门面来买。其实在中国，有暴发户舍得花重价买。我听说，去年在香港佳士得拍卖会上，有一只比这只绿少一截的，卖到一亿元。"

"两万个金圆也不少啊，相当于六百万元。"

"真的也不算少。反正在我们这里，没有人会买的。我老了，也不想花经营的气力去追一亿元的价格。先生你买下，我就可以把店关了，我岁数大了，想回欧洲去，我的孙女在波恩，她来信要我去与她一起生活。两万个金圆，我就成为富人了。我用不掉这么多钱，我可以留给孙女。她是一个音响工程师，她想给自己建一个录音室。"

"那么，你需要等一年。"

"正好我清理一下这边的事务。我们说好了，我等你一年付清。"

宋爱一直站在边上不说话，她晓得布恩要给她，这就一定是她的。

他们回转去银行取出一千个金圆，悉数交付给老妇人，并写下债据，宋爱便得了那只镯子。

"我没有给你专门买过东西。年轻时候只专注玩，后来又去打仗，做男爵那些年也是为了过生活买些衣物。其实我心里想，把一切都给你。一切是一种心愿，宋人是不会只想着一切只念叨一切的，他们会寄情于物，将一切寄托在一件相当的事物里。我与亭结婚的时候给她买了许多东西，许多珍宝，那时我很有钱，但她的所有加起来其实还不到半截镯子。这镯子究竟值多少钱呢？凡出自造化之手的，都是无价的。为什么这样无价的在人那里是贱价，而那样无价的在人那里又是贵价呢？宋人将翠玉的价格抬高，抬到只有他们才认同的地步，他们是智慧的，他们不过是需要一样东西能表达'一切'。如果世间没有一件东西贵重到令人望而却步，那如何向世人表明'一切'呢？"布恩在回来的路上对宋爱说。

"想以前我们家的珍宝，其实没有一件有这镯子美的。"宋爱说。

布恩把他的铠甲、剑盾和金册拿去拍卖行估价，人家出价一百七十个金圆，还不如他的月薪多。人家说："王室的东西固然尊贵，可是王室每年都造出一批御林军的行头，市场不认王权，物以稀为贵。"

然而，神既赐下爱情的殊恩，那爱人又专意要将爱情寄活在一样宝物里,又怎会令此事落空呢?这时候,哲塔王将近九十岁了,他开始处理后事,书写遗嘱,除了继嗣必要继承的,凡他个人可以支配的,他都逐一分给远近的亲戚。布恩作为他的舅子,也得了一份,那是大城郊外的一家化工厂。这厂年久失修,大部分设备都老化了,很多车间已经停产。布恩决意将厂卖出去,结果卖得两万三千余金圆,足够支付手镯的钱,还余下一点。这余下的一点,也没有用在别处,布恩又从老妇人手里买了耳坠、戒指和颈挂给宋爱,这便凑齐了一套。人因服软所求的哀怜,必得应允。一丝不差你,一毫不多给,便是明证。布恩与宋爱于是欢欢喜喜,知道这是天意成全。

宋爱因为自卑,得着更贵的。

林雪平的夏天是凉爽的,仿佛瑞甸人来了,瑞甸的气候也来了。

居民区那条街很宁静,一头与通向外部的大街连接,另一头伸到一片树林。林中有湖,有野鸭和水鸟栖居。芦苇绕湖边而生,风吹来时,摇曳招晃,像人的手在夜间拨弄月光,在白昼迎接太阳。高大的杨树、桦树和周边其他灌木遮挡了大部分的暑气,如果在林子里或湖边待久了,会生出一丝寒意。

布恩和宋爱常来此避暑,解开岸边系舟的缆绳,坐一会儿船,寻一汀一渚憩息。那里的草很茂很深,这让他们想起隆裕花园的苍郁翠碧。他们从腾芝苹湖到天斧截山脉下的甘霖河,又到林雪平的野地,他们无法驻守一地,然而爱情却驻守他们,他们是爱情的岛屿。

这是暑假期间,教坊司与别的学堂一样,师生都放假休息了。

布恩说:"一直放假便好。我为什么要做这个大夫?为什么上班下班?当初倘不是为了将那笔钱送出去,我怎会落到这个下场!这假期一直休下去该多好！我不如不去教坊司了，辞官回家来。怎样？"

"你不喜欢做，何苦还做呢？"宋爱道，"真不如退休罢了，有多少人盯着这份闲职呢！再说，按例大夫的退休金不减，与俸禄一样数额，不如闲居白拿。"

"我也不白拿的。你忘记我在腾芝荦湖藏的箱子吗？我都交给国家了。那钱足够充满三分之一国库的。"

"你是个强盗。"

"胜者为王败者寇，我在你的地土上胜出了，我难道不是一个王吗？"

"在一个女人身上胜出，也能得很多钱吗？都说女人是要花钱的。"

"钱既不是赚来的，也不是抢来的，钱是命中有数的。天给你，不可拒，只是给人的方式各不相同。我因爱你，便有保守；我因离弃你，则只好去抢。"

"我现在又怕又放心。"

"怕什么呢？"

"每一根针掉下来，我都怕掉错位置；每一个盘子端上来，我都怕饭菜配得不相当。这是害怕不应时不在位。你几时起来，我们在这里待多久，什么季节要吃什么，什么地方男女可以交接……这都是我害怕的，唯恐有错。我以前不是这样的，我随着性子追逐一件事情，痴迷进去，傻傻的，心窍不开。"

"这样的感觉我也有，战战兢兢，如履薄冰，甚至还有些过敏。"

"这是敬畏。"

"是的，敬畏。敬畏而无忧。一边敬畏，一边放下心来，一点都不担忧，不担忧失去你，好像你已经长牢在我身上。"

说这话时，两人坐在船上，船至一处浅湾，水清如镜，正反射出人影。布恩看见自己的样子有些邋遢，道："我该修剪了。你看看我头发、胡须是否都长荒了？"

"是该修剪呢！你的鼻毛都长出鼻孔了。"宋爱凑近他细看，"人说，鼻毛长，漏财。"

"那你帮我剪掉吧。还有，我总觉得脸色灰灰的，要刮一下脸才好。我在上海看见理发店里有一种薄刀，他们拿来修面，把面孔上的细毛都刮得干干净净。我当时就有冲动，想找人刮。"

"这个我不会，把你鼻子削掉也没准。"

"我看见街上有瑞甸人卖刀具的，铺子里什么刀都有，好像也有那样的薄刀。我们去买来，你慢慢学着帮我修。"

"还是不要修剪了。"宋爱又改了主意，"说是脸上的绒毛、鼻毛修过了，会越修越长，越长越硬的。"

"没事的。反正有你，修了长，长了修，一直保持干干净净。"

布恩从来没剪过鼻毛，也从来没有修过面，这会儿定了决心，敦促宋爱帮他修剪，直是把自己交给了女人，随她怎么摆布。因为他相信，女人再也不会离开他，有女人，就有洁净。

这时候，有红鸟降临头顶，绕飞一周，便划过长空远去。

布恩指着红鸟说："我认得它，就是它，还是那只红鸟，是杜恩！"

上一次布恩见到红鸟，是在哈姆萨御苑的兰馨殿上。他记得，红鸟飞进殿来，在他头上盘旋，随后从窄门飞出。有云团从长廊那里涌进宫殿，那些木柱和雕花都被湿润了，四周的喷泉的水声沥沥不绝。

入秋的第一个星期日，布恩读到《参考消息》上的塔斯社新闻，知道泪儿在北境办成了事。半月后，泪儿又发来信息，说一切安好，请爸爸和新妈妈不如上去，搬去一起住。

布恩对宋爱说："泪儿请我们过去，她想新妈妈呢。"

"我们本是一家，哪有一家人分开住的？我们去吧！"

于是，两人拾掇行李，卖掉铠甲和剑盾，只留下金册，就往瞿桑与奇楚联合王国去了。因为布恩知道姐姐对他好，他要留一样物件纪念姐姐。一枝开花，一枝葳蕤。他和姐姐始终在一起，不想分开。

结局

终点站加格达奇

已经好几年了，我和大叔有约，坐这趟驶向加格达奇的车。每次，我们到达终点，总要买好回程票。终于有一次，大叔一上车就对我说："这次，你买回程票回去，我不买了。因为，我到了。"

"什么意思？什么叫'到了'，你再不回转了吗？你要长久住在加格达奇了吗？"我甚是疑惑。

"从这边来说，是终点；从那边来说，是起点。我要从加格达奇继续往北，然后出境，去北方的雅库茨克。如果从北京远望，加格达奇已经很北了，可是，从雅库茨克远望，还有更北的地方，比如瞿桑与奇楚联合王国。今天，你会见到两个人，就是我前面故事里的人，他们要去北境的王国。"

"你是说布恩与宋爱？他们与我们同坐一趟车？"

"是啊，他们在大连港入境，一会儿在新立屯上车，到加格达奇后接着北上。"

"这么说来，你讲的故事都是真的？"

"如果连人生都是假的，这些故事会是真的吗？"

我忽然觉得大叔这话有些熟悉，我反复想了想，才想起我写的书《既生魄》，书末结尾的一句是："这些故事都是假的，难道人生就是真的吗？"

"你读过我的书？"我问。

　　"自打认识你以后，我去找寻过你的资料，知道你除了做电影音乐外，还写了不少书。其中有一本《既生魄》，你是根据天目山昭明寺僧人误觉的藏本整理改写的，里边不少无稽之谈，也不少与事实不符的臆造之言，当然，不免还有错讹之处，不过，不要紧，反正，事儿都是没准的，只要情理是严肃的就有价值。"

　　"你怎么知道什么是事实呢？"

　　"你与我相处多时，你竟没有认出我来。我就是你书中的涂浚生。"

　　我大跌眼镜，吃惊不小。他就是涂浚生？这不是做梦吧！

　　"原来误觉无误，还真有其人！"

　　"误觉之误不在人事，而正在其所谓'觉'。你改写得好，你引用奥古斯丁的话'我错故我在'做题记，这就非非得是了。"

　　"你不是与张嫣儿住在上海吗？怎又来到北京？"

　　"实际上我们一直住在北京，是你把我安在上海呢！"大叔，哦，是涂浚生，说着笑起来。

　　"你这是要去雅库茨克见卑姨吗？"

　　"还有引叔和趑伯。我想他们了。引叔与玫美生下过一个孩子，玫美死后，孩子就由我领养，如今大了，遇到些麻烦，我要面见引叔向他请教，或者干脆就劝引叔来北京，孩子交给他直接管教。"

　　"原来凡人的事真假参半，神仙的事却都是真的。"

　　"都是真的，你没写错。不过，你所知道的真，离真正的真还差许多。真正的真，到头来还是假的。"

　　"比方说，你说'到了''继续往北'，其实你终究又要回来？"

　　涂先生未答，我也一时无语。

列车改了运行时间，如今是中午出发，这会儿黄昏，已出关快到绥中了。暮色深重，阳光离去后，对比度强了，青紫赤橙分明起来。有推车的乘务员过来，涂先生选了几样火腿肠，还要了啤酒。我们开始就餐。

"我记得你说你有某种独特的偏好，才将故事讲得冗长了些。你能告诉我是什么偏好吗？"

"偏好发乎性情，"大叔道，"人的性情，善哉恶哉。善者好也，就是吉利；恶者过失也，就是过头，或者缺损不足。哪有完善的人？完善是终结，你还没有死，全是因为过失。过失才是生命的根底，它推动人去完善。有的人因好淫人妻女而征战世界，结果得了半个地球；也有的人因为好为人师，结果做成万世师表。往往一处不足，反而激发出活力。万物竞茂，总想高出一头。人因着性情而骄傲。中国古人常常心性不分，以为摆脱了世俗的羁绊，露出性情来，就明心见性了，这实在是南辕北辙的修行。"

"那些主张存在先于本质的人，怕是最性情不过的。"

"他们崇尚性情就是本来，就是起初。可是他们是有偏见的，而不是偏好。他们只见性情之善，忘却性情之恶，怎会是周全的本来？所谓偏好，指的是性情的过失。"

"夫子说，性相近，习相远。我始终不同意这个说法。人性斑斓，千秋各异，哪能相近呢？倒是习俗常常趋势合污，蒙蔽了心性，是一样的结果。心也蒙蔽，性也蒙蔽。性质纯，倘不是为了露出善恶的并存，独独以性为傲，不如随了习俗。往往推崇性情的，看不到过失；而往往向习俗低头的，倒是认了自身的软弱。"

"也有不认输而落俗的，拜势力为主神，那便是道学家。我是性情派。我是去蔽而认过失的一族。我随性而为，不断跌倒，但自己埋单。所以，我有偏好，认此不堪。"

"认输者执性，认输者落俗，归根结底在于认输。认输好难啊！我还是好奇，你的偏好究竟是什么？那些脚趾？"

"这只是一部分偏好。我最大的偏好是王者的派头，所以，我的故事都要放在王室里讲。王子、公主、后妃与国王，如果离开这些，我就讲不好了。美人和帝王，你们看来腐朽，我却因此神奇。这是我的浪漫。"

"也许布恩和宋爱的故事是贩夫走卒的悲欢，你竟说成了王子与美妇的传说？"

"是的。必须是王子与美妇！否则，我连讲的兴致都没有。"

"这究竟是关乎品质，还是关乎爱情？"

"爱情与品质是无关的，在宋爱是这样，在亭也是这样。但说起亭，我就不带劲。"

"品质是性情的纵横秩序，全然的描述，否则，便陷入性情的同维度较量，成为挣扎，于是乎一生满满的痛苦。"

"痛苦都是不认贵贱，都是挣扎使然。"

"你赋予故事王与妃后的气质，你迷恋奢侈。"

"我迷恋奢侈，却并不贪图虚荣。什么功名利禄，都是无趣的小人物的虚梦。让人鄙视我好了，我喜欢庸人的鄙视。"

"什么是庸人呢？"

"庸人就是不认输的人。不看看自己几斤几两，一生忙碌挣扎，满嘴'凭什么'。凭什么？你生下来就定好了！"

"人的奋力是虚妄的？"

"你去努力追逐爱情我看看？谁人的爱情是努力得来的？"

"不如相遇。"

"不，唯相遇，不遇则不得。怎说不如呢？"

夜里将近十一点，列车停靠新立屯。下车的人不多，上车的人也不多。我果然看见布恩和宋爱上了车，他们进入软卧车厢的包间，行动迟缓，节奏比我们这里的人都要慢些。他们与我和涂先生隔着一个包间，涂先生领我过去与他们打招呼，并将我介绍给他们认识。我们之间语言不通，只好借着英语沟通。布恩说话带着浓重的南国口音，F 和 V 都读作 P，一时很难辨清他的语义，宋爱要好一点，至少语音委婉，语速比较慢。

他们看上去优雅而漂亮，布恩像一个中学教师，宋爱真的很美。你粗看，只见两个普通人，身形好一些，面貌清秀一些，而已；你细看他们，处一会儿，就看进去了。他们是那么细腻，温润，尤其是宋爱，她的光泽从指尖、颈项、耳旁透露出来，与车窗外的月光呼应，几近相融在一道。我想那诗梳风车站的囚车，想布恩就是我眼前这位温文尔雅的先生，他被铁箍束缚着，迎来一道白光。这白光就是这位女士，她坐在曾经叫作甘伯的男子身边，现在依然是学生的样子。诗歌围绕着他们，在静谧的气氛中，有暖暖的中低音弦乐群的音响升起。如果不知道他们的往事，只在俗世的生活中遇见他们，你或者因为匆匆和肤浅而掠过，你也或者因为等候和滞留而停下，你一旦停下，必随着他们的节奏而放下，得着他们的光照，得着他们的安慰，渐渐平静下来。

他们不像是经历过风云的人，也绝对不是贩夫走卒，他们是把握风云、为你抵挡住风云的人，所以，你与他们相处，不会觉得突兀，不会激情荡漾，不会看见他们与风云相搏时的光焰，你只受着得胜后和平的沐浴，享尝着久违的平常。啊，那平常的安详去哪里了呢？为什么久违？为什么久违了还认得出来？你原本是喜欢平常的，难道在你的世界里，平常需要卓绝的斗争才能迎来吗？卓绝的斗争，那么多牺牲和毁灭，原只是为抵偿平常的代价，为回到平常而支付。平常如此贵重，顿时令一切奇妙的事物黯然失色！

我与他们寒暄几句，就离开了，回转去自己的包间。我不想说，也不能说我知道你们这样那样的往事，涂先生也不会乐于我在他们面前说三道四。我只是望一望他们就足够了。涂先生领我见他们，只是向我做一个见证，见证他所言之事是合乎情理的。我无须关心那些事情，既然人生都是虚梦，何必追究故事是虚构的还是非虚构的呢？如果心存谦逊，那么，将所有事情认作虚构又何妨？如果以己为大，那么，怕是无影的事儿都要强说成是非虚构。人们最近迷恋所谓非虚构叙述，实在是骄傲过头，颈项强硬，总以为人力可以胜天，可以将世界的秘密揭示。不是说明年要实现永生了吗？你们以红尘中的虚妄想坐实人生，实验，实验，怀疑，怀疑，你们奉怀疑的精神为神明，这比立了邱坛以祭祀邪神偶像要愚妄千倍万倍。没有什么虚构与非虚构的差别，唯有反虚构才有意义。先哲所言，一切空虚，即一切不是真，却不言真。一切不真，便是反虚构。如果你与虚构相反，那便已然在真实的情理之中。

翌日下午三点半左右，火车到达终点站加格达奇。我和涂先生在站台上与布恩宋爱作别。

布恩说："这回没见着您带手风琴来，下回我们专门去北京听您演奏。"

天哪，又出来布恩与手风琴的线索！他是在哪里听到涂浚生拉琴的呢？

"我要远去，所以没带琴。"涂先生说，"我或者在北方逗留时间长，也去联合王国拜访您。"

"随时欢迎您来。我们打算定居在那里了，我们一家人不想分开。"布恩道。

"您的新夫人真漂亮，"宋爱说，"我没记错的话，她是上海人。"

"是的，她是上海人，如今随我住在北京，她说她更喜欢北方。她没见过更北的北方呢，北京对于联合王国来说，已经是很南的南方了。"涂浚生这么说张嫣儿，我于是确信《既生魄》最后一本的故事果然是在北京。

"很高兴认识你们。与你们在一起，我心里开阔许多。祝福你们！"我说。

这时候，斜阳照到站台上，布恩与宋爱朝出口处走去，甩下长长的身影，像是两行骈排而隽永的诗句。

涂浚生问我："你是买当日的回程票回转，还是住两天，等我走了再走呢？"

"我还是回转吧！"我说，"尽管从听故事的角度来说，疑点还很多，想要探究的细节也不少，但我心满意足了。我见到他们，就晓得你为什么要这么讲这个故事了。你的癖好是有道理的。"

"那么，我们去喝一杯？"

"不喝了，就此打住吧！我和你的加格达奇之旅结束了，我给你做了好几年小工，你也不厌其烦地说故事给我听，我们两清了。我记得在写你的那本书的开头，我写道，酒是供神仙的，人轻易吃不得。你吃自有你的账，我不吃自有我的盘算。有些人是有劳役在身的，而我，只是旁观者，靠得最近的旁观者。"

再往前一步，再远去，便是诗的疆界。我恪守与诗神的密约，就像我在《雨师的妹妹》那本诗集的自序中承诺的："将许可的部分散到文章、戏剧、音乐、恋爱和求学中，做一名导演、歌者、作者、父亲、爱人和教师，维持一番生意，盎然的生意，令凌霄耸壑，遥不可涯。"

二〇二〇年三月至八月于上海、北京